Über den Autor

Lars Landers lebt und arbeitet in Berlin-Mitte. Er hat in Berlin, der Fahrradstadt Münster und in der Hauptstadt der USA, Washington D.C., studiert.

Mit »Ich werde älter« legte er seinen ersten Roman vor. »Nichts bleibt ... wie es war« und »Kaputt« folgen als zweiter und dritter Roman.

Weitere Romane, wie das »Handbuch zum Unglücklichsein«, »Sonnengott« und »Q«, befinden sich in verschiedenen Vorbereitungsstadien.

Sein Genre ist die Belletristik.

www.larslanders.info

Lars Landers

Nichts bleibt … wie es war

Roman

Bibliografische Information der Deutschen Nationalbibliothek:
Die Deutsche Nationalbibliothek verzeichnet diese Publikation
In der Deutschen Nationalbibliografie, detaillierte bibliografische
Daten sind im Internet unter http://dnb.dnb.de abrufbar

© 2014 Lars Landers
Lektorat: Cordula Natusch, Hamburg
Herstellung und Verlag: BoD – Books on Demand, Norderstedt

ISBN: 9 783735 725790

Kunst entsteht durch Leiden

In der Schulzeit hatten sie Hesses *Demian* gelesen. Seite um Seite, Satz um Satz hatte der Junge verschlungen. An einer Stelle hatte ihm der Atem gestockt.

»… und es war insofern ganz wahr, als Kain und seine Kinder ja wirklich eine Art ›Zeichen‹ trugen und anders waren als die meisten Leute.«

Roman hatte diesen Satz immer und immer wieder gelesen.

Prolog

Drei Beine. Helles Holz. Eine Staffelei. Eine glatte, nackte, weiße Leinwand, fest getackert auf den Keilrahmen. Er steht davor. Seit seiner Geburt. Nun ist er ein Mann. Die besonderen Augenblicke seines Lebens bilden die Farben seines Herzens. Doch auf der Palette in seiner Hand sieht er nur schwarz und weiß. Ratlosigkeit. Er starrt auf den Pinsel. Sein innerer Kompass funktioniert nicht. Nicht mehr. Weist ihm keinen Weg. Wie ist er an diesen Punkt gekommen? Was soll er hier? Was soll er tun? Wo soll er hin? Seine Arme zucken, wollen sich in Bewegung setzen. Einer Gewohnheit folgend. Einer Fertigkeit. Aber wie kann das sein? Er hat diese Fertigkeit nicht.

Er kämpft. Etwas in ihm wehrt sich. Gegen etwas, das in ihm ist. Aber nicht da sein darf.

Er kann das nicht. Er will das nicht. Er darf das nicht. Er kennt seine Grenzen. Es soll bleiben, wie es ist. Einfach und klar. Licht und hell. Schwarz und weiß. Kein Grau. Keine Farben. Logik und Kontrolle. So ist es recht. So soll es, so muss es sein. Und so wird es sein.

Nachher

Sessel

»Junge, was ist nur aus dir geworden?«

»Was?«

»Du hast mich schon richtig verstanden.«

Da saß er, ungebeten, dieser große, stattliche Mann in seinem grauen Dreiteiler in Romans Lieblingssessel, nein, er thronte vielmehr. Roman ertrug ihn kaum.

»Ich versuch zu überleben.«

»Zu überleben? Mensch, Junge, reiß dich am Riemen! Du machst es dir viel zu einfach, lässt dich gehen, wenn es mal schwierig wird. Menschen in Afrika versuchen zu überleben, die haben wirklich Probleme, aber du? Das geht so nicht. Das lass ich nicht zu! Irgendwer muss dich doch mal wachrütteln, dir …«

»Lass gut sein, Papa.«

»Ne, ne, Junge, wenn du keine Verantwortung für dich übernimmst, muss ich das eben tun. Mal wieder. Letztlich bleibt ja immer alles an mir hängen. Immer muss …«

Roman hörte nicht mehr zu. Er beobachtete die Lichtstrahlen, die durch die Lamellen ein Rechteck aus Licht und Schatten auf den Parkettboden warfen. Staub tanzte. Mitten drin saß sein Vater. Licht und Schatten fielen auch auf sein feines, italienisches Schuhwerk. Das Braun entsprach beinahe dem des Sessels aus den Zwanziger-Jahren, in den sein Vater sich gesetzt hatte. Alles behandelte er, als würde es ihm gehören. Seit jeher.

»Du sitzt hier nachmittags verlottert im Morgenmantel herum und …«

Romans Kopfschmerz wuchs. Schatten der Nacht. Zu viel. Zu viel von allem.

»Warum ist das Schlafzimmer eigentlich abgeschlossen?«

»Was?«

»Ich habe mir vorhin eure, nun ja, ich muss jetzt wohl sagen, deine Wohnung angesehen. Die ist in kurzer Zeit so was von runtergekommen. Also, warum ist das

Schlafzimmer abgeschlossen, was ist aus den übrigen Möbeln geworden?«

»Ich brauchte sie nicht mehr.«

»Was heißt das, Junge?«

»Ich brauchte sie eben nicht mehr.«

»Willst du deinen alten Herrn verarschen?«

»Nein.«

»Also?«

»Ich hab' sie verschenkt oder entsorgt, wenn du es genau wissen willst. Ich konnte sie nicht mehr sehen, ebenso wenig wie das Schlafzimmer. Und ja, deswegen liegt die Matratze hier im Wohnzimmer. Ich schlafe hier. Noch Fragen? Bist du jetzt zufrieden?«

»Jetzt werd' bloß nicht frech. Ich mach mir nur Sorgen. Du gehst nicht ans Telefon, hältst Verabredungen mit deiner Mutter nicht ein und ...«

Roman schaltete wieder ab. Er sah seinen Vater an, sah, wie sich sein Mund bewegte, seinen erhobenen Zeigefinger. Sein Vater wirkte gealtert, gezeichnet. Er hatte sich gut gehalten, keine Frage, zog sich immer noch tadellos an. Aber sein Gesicht. Die Farbe sah ungesund aus, die Züge waren verbittert. Der Glanz in seinen Augen war erloschen. Die herrische Stimme aber war die alte. Irgendetwas musste mit seinem Vater passiert sein, wahrscheinlich ein schleichender Prozess. Hatte Roman ihn verpasst? Oder sah er in seinem Vater nur sich selbst?

»... hast du nicht nur im Studium versagt. Was soll bloß ...«

»Lass das endlich mal, Papa!« Roman biss sich auf die Unterlippe.

»Junge, du ...«

Vorher

Abmachung

»Warum sitzen wir eigentlich immer in dieser verdammten Kneipe?«, fragte Till in die Runde.

»Was hast du denn auf einmal dagegen?«, fragte Samuel gelangweilt.

»Na, es gibt doch nettere Kneipen und Bars!« Till hatte keine Antwort erwartet. Er war überrascht. Seit Jahren saß er mit seinen Freunden in der Eckkneipe *Helle Hölle*. Es war Tradition.

»Ist sich der Herr für den Wedding, das Arbeiterviertel, aus dem er im Übrigen selbst stammt, zu fein geworden?« Samuel sah Till herausfordernd an und zog dabei eine Augenbraue hoch.

»Ja, ja, ich weiß schon, wohin das jetzt schon wieder führen soll. Vergiss es. Ich finde es hier ja auch immer noch irgendwie gut, aber Leute, es hat sich wirklich nichts verändert.«

»Muss es das denn? Es ist doch schön, wenn es Konstanten im Leben gibt.«, warf Thoren ein.

»Konstanten? Halbtote, verkrüppelte Pflanzen und speckige Gardinen vor milchigen Fensterscheiben, ein verschlissener Billardtisch, dreckige Sitzkisten, schmutzige Tische und verstopfte Klos. Das sind ja tolle Konstanten. Als wir 16 waren, mag das noch in Ordnung gewesen sein, aber Leute, wir sind jetzt erwachsene Männer!« Till redete sich in Rage.

»Und immer noch Stammgäste am Stammtisch, na und? Es ist gut, wenn sich nicht alles verändert.« Bernd sprach leise und nachdrücklich.

»Jetzt reicht es! Seid ihr bald fertig mit eurem Weibergewäsch? Roman, Ende aller Lebensformen mit drei Buchstaben, außer Tod, was ist das?«, fragte Benjamin spöttisch.

»Keine Ahnung.« Roman ruckte auf dem Stuhl hin und her.

»Denk nach!«

»Warum fragst du mich?«

»Wen denn sonst, nun mach schon.«

»Ich mag so einen Scheiß nicht, frag Thoren, der liebt Rätsel.«

»Ich hab aber dich gefragt.«

»Lass es!«

»Zick nicht, die Antwort liegt ja wohl auf der Hand.« Dabei prostete Benjamin gönnerhaft in die Runde. Die einsetzende Gesprächspause nutzte Roman und bestellte die nächste Runde, reckte sechs Finger nach oben. Der Wirt nickte. Zapfte. Beliebte Taktik von Roman. Ablenkung. Es funktionierte. Wieder einmal. Sechs halbe. Sechs Jägermeister. Benjamin kam nicht mehr auf die Frage zurück. Auch sonst keiner. Roman dachte über die Frage nach. Was wollte sein Freund ihm sagen? Egal.

»So, Roman, nun geh mal rüber zum Spielautomaten und wirf ein paar Münzen ein.«, sagte Benjamin auf eine Art, die keinen Widerspruch zuließ.

»Wieso?«

»Roman!«

»Ist ja gut, ich gehe ja schon.«

Roman ging zu den beiden Geldspielautomaten neben der Eingangstür, zog sich einen Hocker von der Bar heran und warf ein paar Münzen ein. Lustlos spielte er, sah immer wieder zum Stammtisch rüber. Seine Freunde redeten und tranken. Hauptsächlich Benjamin und Thoren. Endlich winkte ihn Benjamin an den Tisch zurück. Seine Freunde sahen sich an, Freude zeichnete sich in ihren Gesichtern ab. Roman war nervös. Nacheinander blickte er Thoren, Benjamin, Samuel, Till und Bernd an. Keiner ließ sich locken. Roman wartete. Sie mussten sich einig geworden sein. Er verlor die Nerven.

»Und?«, fragte Roman.

»Freitag um halb neun, mehr musst du nicht wissen!«, war alles, was Benjamin antwortete. Wieder Stille.

»Also gut, ich freue mich.« Roman hatte auf mehr Informationen gehofft.

»Ich finde es klasse, dass ihr das für mich tut. Ich möchte mich vorher aber klipp und klar ausdrücken! Es ist …«

»Hört, hört!«, unterbrach ihn Samuel.«

»Also, bitte keine Peinlichkeiten, Schweinereien, Überraschungen, einfach nur wegfahren, das übliche Programm, saufen, blöd quatschen, das war es, wie gehabt! Herrenwochenende.« Roman versuchte, ernst auszusehen.

»So, so.«, hörte Roman jemanden nuscheln. Bernd? Niemand schien von Romans Worten beeindruckt. Gerade er war ein Fan ihrer Männerrituale. Dieses Mal stand aber er im Mittelpunkt und war nicht in die Details der Reise eingeweiht. Roman war unwohl. Sie kannten sich seit dem Gymnasium, hatten auf dem Schulhof Fußball gespielt, geklaut, die erste, große Liebe überlebt, zusammen Abitur gemacht, Spielabende eingeführt, sich nie aus den Augen verloren. Seid mehr als zwanzig Jahren.

»Bleib locker, Alter.«, Samuel grinste und nahm einen tiefen Schluck aus dem Bierglas. Seine Freunde wussten, dass Roman alles andere als locker war. Roman kaute auf der Unterlippe, seine Hände schwitzten. Er atmete ein paar Mal durch. Der Abend ging weiter. Die Freunde trennten sich spät.

Zuhause wurde Roman erwartet. In den Arm genommen. Das war schön.

5. Juni, 7.32 Uhr - Roman

U2. Dunkle Tunnelwände, Bahnhöfe, Häuser, Straßen, Autos, Menschen, Postkartenmotive und Erinnerungsfetzen an eine versiffte Hinterhausparty in der Potsdamer Straße, Händchenhalten in einem Cafe am Nollendorfplatz flogen vorbei.

Der Penner hatte penetrant nach altem, kaltem Schweiß gestunken und sich auf dem Bahnsteig der Rosa-Luxemburg-Straße ausgerechnet neben Roman gesetzt. Ihm war übel geworden. Er hatte nicht aufstehen können. Wie hätte das ausgesehen? Also war er neben dem Penner, seinen Krücken und Plastiktüten sitzen geblieben. Der Geruch hatte sich in Romans Nase gefressen, sich dort festgesetzt. Roman war erst spät eingestiegen, um bis zuletzt einen anderen Waggon nehmen zu können. Zum Glück war der Mann sitzen geblieben.

Der Waggon war fast leer, beim Anfahren rollte eine Bierflasche über den Boden, verschwand unter einem Sitz. Seinen Seesack stellte Roman auf den Sitz neben ihm.
Die U2 war die älteste und langsamste aller Linien. Die Waggons ruckelten und quietschten auf ihrer unter- und oberirdischen Strecke. Auf dem Sitz gegenüber lag eine verschmutzte *Zitty*. Kaum Fahrgäste, auch am Alexanderplatz nicht. Roman fasste sich an seine linke Gesäßtasche und fühlte die Konturen des Fahrscheins. Hatte er ihn abgestempelt? Ihm wurde heiß. Hektisch kramte er das kleine Stück Papier hervor, betrachtete den leicht verwischten Fahrstempel vom Rosa-Luxemburg-Platz, ärgerte sich darüber, wie unentspannt er war.

Seine Gedanken streiften Beate. Vorm Gehen hatte er sich auf den Rand des Futtonbetts gesetzt, Beate still beobachtet und dabei mit den Fingern an der dunkelroten Bettwäsche gespielt.

Wie schön sie war im Schlaf. Er liebte sie. Nach einem sanften Kuss auf die Stirn hatte er die Wohnung im Prenzlauer Berg verlassen und sich auf den Weg zum U-Bahnhof gemacht.

»Zoologischer Garten. Bitte einsteigen!«, es piepte, die roten Signallampen über den Türen blinkten. Roman musste hier umsteigen. Er sprang auf, packte seinen Seesack und drückte sich durch die schließenden Türen hindurch, die mit einem Knall hinter ihm zuschnappten. Die U9 war wesentlich voller. Roman blieb stehen, schulterte den Seesack. Der Boden war klebrig. Es roch nach Döner. Der Mann hinter ihm. Döner am Morgen. Ein Blick zur Uhr. Alles gut. Wohin die Reise wohl geht? Seine Freunde hatten bis zuletzt dichtgehalten. Wieder ein Gedanke an Beate. Sie hatte ihn am Vorabend regelrecht verführt. Schlaues Biest. Er lächelte.

Leopoldplatz. Roman stieg aus. Bis zu Samuels Wohnung war es nicht weit. Die Freunde wollten sich unten auf der Straße treffen. Der Wedding veränderte sich. Fachgeschäfte wichen, Ein-Euro-Läden, Billigdiscounter und Spielotheken hielten Einzug. Auch die Hundehaufen nahmen zu. Zwei Straßen weiter war er da. Samuel wohnte im fünften Stock eines gelben Altbaumietshauses, ohne Fahrstuhl.

Seine Freunde waren schon da. Benjamin fuhr gerade vor. Umarmungen. Floskeln. Herzliche Begrüßung.

»Das Bier reicht nie und nimmer. Ein Kasten! Auf einem Bein kann man nicht stehen. Wir brauchen mindestens vier Kästen. Welche Schwuchteln waren dafür zuständig?«, fragte Bernd in die Runde.
Keine Reaktion.

»Noch mal, wer war für den Biereinkauf eingeteilt?«, fragte Bernd scharf.

»Samuel und Thoren, geht doch mit Bernd in den Supermarkt und holt zwei Paletten. Die lassen sich besser verstauen.«, sagte Benjamin.

»Auf keinen Fall Büchsen, da mach ich nicht mit!«, ereiferte sich Thoren.

»Is schon gut, Öko, die Leier kennen wir schon. Atme mal durch. Die gibt es ohnehin kaum noch. An Lebensmitteln in Dosen stößt du dich ja auch nicht.«

»Ich meine ja nur.«. Thoren war kaum zu hören.

»Los jetzt, geht schon rüber, macht euren Job.«, brummte Benjamin.

Samuel, Thoren und Bernd verschwanden im gegenüber liegenden Supermarkt.

Roman saß mit einem *Schultheiß* in der Hand auf der Bordsteinkante und sah zu, wie Benjamin und Till die Autos beluden. Heute durfte er nicht helfen. Seine Freunde kamen gut gelaunt aus dem Supermarkt. Samuel saß auf dem vollgeladenen Einkaufswagen, Bernd und Thoren schoben. Das Trio meisterte grölend Gehsteig und Bordstein. Das vordere, rechte Rad aber verhakte sich im Weddinger Kopfsteinstraßenpflaster. Der Wagen kam ins Strauchen, kippte in Zeitlupe. Samuel ruderte mit den Armen und knallte mit dem Einkaufswagen auf die Straße. Bierdosen kullerten über das Kopfsteinpflaster. Kaum ein Passant hielt inne. Wedding.

»Zum Glück ist dem Bier nichts passiert, keine Verluste, ein Wunder! Das Wochenende ist gerettet!«, rief Bernd und begann als Erster, das Chaos auf der Straße zu beseitigen. Ein Autofahrer hupte, ließ das Fenster runter, schimpfte deftig und gestikulierte verärgert.

»Ihr asoziales Pack. Macht, dass ihr von der Straße runter kommt. Es gibt nämlich Leute, die arbeiten müssen.«

Roman nahm einen Schluck und half, die Dosen aufzu-
sammeln. Bernd beruhigte den Hupenden. Die Freunde
beluden die Autos zu Ende.
»Wer fährt mit wem?«, fragte Till.
»So wie immer - ohne Diskussion«, antwortete Benjamin.
»Los geht es!«, Samuel strahlte.

Benjamin und Till lenkten ihre Autos auf die Autobahn
Richtung Norden. Roman freute sich. Ihm war aber auch
flau im Magen. Er wusste nicht, was auf ihn zukam.

Er dachte an Beate.

5. Juni, 7.45 Uhr - Beate

Der Platz neben ihr unter der Decke war noch warm. Beates Finger glitten über den Stoff. Roman war erst vor einige Minuten gegangen. Sein Geruch hing im Kopfkissen. Sie drückte ihre Nase hinein. Er hatte versucht, leise zu sein, zum Schluss dagestanden, sie angesehen. Sie hatte sich schlafend gestellt. Beate mochte es, wenn Roman sie beobachtete, besonders wenn er sich unbemerkt fühlte und sie sich seinen Blicken, seiner Begierde auslieferte. Roman kam ihr in diesen Momenten ungeniert, ehrlich vor.

Türklingeln. Beate schaute auf den Wecker. Etwas zu früh. Beate schlüpfte in ihren Kimono und öffnete ihrer besten Freundin.

»Guten Morgen, Sabine, schön, dass du da bist. Komm rein.«

»Ist doch selbstverständlich! Guten Morgen, mein Schatz. Ich weiß doch, wie man sich fühlt, wenn diese Kerle zusammen wegfahren. Einfach ekelhaft. Ich bin etwas zu früh dran. Schlimm?«

»Nein, nein.«

»Komm, lass dich mal drücken. Wann ist Roman weg?«

»Vor einer Viertelstunde.«

»Wohin fahren sie denn?«

»Ich weiß es nicht.«

»Du weißt es nicht?«

»Roman weiß es selbst nicht.«

»Sagt er.«

»Sagt er.«

»Und du nimmst ihm das ab?«

»Ich vertraue ihm.«

»Den Kerlen ist nie zu trauen, insbesondere wenn sie eine hirnlose Sauftour machen.«

»Hmh.«

»Na ja, ich will dich auch nicht mehr als nötig beunruhigen.«

»Zu meiner Beruhigung trägst du jedenfalls nicht bei. Lassen wir das Thema erst einmal. Ich bin einfach froh, dass du da bist und mich ablenkst. Auf Rumgrübeln über Roman und das Wochenende habe ich gar keine Lust. Ich mache uns jetzt Frühstück. Hast du Lust auf Rühreier?«

»Wie könnte ich nicht. Ich liebe Rührei am Morgen!«

»Schmeckt ausgezeichnet, mein Schatz.«

»Danke dir.«

»Wie läuft es eigentlich mit Roman in letzter Zeit?«

»Warum fragst du immer?«

»Na, darf deine beste Freundin nicht fragen, wie es mit der großen Liebe läuft?«

»Große Liebe.«

»Hallo, hallo, etwa nicht mehr große Liebe?«

»Das meine ich nicht. Ich finde den Begriff einfach blöd. Er baut so viele Erwartungen auf.«

»Recht hast du, die große Liebe gibt es eh nur in Bücher und Filmen oder bei Hirnamputierten. Also wie läuft es mit Roman?«

»Roman ist anders als alle Männer, die ich bisher kennengelernt habe. Aber ich habe ihn mir ja schließlich selbst ausgesucht.«

»Autsch, das hört sich nicht gut an. Aber wie es läuft, war die Frage.«

»Das kann ich nicht voneinander trennen. Ich weiß gerade auch nicht, was mit mir los ist. Roman hat so viele Facetten, dass er mir manchmal unheimlich ist. Da ist dieser warmherzige, charmante, aufmerksame Mann, der mir die Tür aufhält, aus dem Mantel hilft, den Stuhl zurechtrückt, zuhört, mir das Gefühl gibt, dass alles zwischen uns stimmt und – der mich zum Lachen bringt. So war es schon bei unserem ersten Rendezvous. Aber da ist noch dieser andere Roman.«

»Was meinst du?«

»Ich weiß nicht, wie ich es ausdrücken soll. Ich finde nicht die richtigen Worte. Es gibt irgendeinen dunklen Punkt in Roman, an den ich einfach nicht herankomme.«
»Musst du das denn?«
»Ich denke nicht, aber es ist ja nicht so, dass der folgenlos für mich ist. Roman fühlt sich irgendwie von diesem Punkt angezogen. Und doch wehrt er sich gegen ihn. Manchmal sitzt er einfach nur so da und scheint sich bis ans Ende der Welt zurückzuziehen. Ich finde dann gar keinen Zugang zu ihm.«
»Lass ihn doch einfach. Wir alle haben unsere Macken.«
»Aha, und was machst du, wenn du mit Freunden zum Essen verabredet, schon spät dran bist und dein Kerl mit kaltem, düsterem Blick auf der Couch sitzt, vor sich hin starrt, kein Wort spricht, nicht einmal auf deine Fragen antwortet?«
»Das ist scheiße.«
»Hmh - das macht mich richtig wütend!«
»Weil der Abend im Arsch ist oder du dich ausgeschlossen fühlst?«
»Beides. Und du wirst es nicht glauben. Gestern Abend saß er doch glatt auf der Bettkante und starrte vor sich hin. Immerhin ist er derjenige, der mit seinen Kumpels heute saufen fährt. Ich habe ihn gefragt, was los sei, und er hat tatsächlich geantwortet. Ich war total perplex.«
»Was hat er denn gesagt?«
»Ich hab kein Wort verstanden. Irgendwas, er sei anders – okay, dass ist ja nichts Neues – und käme von weit, weit weg. Er würde die Sprache der Menschen hören, in ihre Gesichter sehen, aber sie nicht verstehen. Er würde zu ihnen sprechen und auch sie würden ihn nicht verstehen. Oder so ähnlich.«
»Vielleicht ist er ja ein Alien.«
»Sabine, verarsch mich jetzt nicht, mir ist das ernst. Ich gehöre dann ja auch zu denen, die ihn nicht verstehen.«
»Entschuldige, Süße, ist mir so rausgerutscht.«
»Schon gut.«

»Und dann?«

»Ich wusste gar nicht, was ich sagen soll. Er wirkte so traurig. Ich habe ihn in den Arm genommen und gestreichelt. Mehr ist mir erst mal nicht eingefallen.«

»Ist doch das Beste, was du tun kannst.«

»Wahrscheinlich. Aber ich denke, dass Roman in solchen Momenten nicht so einsam wäre, wenn ich ihn verstehen und mit ihm sprechen könnte. Auf seine Art.«

»Wenn er sich selbst nicht versteht, wie sollst du es dann?«

»Das würde ich auch jedem sagen, aber wenn er so verloren vor mir sitzt …«

»Wie ging der Abend zu Ende?«

»Wir haben uns geliebt.«

»Sex ist doch manchmal die beste Antwort.«

»Versteh mich nicht falsch. Ich will Roman jetzt auch nicht schlecht machen. Das ist ja auch nur eine Seite von ihm.«

»Liebst du ihn noch?«

»Ja.«

»Liebt er dich?«

»Ja – soweit man das wissen kann.«

»Na, dann ist doch alles in Ordnung. Es sind Männer. Lass ihn manchmal einfach in Ruhe, wenn er um seinen dunklen Punkt kreist. Du bist nicht verantwortlich dafür. Versuch nicht, ihn zu retten. Das muss er selbst tun.«

»Weiß ich ja eigentlich, aber trotzdem - danke. Schön, dass du da bist, Sabine.«

»Schon gut. Ich weiß doch. Hirnlose Sauftouren. Einfach ekelhaft.

Autobahn

Roman saß neben Benjamin. Thoren lag hinten auf der schmalen Bank, las in einem *Reclam*-Heft, blätterte behutsam um. Roman konnte den Titel nicht erkennen. Aus den Boxen dröhnte Kraftwerk. Das Lied, seine Monotonie machten Roman schwermütig. Er schwieg.

»Wir fahr'n, fahr'n, fahr'n auf der Autobahn, fahr'n, fahr'n, fahr'n auf der Autobahn …« Sie passierten das Stadtschild Berlins, befuhren bald den Ring in Richtung Hamburg. Die brandenburgische Landschaft zog vorbei.

»Kennt ihr den schon? Sagt die eine Frau zur anderen. Hier stinkst nach Fisch! Antwortet die andere. Man wird doch mal Aufstoßen dürfen!«

Roman stieg auf Benjamins Witze grundsätzlich nicht ein, beobachtete Thoren auf der Rückbank aus dem Augenwinkel. Thoren konnte auch dieses Mal nicht widerstehen, steckte sein Lesezeichen in das Heft, richtete sich auf.

»Ben, du weißt doch ganz genau, dass das menschenverachtend und frauenfeindlich ist. Du …«

»Sagt die eine Frau zur anderen. Mensch, mein Mann hat mir Blumen geschenkt, da muss ich heute Abend die Beine breit machen. Fragt die andere, wieso habt ihr keine Vase?«

»Ben, du bist widerlich. Du kannst es einfach nicht lassen. Immer musst du …«

Benjamin zwinkerte Roman zu, drehte die Musik lauter. Es musste die Zwölf-Minuten-Version sein. Thoren war nicht mehr zu verstehen. Roman schüttelte den Kopf. Seine Freunde.

»Wir fahr'n, fahr'n, fahr'n auf der Autobahn«, hämmerte es durch den Innenraum des Porsche. Thoren redete immer noch. »Respektier wenigstens, dass du deine scheiß

Witze nicht in meiner Gegenwart reißt! Thoren hatte sich kurz nach vorne gebeugt und dabei fast geschrieen.

Das Röhren von Motor und Auspuff wurde leiser, die Fahrt langsamer. Benjamin wechselte auf die rechte Spur und bremste den hinter ihm fahrenden Till aus. Benjamin liebte Autobahnspielchen, Till nicht. Roman sah Tills Auto allmählich auf der linken Spur an ihnen vorbeiziehen. Till musste Höchstgeschwindigkeit fahren.

»Freunde, darf ich euch dieses Prachtstück vorstellen. Schaut doch mal genau hin. Der helle Wahnsinn. Ein Fiat 500, Modell D, Baujahr 1960, Zweizylinder-Reihenmotor, 17,5 PS, Höchstgeschwindigkeit 100 km/h, Luftkühlung, Vier-Ganggetriebe, selbsttragende Ganzstahlkarrosserie, Leergewicht 510 Kilogramm. Der hat damals nur 2990 DM gekostet!« hatte Till kurz vor der Abfahrt stolz vorgetragen. Roman hatte zugehört. Aus Höflichkeit. Die anderen nicht.
Der Freundeskreis hatte nur ein Minimum an Gepäck mitnehmen dürfen. Das war die einzige Information, die im Vorfeld an Roman gegangen war. Samuel hatte alle ausgestochen. Er war mit einer Aldítüte runter auf die Straße gekommen.
»Eine Unterhose kann man ja auch wenden!«, hatte Bernd höhnisch geblafft.
»Ich will doch nicht heiraten!«, war die knappe Antwort gewesen.

Der Fiat 500 war fast vorbei, als Benjamin beschleunigte, Kopf-an-Kopf-Rennen. Auf beiden Spuren bildeten sich kleinere Staus hinter den Fahrzeugen. Das ging eine Weile weiter. Roman wurde mulmig. Schließlich ließ Benjamin Till auf der Überholspur vorbei. Ein BMW überholte Benjamins Wagen kurz danach. Der Beifahrer hatte den rechten Mittelfinger erhoben. Roman sah weg, vergaß dieses Bild gleich wieder, dachte an Beate, an seine

Freunde. Wie sollte er es ihnen erzählen. Sie würden enttäuscht sein. Roman kaute auf der Unterlippe.

Der Fiat blinkte unregelmäßig rechts, nahm die Ausfahrt Linumer Bruch. Es ging in eine scharfe Rechtskurve, bevor das Blau der Aral-Tankstelle ins Blickfeld kam. Der Fiat blinkte rechts, links, zweimal auf beiden Seiten, bevor er an einer Zapfsäule zum Stehen kam.

»Kauf dir einen größeren Tank und gleich eine neue Elektrik mit!«, rief Benjamin zu Till rüber, ließ das Fenster wieder hochfahren und fuhr an den Zapfsäulen Richtung Parkplatz vorbei.

Nachdem der Fiat wieder aufgetankt war, standen die Freunde auf dem Rastplatz, die Autos quer über mehreren Parkplatzmarkierungen. Klänge von Kraftwerk und Rammstein aus den Autos vermischten sich.

»Langsam wird es Zeit, ist doch kein Kindergeburtstag hier!«, läutete Bernd das Ritual ein. Mit einem Messer stach er Löcher in sechs Beck's-Dosen, die er auf dem Pflaster der Parkbucht aufgereiht hatte. Kleine Bierfontänen zischten hervor und versiegten. Ein Mann mit Halbglatze, eine untersetzte Frau und ein Jugendlicher gingen vorbei. Die Halbglatze schüttelte den Kopf. Die Untersetzte zog den Jungen am Ärmel seines übergroßen Trikots der New York Yankees weiter.

»Ihr seid alle viel zu nüchtern und es ist schon spät am Tag!«, brachte Bernd als Trinkspruch aus. Es war früh an diesem Freitagmorgen.

»Auf Roman!«, rief Benjamin. Die Freunde prosteten Roman zu, rissen die Dosenlaschen auf, stürzten das Bier in einem Zug runter. Roman auch. Schließlich zerquetschten alle die Dosen und warfen sie rücklings über die Schulter. Außer Thoren. Er sammelte die Dosen ein.

Über die Autobahn ging es immer weiter nordwärts durch Brandenburg und Mecklenburg-Vorpommern. Flaches Land, blühende Felder, blau funkelnde Seen, lichte Wäldchen und Silhouetten von Städten und Dörfern flogen im Sonnenschein vorbei. Roman dämmerte es langsam, die Ostsee rückte näher, war das Ziel. Er ließ sich vom grauen Asphalt gefangen nehmen, beobachtete die weißen Striche der Fahrbahnmarkierungen. Roman fragte sich, wie es wohl war, ein weißer Strich zu sein. Manchmal wünschte er sich weniger Fragen, mehr Antworten, eine einfache Bestimmung, einen festen Platz, einen Hafen. Er riss sich von den Linien los, betrachtete Benjamin., der zur Musik auf das schwarze Lederlenkrad trommelte, Thoren, der weiter in seinem *Reclam*-Heft las, den Fiat 500, der hinter ihnen fuhr. Roman war dankbar. Er hatte Freunde. Sein letzter Gedanke gehörte Beate, bevor er einnickte.

Roman erwachte mit Genickschmerzen. Der Biergeschmack in seinem Mund war schal. Der Porsche hielt vor einer roten Baustellenampel. Der Motor brummte leise und gleichmäßig. Benjamin begrüßte Roman mit einem Lächeln. Thoren schlief mit dem aufgeschlagenen *Reclam*-Heft auf dem Schoß. Das Lesezeichen lag auf der Bank. Am rechten Straßenrand standen auf einem provisorischen Verkehrschild die Kilometerangaben nach Rostock und Ribnitz-Damgarten. Es waren nur ein paar Kilometer nach Rostock. Jemand klopfte an die Scheibe der Fahrertür. Till. Er hatte eine Straßenkarte in der Hand. Benjamin ließ das Fenster runter.
»Also Ben, wie ich sehe, müssen wir, bevor wir auf die Landstraße kommen, noch …«
Die Ampel leuchtete gelb. Benjamin fuhr los. Roman blickte zurück. Till stand mit verschränkten Armen mitten auf der Straße, sah ihnen hinterher.
»Alles klar.« Benjamins Augen glänzten.

Es ging Richtung Ribnitz-Damgarten, dann weiter nach Graal-Müritz. Thoren schlief immer noch.

Hübsche Häuser aus rotem Backstein oder mit Reetdächern zogen vorbei, aber auch heruntergekommene. Fenster und Türen waren mit Brettern vernagelt. Nur wenige Menschen waren unterwegs. Meistens alte. Manchmal junge Mütter mit Kindern. Männer und Frauen sahen älter aus als in Berlin-Mitte. Mancher Ort wirkte einsam, verlassen. Geschäfte standen leer. Wer hatte hier noch Arbeit?

Benjamin fragte zwei Passanten nach dem Weg. Eine Landstraße. Dörfer. Noch eine Landstraße.

»Wir sind da!«, rief Benjamin und lenkte den Wagen von der Straße auf einen unebenen Weg aus Kies und Sand. Der Kies knirschte unter den breiten Reifen, kleine Steine spritzten hervor, klackten gegen den Wagen. Der Fiat 500 folgte. Die Wagen wirbelten Staub auf. Roman sah ein Schild vor einer Baumgruppe: *Camping- und Ferienpark Strandtraum 500 Meter.*
»Ein Campingplatz, ich hasse Zelten!«
»Roman, bleib locker!«, entfuhr es Benjamin und dem erwachten Thoren fast gleichzeitig.
Drei Stunden für einen Campingplatz. So eine Scheiße!, dachte Roman.

5. Juni, 6.30 Uhr - Katharina

»Fahr vorsichtig und pass auf dich auf.«

»Ja, Mama, ich hab es gehört.«

»Aber, Kind, ich meine es doch nur gut.«

»Mama, das mit dem Gut gemeint hatten wir doch schon tausend Mal. Ich bin wirklich schon ein sehr großes Mädchen.«

»Ja, aber … mit den Männern und schon wieder.«

»Hör bitte auf, das ist allein meine Sache.«

»Ich will ja nur …«

»Du, Mama, es klingelt gerade, ich muss aufmachen, die anderen warten auch schon. Danke für den Anruf. Ich melde mich, wenn ich wieder da bin. Ciao.«

»Katharina, pass auf dich auf und fahr bloß vorsichtig.«

»Hallo, Gertrud, komm rein. Die anderen sind alle schon da.«

»Guten Morgen, Kathi. Wir haben uns viel zu lang nicht mehr gesehen.«

»Stimmt. Wie geht es euch beiden?«

»Sie strampelt im Moment ganz doll. Ansonsten geht es uns gut. Ich sehe nur langsam aus wie eine Tonne, komm beim Treppensteigen ins Schwitzen, fresse wie ein Scheunendrescher und nichts passt mehr. Man hat ja vieles vorher gehört oder gelesen, aber wenn man es dann selbst erlebt – na ja, alles in allem ist es schon toll, Mutter zu werden!«

»Du hast nie besser ausgesehen. Du strahlst richtig.«

»Danke dir, das tut gut. Für ein kleines Walross geht es wohl noch.«

»Ach, Gertrud, komm doch erst mal richtig rein und stell die Tasche ab.«

»Danke. Igitt, Paula hat ja immer noch diesen grässlichen Fake von Louis-Vuitton-Tasche. Das geht doch nun wirklich nicht mehr! Was meinst du? Ich muss ihr gleich meine tiefe Missbilligung aussprechen.«

»Ist doch ihre Sache. Lass gut sein. Sie ist doch stolz darauf.«

»Aber damit kann man sich nun wirklich nicht mehr sehen lassen. Außerdem färbt das auf uns ab. Nachher hält man uns alle noch für billige Imitate.«

»Damit kann ich gut leben.«

»Ach, Kathi, du bist einfach die Beste.«

»Wenn du meinst.«

»Verzeih mir meine kleine Lästerei. Mich schüttelt es jedes Mal.«

»Ach, Gertrud.«

»Ich muss noch mal verschwinden. Bevor ich reingehe. Ich muss jetzt ständig. Echt unangenehm und selten ist ein blitzblankes Klo zur Stelle – wie bei meiner hübschen Kathi.«

»Du weißt ja wo.«

»Aber bevor wir mit allen anderen zusammen sind, und die ihre Lauscher aufstellen, musst du mir unbedingt noch sagen, wie es dir geht, Schätzchen.«

»Nach wie vor scheiße. Ich fühl mich so leer. Dann hat eben ausgerechnet noch meine Mutter mit der alten Leier angefangen.«

»Na, dann kommen wir Mädels und das Wochenende ja genau zur richtigen Zeit. Ach, nur nebenbei, hat sich das Arschloch noch mal gemeldet?«

»Seit drei Monaten nicht mehr. Neulich hat er noch ein paar Kleinigkeiten von einem Kumpel abholen lassen, auf die er vorher nie Wert gelegt hat. Die Liste der Dinge hatte er grußlos vorab per E-Mail geschickt. Ich sollte sie schon mal bereitstellen. Das hat echt noch mal richtig wehgetan - und wie geschmacklos ist das denn nach all den Jahren und vor allem nach diesem Abgang? Bei einigen Sachen bin ich mir auch noch ziemlich sicher, dass ich die allein bezahlt hatte.«

»Ach, komm lass dich mal drücken, Süße. Du hast ja ein neues Parfüm, Kathi. Dior?«

»Ja.«

»Hmh, ich liebe Dior! Und beim Friseur warst du auch. Steht dir richtig gut. Abgenommen hast du auch.«

»Ich passe wieder in meine alten Levis.«

»Da bin ich ja fast ein bisschen neidisch. So kugelrund wie ich bin.«

»Ich glaube nicht, dass du mit mir tauschen möchtest.«

»Hmh. Aber wo wir doch schon mal dabei sind, was ist eigentlich mit seiner Neuen?«

»Tja, er ist direkt bei mir aus- und bei ihr eingezogen. Das habe ich erst neulich hintenrum mitgekriegt. Angeblich war er ja zu seinem Kumpel gezogen.«

»Mistkerl! Und?«

»Und was?«

»Na, die Neue!«

»Halb so alt wie ich.«

»Nein!«

»Doch.«

»Arschloch!«

»Ach, was soll ich dazu noch sagen. Das hat alles so unglaublich wehgetan, war so verletzend. Ich bin einfach ausgetauscht worden. Der Schmerz war so groß. Dann kam die Leere. Aber das ist ja auch alles schon eine Weile her.«

»Wo du das gerade ansprichst. Es tut mir leid, dass ich so wenig für dich da war.«

»Ich verstehe schon. Das Baby.«

»Ja, aber es ist auch keine Entschuldigung für alles. Ich mache es wieder gut.«

»Was soll es. Das Leben geht weiter. Zuletzt war nur noch mein Stolz verletzt, für so ein junges Ding verlassen zu werden. Vielleicht sollte ich es mal mit ′nem Jüngeren versuchen.«

»So′n aufgepumpter Lackaffe.«

»Ja, gemocht habt ihr ihn alle nicht.«

»Er hat es uns aber auch wirklich schwer gemacht.«

»Lass gut sein, Schnee von gestern.«

»Hast du seine neue Ische schon gesehen?«

»Natürlich, sie war Kundin. Er hat sie trainiert.«

»Nein, wie schlecht ist das denn?«

»Auch das ist nicht mehr wichtig.«

»Na ja, der steht bald wieder auf der Straße. Wirst schon sehen.«

»Schwamm drüber. Ich sollte mir eben keine Arschlöcher mehr aussuchen. Wann lerne ich es denn endlich mal? Manchmal denke ich schon, dass meine Mutter recht hat.«

»Man steckt eben nicht drin, außerdem stehen wir alle irgendwie ein bisschen auf Arschlöcher. Und wie laufen die Geschäfte?«

»Schlecht, wenn es so weitergeht, muss ich Ende des Jahres schließen und sitze wieder im Reisebüro. Thomas will auch noch seine Finanzeinlage zurück. Hab einen netten Brief von seinem Anwalt bekommen.«

»Ach, Süße, jetzt muss ich aber wirklich dringend verschwinden, sonst gibt es noch ein Unglück.«

»Ja, es reicht jetzt auch wirklich. Wir wollen bald los. Scheiße, ich fang echt gleich an zu heulen. Das ist alles ein bisschen viel und dann noch meine Mutter eben … «

»Komm, lass dich noch mal drücken - bleibt es bei deinem Bulli oder nehmen wir auch meinen Cayenne? Dann haben wir mehr Platz, auch für eine riesige, gefakte Tasche.«

»Bulli.«

»Ja! Ostsee, wir kommen! Aber jetzt ruckzuck aufs Klo.«

Ankunft

Benjamin trat hart auf die Bremse. Die Räder blockierten. Das Antiblockiersystem griff. Sand und Staub wirbelten auf. Der Porsche rutschte ein kleines Stück weiter, kam kurz vor der rotweißen Schranke zum Stehen. Neben dem Schlagbaum stand ein großes, weißes Hinweisschild aus Holz.

Herzlich Willkommen auf dem Camping- und Ferienpark Strandtraum!
Ganzjährig geöffnet, bewachte Anlage
Viel mehr als nur ein Campingplatz
Auf 40 Hektar herrlichem Naturgrundstück direkt am feinen, weißen Ostseestrand erwartet Sie ein Urlaubsparadies mit sonnigen oder bewaldeten Stellplätzen für Zelte, Wohnwagen, Wohnmobile sowie Bungalows und Finnhütten. Unsere Sanitäranlagen sind auf dem neusten Stand. Gern heißen wir Sie in unserem Restaurant Strandtraum willkommen.

Roman öffnete die Tür. Stieg langsam aus - den Blick auf das Schild gerichtet. Campingplatz. Strandtraum. Die wollen tatsächlich mit mir zelten. Scheiße.
»Nun mach mal hin, Roman, lass mich raus, ich muss die Formalitäten regeln.«, drängelte Thoren.
Der Fiat kam an. Till, Bernd und Samuel stiegen aus und stellten sich vor das Schild.
»Hört sich doch gut an.«, sagte Till.
»Scheiße, mein Rücken tut mir vielleicht weh.«, klagte Samuel.
»Jammer nicht rum, hol Bier.«, befahl Bernd.
»Nein, nein, bitte, bitte nicht hier. Wir haben noch nicht einmal eingecheckt. Was macht das denn für einen Eindruck. Es läuft alles auf meinen Namen.«, flehte Thoren.
»Hol Bier, Sam, und du geh jetzt rein und erledige den Papierkram.« Bernds Stimme ließ keinen Widerspruch zu.

»Ja, ja, ich geh ja schon, aber verhaltet euch gesittet, wenigstens für einen kurzen Moment.« Thoren verschwand in einem braunen Holzgebäude mit breiter Fensterfront und Flachdach. Über der Eingangstür stand: *Parkrestaurant & Information*. Roman sah ihm hinterher. Samuel hatte Bier geholt. Roman bekam eine Flasche in die Hand gedrückt. Sie war bereits geöffnet. Eine leichte Brise wehte. Roman genoss den Wind auf seinem Gesicht. Die Luft schmeckte salzig. Blätter umliegender Bäume raschelten. Roman lauschte. Das Meer war nicht zu hören. Er spülte den schalen Geschmack in seinem Mund mit einem kräftigen Schluck hinunter. Thoren kam mit ernstem Gesicht zurück.

»Benehmt euch, bitte! Ich mein das ganz ernst.« Er erntete nur Lächeln. Roman kletterte im Porsche nach hinten. Keiner hatte etwas zu Thorens Ermahnung gesagt. Seine Freunde waren still, zu still gewesen. Wie oft hatte er ähnliche Situationen mit ihnen erlebt. Es waren diese wunderbaren, magischen Momente, in denen die Kinder und Kobolde in ihnen erwachten und nur schwer wieder einzufangen waren.

Sie fuhren langsam auf das Gelände, Thoren öffnete den Schlagbaum und schloss ihn hinter ihnen wieder. Die Autos rollten über den Platz, einen Pfad entlang, schließlich über eine Wiese an Zelten, Wohnwagen, Wohnmobilen und Autos vorbei. Flüchtig waren Bungalows zu sehen. Hoffnung keimte in Roman auf. Schon waren die kleinen eingeschossigen Häuser wieder verschwunden. Mist! Er biss sich auf die Unterlippe. Die Fahrt ging weiter bis kurz vor die Dünen. Finnhütten! Yippieh! Kein Zelten! Benjamin hielt direkt vor einer Finnhütte, Till links neben ihr.

»Reich mir bitte meinen Beutel und mein Heft, Roman.«

»Hier bitte. Ich danke dir, Thoren!«

»Wofür?«

»Na, ich sehe zwei Finnhütten und anscheinend ist eine davon für uns.«

»War doch klar!«

»Wieso?«

»Dachtest du, wir gehen mit dir zelten?«

»Na ja.«

»Denk nach, wir alle wissen, dass du zelten nicht ausstehen kannst. Es ist doch dein Wochenende. Wir sind deine Freunde. Komm, lass uns aussteigen.«

»Trotzdem danke. Ich bin so froh.«

Thoren zwinkerte Roman zu.

Die anderen waren bereits ausgestiegen, rannten auf die Finnhütte zu. Benjamin hatte die Fahrertür offen stehen lassen. Roman sah ihnen hinterher. Bernd war am schnellsten. Er stand bereits auf der Terrasse, schüttelte eine Dose, riss sie auf und ließ das Bier wie ein siegestrunkener Formel-1-Fahrer auf die Heranstürmenden regnen. Samuel kletterte auf den Terrassentisch, grölte und schwenkte eine Tüte Erdnussflips, bis diese mit einem »Plopp« riss. Es schneite Flips. Till eiferte Bernd mit einer Sektflasche nach. Benjamin tauchte auf dem kleinen Balkon im ersten Stock auf sprühte etwas nach unten. Sahne.

»Aber, aber, das geht doch nicht! Wir fliegen hier gleich raus. Und alles läuft doch auf meinen Namen. Ich bekomm den ganzen Ärger.«, hörte Roman Thoren beim Aussteigen leise vor sich hin sagen. Roman folgte ihm zur Hütte. Der Spuk war schon wieder vorbei. Alle außer Thoren mussten lachen.

»Was für eine Sauerei.« Thoren schüttelte den Kopf.

»Mach dir nicht gleich ins Hemd. Mitgefangen, mitgehangen!«, Bernd wollte einen Schluck aus der Sektflasche nehmen. »Mist, leer.«

Roman sah sich um. Eine dicke Frau mit Strohhut rief irgendwas rüber. Sie saß mit einem Mann unter einem großen Caravanzelt. Roman verstand kein Wort.

Ein vorbeigehender, alter Mann blieb kurz stehen.

»Ihr seid hier nicht allein. Elendes Dreckspack. Einfach kein Benehmen mehr. Früher hätte man euch die Ohren lang gezogen.« Roman drehte sich weg.

Gepäck und Proviant wurden ausgeladen und in die Hütte gestellt. Bernd schleppte den Kasten Schultheiß auf die Terrasse, öffnete mit seinem Feuerzeug sechs Flaschen, stellte sie auf den Plastiktisch. Die Korken ließ er fallen. Benjamin rückte die Stühle zurecht.
»Roman, Freunde, nun ist es endlich soweit: Herrenwochenende. Ankunftsbier. Prost!«, sagte Bernd vergnügt. Ans Auspacken dachte niemand.

Roman fühlte sich wohl wie schon lange nicht mehr. Er saß auf einem Plastikstuhl, öffnete sein Hemd, genoss die Sonne auf seiner Brust. Der Alkohol betäubte angenehm. Sein Blickfeld begann sich zu verengen, zu verschwimmen, er bekam einen Tunnelblick, Konturen, Farben, Geräusche verloren an Bedeutung. Roman ließ sich treiben. An Beate dachte er nicht.

5. Juni, 7 Uhr - Der Philosoph

Der Philosoph drückt die Klinke runter. Die Tür zum Büro ist unverschlossen, schwingt ganz leicht auf. Er hat nicht geklopft. Es ist das Büro seines Doktorvaters. Prof. Dr. van der Gast sitzt hinter seinem Schreibtisch. Die klobige Antiquität ist mit Papierstapeln überladen. Der alte Mann blickt den Eindringling über den Rand seiner Lesebrille an, ohne den Kopf auch nur einen Zentimeter zu bewegen. Seine buschigen Augenbrauen bewegen sich langsam nach oben. Sie sind ungepflegt, der Philosoph hat sie noch nie gemocht.

»Was wollen sie denn hier? Es gibt nichts mehr zu bereden ... Das war es, sie werden es nie schaffen!«, herrscht der Professor den Philosophen unfreundlich an und winkt ab.

Der Philosoph betritt das Zimmer, schließt die Tür nahezu geräuschlos. Er sagt kein Wort.

»Mensch, haben sie die Sprache verloren? Ich habe keine Sprechstunde.«

Der Philosoph greift wie selbstverständlich in seinen Hosenbund, zieht den fünfschüssigen Revolver. Er spannt den Hahn mit der linken Hand, zielt auf den Brustkorb van der Gasts. Die Trommel dreht sich ein Patronenlager weiter.

»Was ...«

Wortlos zieht der Philosoph den Abzug. Der Hahn löst sich aus der Rast und wird durch Federdruck auf das Zündhütchen getrieben. Die Kugel passiert den Lauf, trifft van der Gast mitten in die Brust. Der Knall ist gar nicht so laut. Der Oberkörper des Alten fliegt gegen die Rückenlehne. Sein Kopf wackelt eigenartig. Der Getroffene röchelt, ist nicht tot, röchelt wieder, will nicht sterben. Der Schütze richtet die Waffe erneut auf den alten Mann. Dieses Mal ein Stück höher. Van der Gasts Augen sind weit aufgerissen. Der Philosoph schießt erneut - seinem ehemaligen Doktorvater in den Kopf. Das

Kaliber 32 H&R Magnum der Ruger SP101 hinterlässt ein Loch, dort wo das rechte Auge war, einen zerfetzten Hinterkopf und ein rotes Muster auf der Wand dahinter. Der Philosoph senkt den Schussarm langsam, steckt den Revolver zurück in den Hosenbund, dreht sich um, öffnet die Tür, tritt aus dem Raum, schließt die Tür leise wieder, verlässt ungerührt den Campus. Niemand hält ihn auf. Zu Hause setzt er sich an seinen Küchentisch, wartet auf das Sondereinsatzkommando, das seine Wohnungstür eintritt. Er weint still. Sein Leben ist vorüber. Das war es. Wie van der Gast es gesagt hat, denkt er. Der Philosoph hat nicht den Mut, sich in den Kopf zu schießen, wie er es vorgehabt hatte.

Auf dem Nachttisch steht ein runder, mechanischer, roter, aufziehbarer Doppelglockenwecker und tickt laut vor sich hin. Der Philosoph hat ihn von seiner Großmutter geerbt. Das Ding aus einer vergangenen Zeit begleitete ihn seit ihrem Tod. Er war sieben, hatte so gern bei ihr im Bett geschlafen. Früher hatte der Wecker auf dem Nachttisch der Großmutter gestanden, heute steht er auf seinem. Er nimmt ihn überall mit hin. Als er einmal ein Jahr lang in Kenia gearbeitet hat, da hatte er seinen Platz neben seiner Strohmatte. Die Kenianer hatten den Kopf über den Deutschen mit dem Wecker geschüttelt.

»Tick Tick Tick.« Der kleine Zeiger steht auf der Sieben, der große springt auf die Zwölf. Der Philosoph schreckt schweißbedeckt hoch, schaltet den Wecker aus.
Oh, mein Gott, es war nur ein Traum. Ich habe nicht getötet. Mein Leben ist nicht vorbei. Ich habe meinen Doktor gemacht. Der Philosoph atmet hektisch, bekreuzigt sich, obwohl er nicht an Gott glaubt. Mehrfach sagt er zu sich, dass alles nur ein Traum war. Sein Blick fällt auf die Frau neben ihm, seine Frau. Ein warmes Gefühl steigt in ihm auf. Sie haben vor zehn Jahren geheiratet. Noch heute fragt er sich, warum sie Ja gesagt hat.

Der Philosoph nimmt tiefe Atemzüge. Atemzug für Atemzug versucht er zu entspannen. Wie er es in einer Atemtherapie gelernt hat. Er fragt sich, warum er ausgerechnet heute Nacht so einen Traum gehabt hat, schiebt es auf die Aufregung vor dem Wochenende. Vorsichtig schlüpft er aus dem Bett. Bianca hat den Wecker nicht gehört. Tut sie nie. Neben dem Bett bleibt der Philosoph stehen, sieht seine Frau an, bevor er leise ins Badezimmer huscht. Ohne sie und die Kinder wäre er nichts, denkt er.

Der Badezimmerspiegel ist zu groß, das lieblose Neonlicht zu hell, um sein Alter zu verbergen. Die Geheimratsecken sind groß geworden. Graue Strähnen durchziehen das Haar. Sein Oberkörper ist schlaff, der Bauchansatz größer denn je. Sein Blick bleibt im Spiegel zwischen den Beinen hängen. Zu klein. Unter der Dusche im Freibad oder nach dem Sportunterricht hatte er neidvoll zu den anderen hinüber geblickt.
Ein kurzer Schauer unter der Dusche. Einen langen erlaubt der Philosoph sich nicht. Wasserverbrauch. Umwelt. Nachhaltigkeit. Beim Einseifen dreht er den Strahl ab. Er friert. Oft wünscht er sich, stundenlang zu duschen, duschen … duschen, allen das Wasser wegzuduschen, egoistisch zu sein. Einmal keine Gewissenbisse spüren, alles zu haben, während andere nichts haben. Aber das wäre eine Revolution gegen seine Überzeugung, seinen innersten Kern. Er ist viel zu sehr Vasall seines Gewissens.

Die Augen des Philosophen ruhen auf ihr. Bianca schläft noch. Die schwarze Satinbettwäsche ist verrutscht, erlaubt einen Blick auf ihre schlanken Beine und den Schambereich. Innerlich schüttelt der Philosoph den Kopf. Er hätte nie gedacht, dass er einmal in Satinbettwäsche schlafen würde. Das ist so eine Sache mit dem Nie, denkt er. Bianca lässt in manchen Dingen keine Diskussion zu.

»Musst du ausgerechnet Bettwäsche kaufen, die von Kindern gefertigt wurde?«
»Spar dir diese Diskussion für deine Ökokumpels auf.«
»Meine Freunde sind keine Ökos.«
»Na, dann für die, die den Scheiß hören wollen. Ich jedenfalls nicht. Die Bettwäsche ist traumhaft und damit basta!«
Biancas Anblick erregt den Philosophen. Sie haben sich schon länger nicht mehr geliebt. Bianca ist immer mehr Ehefrau und Mutter, immer weniger Freundin, Geliebte geworden. Aber es ist schön, eine Gefährtin zu haben. Er verbietet sich seine zwischen den Beinen sichtbare Erregtheit. Bianca darf nicht bloßes Objekt seiner Begierde sein. Nein, ein Voyeur ist er nicht. Beim Onanieren denkt er lieber an Szenen aus Pornofilmen, die er sich heimlich anschaut. Bianca hasst Pornofilme.

Erst nach langem Bitten hatte sie ihn geheiratet. Bianca hält nichts von der Ehe.
»Kennst du eine einzige Ehe, die funktioniert?«, hatte Bianca ihn vor Jahren gefragt.
»Was verstehst du unter funktionieren?«
»Dass Mann und Frau aufrichtig und respektvoll miteinander umgehen, sich treu sind und im Großen und Ganzen miteinander zufrieden sind und nach Jahren auch noch Spaß beim Sex haben – wie wäre es damit?«
»Hmh.«
»Und darüber hinaus – wirst du mich immer noch sexy finden, wenn meine Figur nach dem Kinderkriegen ruiniert ist? Wirst du keiner anderen Frau hinterherschauen und dabei nicht an Sex denken? Wirst du nicht fremdgehen? Was meinst du, wie erotisch das sein wird, wenn wir uns gegenseitig ›Mama‹ und ›Papa‹ vor den Kindern nennen? Was also bitte soll ich mit einem Trauschein? Wegen der Steuer?«
Nach dem zweiten Kind hatte Bianca seinen Anträgen nachgegeben.

Der Philosoph betrachtet Bianca noch eine Weile. Sie sieht friedlich, schön aus. Ihr Parfüm hängt leicht in der Luft. Die Erektion lässt nach. Er geht zum Kleiderschrank, betrachtet seine Sachen, fischt wahllos eine braune Cordhose und ein hellgrünes T-Shirt heraus. Bianca schimpft über seinen Geschmack.

Im Kinderzimmer ist alles ruhig. Seine beiden Söhne schlafen in ihren Betten unter den Mobiles. Sie bewegen sich leicht. Er hat sie gebastelt. Die Kinder sind noch so klein, denkt er. Der Philosoph küsst beide zum Abschied auf die Stirn.

Seine letzten Gedanken in der Wohnung gehören Biancas Worten vom vergangenen Wochenende. Es schaudert ihn. Beide waren nach Neuruppin. Die Kinder hatten sie bei seinen Eltern gelassen. Bianca hatte gemahnt, dass sie Zeit füreinander bräuchten, sprechen müssten. Der Philosoph hatte gar nicht weiter nachgefragt. Er wollte nicht sehen, wie dunkle Wolken aufziehen. Selbst wenn sie den Himmel bereits über ihm bedeckten. In seinen Gedanken war kein Platz für eine Wetteränderung. Er war Biancas Wunsch gefolgt und hatte bei 90 Grad auf den Holzbrettern neben seiner Frau gesessen und durch die Panoramafenster der weitläufigen finnischen Seesauna auf das Wasser hinausgeschaut. Ein spärlich besetzter Ausflugsdampfer war vorbeigeschippert, hatte das Holzhaus leicht schaukeln lassen. Der Philosoph geht gern in die Sauna. Hinterher fühlt er sich gereinigt, sauber. An diesem Tag war alles anders als so oft in letzter Zeit gewesen. Das Wasser aus den Düsen der Duschstraße war wärmer oder kälter als sonst, das Eis in der Schneehöhle matschig gewesen, die Musik im Dampfbad hatte genervt, die Scharniere der Tür zum Laconium hatten gequietscht, die Gäste waren lauter als gewöhnlich gewesen.

»Wir müssen reden!« Bianca blickte dem Philosophen fest in die Augen. Beide saßen im Bistro der Therme. Er zuckte kurz zusammen.

»Worüber möchtest du mit mir reden?« Der Philosoph sah auf den See hinaus.

»Mit dir stimmt was nicht oder nicht mehr.«

»Wie kommst du denn darauf?«

»Ist dir in letzter Zeit nicht selbst etwas an dir aufgefallen?«

»Nein, nein. Ich bin vielleicht etwas überarbeitet. Ich musste ja noch einen weiteren Kurs in der Uni übernehmen.«

»Das meine ich nicht.«

»Was meinst du denn?«

»Du wirkst unzufrieden.«

»Ich bin nicht unzufrieden. Mit mir ist alles in Ordnung.«

»Aha. Wir müssen langsam aufpassen.«

»Auf was denn?«

»Ich sag es dir frei heraus. Ich liebe dich immer noch und du bist ein guter Vater, aber ich empfinde dich schon seit Längerem als zunehmend unzufrieden. Es wird Zeit, dass du dir mal Gedanken über dich machst und anfängst, mit mir zu sprechen. Vielleicht kann ich dir ja helfen.«

»Was soll ich dazu sagen?«

»Dass du es tun wirst – und warte nicht zu lange damit.«

»Okay.«

Bianca hatte ihn noch einmal eindringlich angeschaut. Der Philosoph hatte sich wie ein Insekt auf einem Glasplättchen festgeklebt und durch das Mikroskop gemustert gefühlt. Nackt und hilflos.

Nachts hatte das Gespräch ihn wachliegen lassen.

»Schatz, wach bitte auf!« Sanft hatte er an Biancas Schulter gerüttelt.

»Du hast recht. Ich muss aufpassen, dass ich die Freude am Leben, auch an den kleinen Dingen nicht verliere, dass ich nicht immer wissen muss, warum was wie ist und nicht immer Menschen überzeugen will.«

»Klingt gut. Arbeite daran. Sei wachsam.«

»Ich liebe dich!«

»Ich dich auch.« Mit diesen Worten war Bianca wieder eingeschlafen, der Philosoph schließlich auch.

8.05 Uhr

Der Philosoph lässt die Wohnungstür leise in die Falle gleiten. Mit einem verwaschenen Jutebeutel betritt Thoren die Straße. Sein Weg führt ihn zur Straßenbahn. Er nimmt die U-Bahn Richtung Wedding, seinen Freunden und hoffentlich Stunden der Freude entgegen.

Grillen

»Los. Lasst es uns hinter uns bringen, bevor wir zu breit sind.« Bernd stand auf und ging in die Hütte.

»Wa-as?«, stammelte Samuel in die Runde.

»Bist du jetzt schon zugedröhnt?«, fragte Benjamin heiter.

»Nein, nein, man wird ja wohl noch mal eine Tüte rauchen dürfen – außerdem hat Thoren fast die Hälfte weggezogen.«

»Kommt jetzt alle mit. Wir teilen ein, wer wo schläft. Legt wenigstens euer Reisegepäck auf die Matratze. Auspacken muss niemand. Wäre ja auch das erste Mal.« Nach diesen Worten verschwand Benjamin in der Hütte. Die anderen folgten.

Die Finnhütte war bezogen. Ein Wohnzimmer mit Kochnische und ein kleines Bad mit Dusche lagen unten, zwei Schlafräume mit jeweils drei Betten oben. Roman hatte sich für die ausziehbare Couch unten entschieden. Einzelzimmer mit Toilette. Seine Freunde richteten sich oben ein. Romans tarnfarbener Seesack lag auf der orange-rot gemusterten Couch. Zum Auspacken hatte er keine Lust. Er betrachtete die beiden Farbmuster. Sie passten nicht zueinander.

»Musstest du wieder so viel Geld ausgeben?«, hatte Beate geschimpft.

»Ich fand den Seesack toll. Klasse Reisetasche!«

»Aha.«

»Was hast du eigentlich?«

»Was ich habe? Halt endlich dein Versprechen und steck das Geld in die Wohnung. Wir sind jetzt schon ein Jahr hier drin und es sieht immer noch wie beim Einzug aus.«

»Ja, aber …«

»Nichts aber. Das Bad ist schrecklich, dieses grässliche Grün, wie bei einer Oma. Du wolltest hier unbedingt einziehen und hast versprochen, dass wir renovieren, genau genommen, dass du renovierst.« Beate wurde lauter, redete sich in Rage.

»Eine Altbauwohnung hat nun einmal Patina. Deswegen sind sie so beliebt.« Romans Worte blieben ungehört. Beate hatte das Schlafzimmer verlassen und die Tür zugeknallt. Roman ließ die Schultern hängen.

»Worum geht es dir wirklich, Beate? Willst du mir das Wochenende versauen?«, murmelte er vor sich hin.

Roman war in einem preisgekrönten Designerhaus aufgewachsen. Er hatte es als kalt empfunden.

Seine Eltern, Beates Eltern und auch Beate selbst hatten wenig von ihrer ersten gemeinsamen Wohnung gehalten. Seinerzeit hatte Roman alle entwaffnet und sich durchgesetzt.

»Schaut, Beate und ich stehen am Anfang. Wir müssen uns erst etwas aufbauen und können uns keine teure Wohnung leisten. Beate studiert noch. Diese Wohnung können wir bezahlen. Ihr wollt ja wohl nicht unsere Miete übernehmen. Ich möchte mit unseren Finanzen verantwortungsvoll umgehen und selbst für uns sorgen können. Okay, es ist nicht alles schick, aber ich kann vieles selbst renovieren. Ihr werdet schon sehen, bald ist es ganz hübsch hier. Und sollten wir einmal Nachwuchs bekommen, reichen die 90 Quadratmeter auch erst einmal.«

Beate strahlte beim Wort Nachwuchs, schaute kurz darauf aber schon wieder skeptisch drein.

»Beate, ich muss schon sagen, Roman macht sich immer besser. Ein Mann, ein Wort«, hatte Beates Vater gesagt.

»Hauptsache, ihr könnt sie euch leisten.« Mit den Worten seines Vaters war die Wohnungssuche beendet. Bei der Wohnungswahl war Roman Beate gegenüber rücksichtslos gewesen. Er wusste das. Beate hatte sein Manöver durchschaut. Ihr konnte er nicht viel vormachen, dafür liebte er sie. Tatsächlich wollte Roman in keinen Neubau, in kein Abbild seines Elternhauses ziehen. Darüber sprach er nicht. Für ihn musste es eine Altbauwohnung sein, am liebsten verwohnt und im Prenzlauer Berg. Weit weg von seinen Eltern. Im Szeneviertel konnte er sich jederzeit vor der Haustür ins pure Leben spülen lassen. Vierundzwanzig Stunden, rund um die Uhr. Roman liebte die Kastanienallee mit ihren Läden, den Cafés und Restaurants, die *Locke & Glatze*, *Vokuhila*, *Notaufnahme*, *103*, *Glücklich am Park* hießen, eben anders. In diesem Bezirk musste alles schick heruntergekommen sein. Die Gegenden um die Simon-Dach-Straße in Friedrichshain oder die Bergmannstraße in Kreuzberg wären für Roman auch in Betracht gekommen. Aber es gab eben nur eine Kastanienallee, auch wenn Zugezogene längst den Prenzlauer Berg dominierten.

Roman riss sich von den Gedanken an Beate los, ging auf die Terrasse, nahm sich ein Bier aus dem Kasten und stellte sich neben Benjamin, der ihn kurz musterte.
»Roman, schau mal rüber! Berliner Kennzeichen. Fünf oder sechs Mädels. Überleg mal. Zwei Finnhütten. Eine voll mit Männern, eine voll mit Frauen. Wenn das nicht passt. Schicksal!!« Benjamin machte eine anzügliche Geste.
»Wir haben eine klare Abmachung!« Roman atmete tief durch.
»Natürlich!« Mit diesem Wort wandte sich Benjamin ab, stellte sein Bier auf den Tisch und schlenderte zur benachbarten Finnhütte hinüber. Auf halber Strecke drehte er sich noch einmal um, fixierte Roman mit einem breiten Grinsen im Gesicht.
»Ich mach uns dann mal bekannt!«, hörte Roman seinen Freund rufen.
»Was macht denn Benjamin da?« Bernd hatte sich neben Roman gestellt.
»Was er immer macht.«
»Er kann es einfach nicht lassen.«

»Nein.«

»Till und ich fahren los und kaufen einen Grill und was wir sonst noch brauchen.«

»Viel Erfolg.«

»Nicht nötig. Thoren hatte gestern schon den Platzwart befragt. Ganz in der Nähe ist ein Supermarkt. Der hat alles.«

»Perfekt.«

»Bis gleich.«

»Ja, bis gleich.«

Bernd und Till kamen vom Einkauf wieder. Bernd baute den Grill, eine rote Halbkugel auf drei Beinen, zusammen. Die anderen standen mit einem Bier in der Hand drum herum und erteilten Ratschläge. Bernd ließ sich nicht aus der Ruhe bringen und war bald fertig. Till schüttete einen Sack Grillkohle in die Halbkugel, spritzte eine halbe Flasche Brennspiritus auf die Kohlen, zündete ein Streichholz an und warf es in die randvolle Halbkugel.

»Los geht's!«, rief Till und klatschte in die Hände.

Keiner der Männer war bei der Verpuffung und hohen Stichflamme zurückgewichen.

»Ich liebe Grillen.«, sagte Samuel.

Die Freunde nickten.

»Alles klar, die Mädels sind aus Berlin, bleiben wie wir auch das ganze Wochenende und das Beste ist, sie kommen später mal rüber.« Mit einem zufriedenen Gesichtsausdruck stellte sich Benjamin an den Grill zu seinen Freunden. Roman wurde flau im Magen.

»Musste das sein?«, fragte Roman Benjamin.

»Natürlich. Warum nicht.«. Benjamin setzte einen unschuldigen Gesichtsausdruck auf.

»Wir hatten eine Abmachung! Ich will keinen Ärger, besonders nicht durch Frauen.«, entfuhr es Roman.

»Entspann dich, Roman. Alles kann, nichts muss. Was soll es denn für'n Ärger geben? Ist doch nett von Benjamin. So haben wir alle vielleicht ein bisschen Spaß. Du bist vergeben, aber nicht jeder von uns. Es ist Zufall. Nehmen wir ihn an.«, warf Samuel ein.

»Aber wir wollten doch das Wochenende für uns sein?«

»Bleib locker, Roman, nun warte doch erst einmal ab. Die ziehen doch nicht gleich bei uns ein. Ein Bier heute Abend. Was ist so schlimm daran?«, Samuel legte den Arm um Roman.

»Ich, ach, scheiß drauf, ihr habt recht – manchmal komme ich mir schon wie mein Vater vor.« Romans Gesicht entspannte sich.

»In allen von uns steckt der Vater – und ja – scheißen wir drauf und hoch die Tassen!«, rief Thoren.

»Hast du gerade scheiße gesagt, Thoren?«, fragte Benjamin.

»Äh, ja, wieso?«

»Wurde auch mal Zeit! Prost.« Benjamin grinste.

Die Kohle begann durchzuglühen. Die Freunde saßen auf der Terrasse in der Sonne und erzählten alte Geschichten. Roman dachte an Beate, aber nicht lange. Seine Freunde prusteten vor Lachen. Ein älteres Paar stand kopfschüttelnd auf dem Sandweg hinter dem Jägerzaun und sah Samuel zu, wie er sich ein Bier über den Kopf goss. Roman musste lachen. Die beiden Alten gingen murmelnd weiter. Der Mann schüttelte weiter den Kopf und fuchtelte mit beiden Armen in Richtung seiner Begleiterin, die immer wieder nickte. Beide verschwanden zwischen den Dünen.

»Geile Vorstellung, Alter!« Benjamin schlug Samuel auf die Schulter.

Der grinste nur.

Roman sah sich um. Der Campingplatz lag wunderschön in eine sanfte Dünenlandschaft eingebettet. Die beiden

Finnhütten wurden nur durch einen Jägerzaun und einen schmalen Sandweg vom ersten Dünenkamm getrennt. Die Halme des Strandhafers wogten seicht im lauen Sommerwind. In der Mitte des Campingplatzes standen vereinzelte Bäume und Bungalows. Vielleicht befanden sich fünfzig bis sechzig Zelte und Campingwagen auf den Platz, schätze Roman. Die Sanitäranlage lag ziemlich dicht neben den Bungalows. Das Holzhaus am Schlagbaum konnte er nicht sehen. Idyllisch. In seiner Vorstellung wurde der Campingplatz zu einer Spielzeuglandschaft seiner Kindheit. Er ließ eine Dampflok mit Zischen, Fauchen und weißem Rauch durch sie hindurchfahren. Er hörte das Rattern und Quietschen der Waggons. Das Bild fiel, als er eine heruntergekommene Baracke mit zerstörten Fenstern auf einem Hügel neben dem Campingplatz sah. Roman stand auf, ging zum Jägerzaun vor den Dünen, lauschte. Meeresrauschen. Möwen.

»Roman, die Kohlen sind durch. Komm her!« Bernds kräftige Stimme. Roman ging zurück. Bernd und Till legten Würste und Fleisch auf den Grill. Samuel assistierte.
»Hast du die Thüringer angeritzt?«, fragte Bernd Till.
»Natürlich, was denkst du denn.«
»Ich will nur nicht, dass sie platzen.«
»Ich glaube, du kannst die Würste schon wenden.«, warf Samuel ein.
»Auf keinen Fall. Eine Wurst wird nur einmal gewendet!«, sagte Bernd.
»Wollen wir jetzt schon Bier drüber spritzen.«, fragte Till.
»Klar. Damit kann man nie früh genug anfangen.«, antwortete Bernd.
Auf dem Rost lagen Thüringer Rostbratwürste, Buletten, Schaschlik- und Fackelspieße, Nackensteaks und Hühnerbrustfilets. Baguettebrot, Soßen und Senf standen bereit. Die Bratwürste kamen zuerst auf den Tisch.

»Kannst du nicht wenigstens einmal beim Essen damit aufhören?«, schimpfte Bernd.

»Was ist denn los, was habe ich denn jetzt schon wieder gemacht?«, klagte Samuel.

»Du weißt es ganz genau?«

»Man wird doch mal aufstoßen dürfen. Meine Oma hat immer gesagt, lieber in der freien Natur als im engen Bauche.«

»So ein Schwachsinn. Lass es wenigstens beim Essen.«
Biere machten weiter die Runde.

»Aber Leute, warum habt ihr denn wieder alles aus Pappe gekauft. Das hat mit Umweltbewusstsein und Nachhaltigkeit aber rein gar nichts zu tun, ihr …« Thoren verstummte.

»Was ist los? Das war dein ganzer Vortrag?«, fragte Roman Thoren.

»Wenn ich so in eure Gesichter sehe, hat es eh niemanden interessiert.«

»Überrascht dich das?«

»Eigentlich nicht.«

»Scheiß drauf. Ich zieh mir jetzt erst mal einen rein.«
Thoren stand auf und ging zu Samuel rüber. Roman war erstaunt. So hatte er Thoren bisher nicht erlebt. Die Freunde kramten wieder Geschichten aus der Vergangenheit hervor. Alkohol- und Frauenanekdoten. Im Grunde waren es immer dieselben Geschichten, neue kamen selten hinzu. Einige ihrer Erlebnisse hatten sie bereits verklärt, manche Erinnerungslücke mit Ausgedachtem gestopft. Manche Lügengeschichte glaubten sie mittlerweile schon selbst.

Romans Freundinnen waren die Männerabende oder -fahrten nie geheuer gewesen, auch Beate nicht.

»Was macht ihr eigentlich an euren Herrenabenden?«

»Nichts Besonderes.«

»Warum müsst ihr euch immer so zulaufen lassen?«

»Ihr trinkt doch auch bei euren Treffen.«

»Aber in Maßen. Was findest du nur an eurem niedrigen Niveau?«

»Was weiß du denn darüber?«

»Ihr quatscht doch nur Blödsinn und führt euch auf wie kleine Kinder.«

»Selbst wenn?«

»Du bist doch sonst nicht so!«

Und schließlich kam die Killerfrage. »Warum nehmt ihr uns nicht mal mit?«

Roman hatte es weder Beate noch anderen Frauen erklären können.

Roman war satt, trank Bier, hörte seinen Freunden zu, hielt sich beim Prahlen zurück. Heute. Seine Freunde stießen mehrfach auf ihn an. Es war warm, der Himmel wolkenlos. Romans Gedanken schweiften umher.

»Hallo, Jungs, hier sind wir. Wer ist der unter euch, der bald heiraten wird? Wir haben Sekt zum Anstoßen mitgebracht.«

Die Freunde sahen die Frauen verblüfft an. Außer Benjamin. Der lächelte. Keiner sagte etwas.

5. Juni, 7.31 Uhr - Der Arbeitslose

Eine zarte Hand rüttelt an einem Körper. Gebräunt. Muskulös. Die Brust hebt und senkt sich gleichmäßig. Nadine versucht es weiter, rüttelt. Nichts. Sie setzt sich auf den Mann. Die Bettdecke rutscht mit leisem Rascheln vom Bett auf die dunklen Holzdielen. Und auf ihre Sachen. Bluse, Jeans, Büstenhalter, Stringtanga. Im Raum riecht es nach Duftkerzen, Rotwein, Parfüm, Schweiß und Sex. Fahles Licht fällt durch die dunkelbraunen Vorhänge. Ihr erster Eindruck gestern Abend: wenig Möbel, schick und teuer. Das Bett steht mitten im Raum, in jeder Ecke eine zimmerhohe Palmlilie. Nadine hat leichte Kopfschmerzen. Rioja. 88 Euro soll der kosten, hat der Mann gesagt, auf dem sie sitzt. Nadine hat mindestens eine Flasche getrunken. Mehr als sonst. Nadine bewegt ihren Po. Der Körper unter ihr bewegt sich. Sanft küsst sie den Mund des Mannes. Seine Lippen sind weich. Sie kennt ihn erst seit gestern Abend. Nadine ist erregt. Eine Welle geht durch ihren Körper. Ihre Hand geht auf Wanderschaft, wird fündig, führt ein, umschließt. Nadine zittert leicht.

Der Arbeitslose erwacht. Eine zierliche Frau mit niedlichen kleinen Rundungen sitzt auf ihm. Sie hat Mandelaugen, langes, schwarzes Haar. Es glänzt seidig. Sie bewegt sich vorsichtig. Sein Glied ist hart. Ihre Haare streichen über seine Brust. Wunderbar. Hoch. Runter. Ihre Brüste wippen leicht. Bald ist es vorbei. Die Frau gleitet von ihm runter. Wie das Sperma an seinen Innenschenkeln. Sie legt ihren Kopf auf seine Brust.

Der Arbeitslose denkt nach. Er war in der Kinolounge am Alexanderplatz und einer Bar am Lützowplatz gewesen. Danach bricht die Erinnerung ab. Nichts. Egal. Was soll's. Er kann sich an die Frau nicht erinnern. Auch an die Nacht nicht. Der Arbeitslose zündet sich eine Zigarette an, bläst Ringe, betrachtet sie, bis sie sich auflösen. Nichts geht verloren, Materie wechselt nur ihren Zustand, denkt er.

Die Frau bittet um eine Zigarette. Er gibt ihr eine, sucht sein Feuerzeug. Unters Kopfkissen gerutscht. Er reicht es ihr rüber. Die Frau zündet sich die Zigarette an, legt ihren Kopf wieder auf seine Brust.

Früher hatte er stundenlang auf dem Bett seines Studentenapartments gelegen und die wabernden Ringe beobachtet. Sein Vater hätte ihn gern als Nachfolger in seiner Baufirma gesehen. Ihm sein Werk vermacht. So hatte er Betriebswirtschaftslehre studiert, aber nicht lange. Der Schmerz war zu groß gewesen, übermächtig. Sein Vater hatte Verständnis gehabt, seinen Sohn für das geliebt, was er war. Nicht für das, was er sich als Vater gewünscht, vielleicht erwartet hatte. Sein Vater unterstützte ihn in allem, bis heute. Nach dem Abbruch des Studiums hatte der Arbeitslose seine Leidenschaft mit etwas Nützlichem verbunden, jobbte ab und zu als Filmvorführer am Alexanderplatz. Wenn der Schmerz es zuließ. Er liebte Filme. Kinos. Der Kinokomplex gehörte Dr. Heuer, einem Golffreund seines Vaters.

Die Frau muss auf Toilette. Er zeigt in die Richtung. Sie sammelt ihre Sachen zusammen, verschwindet. Der Arbeitslose zündet sich eine Zigarette an. Bald taucht die Frau wieder auf, angezogen. Sie sieht toll aus. Keine Spuren der Nacht.

8.07 Uhr

»Dein Spiegelschrank ist voller Schmerzmittel – der Vorrat reicht ja für hundert Jahre.«
»Was hast du an meinem Schrank zu suchen?«
»Ich hab Kopfschmerzen und nach einer Tablette gesucht. Schlimm?«

»Ja.«

»Bist du krank?«

»Geht dich nichts an.«

»Tut mir leid.«

»Schon gut.«

»Ich habe mir ein Aspirin genommen.«

»Hmh.«

»Okay. Themenwechsel. Wolltest du heute Morgen nicht los, um irgendwelche Freunde zu treffen?«, fragt Nadine, während sie sich die Haare zu einem Zopf bindet.

»Das hab ich dir erzählt?« Der Arbeitslose streicht sich das Kinn.

»Ja. Stimmt es denn nicht?«

»Doch.«

»Was habe ich sonst noch erzählt?«

»Nichts Besonderes. Außerdem haben wir kaum gesprochen.«

»Hmh.«

»Mach dir keine Sorgen. Was immer du zu verbergen hast, du hast es verborgen. Weißt du wenigstens noch, wie ich heiße?«

»Nein.«

»Nadine.«

»Aha.«

»Soll ich gehen?«

»Ja.«

»Sehen wir uns wieder?«

»Nein.«

»Harte Ansage, aber fair. Ich lass dir meine Nummer da, falls du es dir anders überlegen solltest. Ich würde mich freuen.«

»Wie du meinst.«

»Ich geh jetzt.« Nadine wartet. Keine Reaktion.

»Na gut. Ciao.«

»Bis dann.«

Der Arbeitslose steht in der offenen Dusche. Wasser spritzt auf weiße Fliesen. Mit den Händen stützt er sich an den Wänden ab. Das Wasser prasselt auf den gesenkten Kopf. Schultern. Körper. So bleibt er eine Weile stehen. Wasser aus. Abtrocknen. Das Handtuch wirft er auf den Boden. Die Putzfrau kommt täglich. Er geht in sein Ankleidezimmer, sieht aus dem bodentiefen Fenster auf den Potsdamer Platz. Menschen sehen aus wie Ameisen, Autos wie Spielzeuge. Der Schmerz kommt. Dunkle Gedanken steigen in ihm auf. Er schüttelt sich. Weg mit ihnen. Schmerzen. Nicht heute. Dunkelblaue, enge Designerjeans, Gürtel. weißes T-Shirt mit V-Ausschnitt, Sneakers, Armbanduhr. Er schluckt ein paar Tabletten. Fertig.

8.21 Uhr

Der Arbeitslose betritt den Fahrstuhl, fährt die siebzehn Etagen bis zur Tiefgarage. Die Penthouse-Wohnung ist ein Geschenk seines Vaters. Eine Tasche hat der Arbeitslose nicht dabei. Die liegt im Kofferraum. Immer. Mit dem Nötigsten. Die Putzfrau kümmert sich um sie. Er lässt den Motor an. Der Porsche fährt aus der Tiefgarage Richtung Norden. Nadines Zettel hat Benjamin weggeworfen.

Kain und seine Kinder

»Also, dann eben noch mal von vorn, falls ihr eure Sprache wieder gefunden habt. Hallo, Jungs, ich bin Katharina! Das sind meine Freundinnen Mandy, Paula, Svea und Gertrud. Benjamin hatte mich vorhin gefragt, ob wir nicht mal vorbeikommen wollen. Und hier sind wir.«
Katharina stand mit vier Frauen auf der Terrasse. Blickte in die Männerrunde. Mit einer Sektflasche in der Hand.
»Schön, dass ihr es einrichten konntet. Herzlich willkommen! Setzt euch. Setzt euch doch.«
Benjamin räumte seinen Stuhl für Gertrud.
»Danke schön. Sehr aufmerksam.«
»Sehr gern. Wie könnte ich anders bei einer schwangeren Frau.«
Benjamin grinste. Seine Freunde folgten seinem Beispiel.
»Ich bin Benjamin. Dann stelle ich euch mal meine Freunde vor. Der gerade an seinem Joint zieht, ist Samuel.«
»Wollt ihr auch mal?«, fragte Samuel. Die Frauen lehnten ab.
»Der stattliche Mann am Grill ist Bernd.« Bernd winkte kurz mit der Grillzange.
»Der Mann, der gerade sein Bier festhält, ist Till.« Till nickte.
»Der mit der schicken Cordhose ist Thoren.«, der die Hand zum Gruß erhob.
»Und zuletzt kommt das Beste. Dieser verrückte Kerl hier will Samstag in zwei Wochen heiraten. Das ist unser Roman.«
»Du also bist der Anlass für den Junggesellenabschied?« Katharinas Blick fixierte Roman.
»Ja.« Roman starrte Katharina an. Groß, schlank, blass, Sommersprossen, stechend grüne Augen, rote Lockenmähne. Katharina war keine Schönheit im herkömmlichen Sinne. Aber das war es nicht. Sie war - anders. Aber da war noch etwas. Roman konnte es nicht in Worte fas-

sen. Oder traute es sich nicht. Denn das war unmöglich. Absolut unmöglich.

»Du siehst aus, als ob dich jemand erschreckt hätte. Hoffentlich nicht ich?«, fragte Katharina Roman mit einem Schmunzeln.

»Ich ...« Benjamin klopfte Roman von hinten auf die Schulter.

»Unser Roman ist manchmal etwas merkwürdig und nicht von dieser Welt. Wer heiratet, muss das wohl auch sein.«, sagte Benjamin, hakte sich bei Katharina unter und zog sie von Roman weg.

Katharina. An Beate dachte Roman nicht.

4. Juni, 13.12 Uhr - Der ewige Student

Der ewige Student geht hinein. Schließt ab. Hofft, dass der Plastikbezug des Sessels nicht allzu versifft ist. Soweit okay. Die Luft ist heiß, stickig. Es riecht muffig. Nichts Neues. Er stößt mit dem Fuß gegen eine leere Bierflasche und eine Rolle mit Haushaltspapier. Die Flasche kullert über die schwarzen Bodenfliesen, verschwindet unter dem Sessel, kommt mit einem Klacken zur Ruhe. Die Haushaltsrolle spannt er in den Wandhalter. Der ewige Student nimmt einen tiefen Zug aus seiner Bierdose und stellt sie neben dem Sessel auf den Boden.

Die Technik hatte sich geändert. Komplett. Verdammt noch mal, nichts bleibt, wie es war. Scheißtechnisierung. Man kann ihr einfach nicht entkommen. Verflucht, wie funktioniert das Ding?, denkt er. Stirnrunzelnd setzt er sich auf den roten Sessel. In dem schummrigen Licht kann er kaum etwas erkennen. Der ewige Student betrachtet eingehend die Konsole rechts an der Wand. Diverse Tasten, kleiner Steuerknüppel. Einfach zu viele Tasten. Direkt vor ihm befinden sich zwei große Bildschirme an der Wand. Untereinander, einer vierfach unterteilt. Es sieht wie im Cockpit einer Boeing 747 für Kinder aus. Er ist der Pilot. Nur versteht er die Instrumente nicht. Der mit Plastikfolie überzogenen Bedienungsanleitung an der Wand neben dem Sessel hat er kaum Beachtung geschenkt. Ein kurzer Blick hat genügt. Zu schwierig. Er kramt vier Ein-Euro-Münzen hervor, sucht den Schlitz, findet ihn unterhalb der Konsole, steckt die Münzen ein. Die Münzen rasseln durch. Der ewige Student drückt den Startknopf. Auf dem oberen Bildschirm werden vier Filme mit dreistelligen Kennzahlen angeboten, auf dem unteren beginnt ein Film. Er nimmt den kleinen Steuerknüppel, versteht zumindest, dass er mit ihm zwischen den Bildschirmen springen kann, drückt wahllos

Ziffernfolgen und die Entertaste bis gleichzeitig fünf Filme laufen, oben vier, unten einer.

»Ja, ja, ja.«

»Ich bin so geil.«

»Uh, uh, uh, stoß fester.«

»Dein Schwanz ist so hart.«

»Fick mich, fick mich, fick mich.«

»Ah, ah, ah, ah, ah, ah.«

»Du hast so einen geilen Arsch, den ficke ich jetzt richtig durch!« Alles durcheinander.

Der ewige Student öffnet seine Hose, schiebt sie ein wenig nach unten, versucht, Kontakt seiner Haut am Po und dem Plastikbezug zu vermeiden. Gelingt nicht. Die fünf Filme laufen weiter. Der unten gefällt ihm nicht. Eine Frau, drei Männer. Er änderte nichts. Wie auch. Früher war alles einfacher. Auch das. Eine Mark. Ein Film, denkt er. Der ewige Student gibt sich den Bildern hin. Dann ist er fertig. Die Tücher der Haushaltsrolle wirft er auf den Boden. Der Mülleimer ist überfüllt. Er nimmt den letzten Schluck, zerdrückt die Dose, lässt sie fallen, geht aus der Kabine.

Ein Pärchen steht im Vorraum, geht in die Nachbarkabine, als er heraustritt. Der ewige Student dreht sich weg. Schaut zu Boden. Als er den *Brombeermund* verlässt, trifft ihn die Schwüle des Tages wie eine unsichtbare Wand. Die Sonne blendet seine Augen. Schutzsuchend hält er sich die Hände vor die Augen. Bald ist es gut. Der ewige Student kann sich wieder orientieren, geht in Richtung Bushaltestelle am Stuttgarter Platz. In den ersten Stock hat er sich nicht getraut. Der ist eher für Paare. Unten kann man auch zu zweit rein. Dann wird es aber eng. Er hört *The Doors* vom Walkman.

»This is the end, beautiful friend.

This is the end, my only friend …«

23.52 Uhr

Helle Hölle. Der ewige Student sitzt an der Theke. Ein halber Liter steht vor ihm. Frisch gezapft. Schöne Blume. Sein Durst ist längst gestillt. Es schmeckt nicht mehr. Er hat den richtigen Moment zu gehen verpasst. Kai sitzt neben ihm, schwatzt über das Leben, will ihm was sagen, ruckelt dabei auf seinem Barhocker hin und her, droht umzukippen. Der ewige Student hört nicht zu, will, kann auch nicht mehr sprechen, schaut auf Kais gewaltige Zahnlücke. Die fand er schon immer besonders. Kais hellblaue Augen leuchten vor Freude. Er wirkt mit zweiunddreißig immer noch jugendlich. Der ewige Student sieht den Hocker mitsamt Kai gleich nach hinten kippen. Ob Kai die Zeitung festhält? Fliegt die Schiebermütze runter? Die Trinker werden ihm nicht helfen. Sie werden lachen. Ich …, denkt er.

»Hörst du mir zu?«, Kai schaut ihn erwartungsvoll an. Der ewige Student zeigt keine Reaktion.

»Na ja, egal. Jetzt aber!«

Sein Kumpel liest aus einer Zeitung - wahrscheinlich der *Morgenpost* - vor.

»1. Hatten Sie schon einmal Gewissensbisse wegen Ihres Alkoholkonsums?

2. Haben Sie schon einmal versucht, weniger Alkohol zu trinken?

3. Sind Sie wegen Ihres Alkoholkonsums bereits von Dritten kritisiert worden?

4. Haben Sie wegen übermäßigen Alkoholkonsums am nächsten Tag zur Gegenwirkung erneut Alkohol getrunken?

Ergebnis: Wenn Sie alle vier Fragen bejahen können, haben Sie zu 99 Prozent ein Alkoholproblem!«

Kai grinst über beide Ohren, ruft «Ja, ja, ja, ja!", reckt die Arme nach oben, kippelt zu stark und fällt. Alles geht ganz schnell. Zu schnell. Der ewige Student hätte gern zurückgespult, sich die Wiederholung im Zeitlupentem-

60

po angesehen. So bleibt der Sturz unspektakulär. Kai hat die Zeitung nicht festgehalten, die Schiebermütze ist runter vom Kopf, die Trinker lachen. Der Wirt blickt genervt. Kai steht auf, schwankt leicht, stellt den Barhocker wieder auf, setzt sich neben den ewigen Studenten. Die Trinker lachen immer noch. Kai geht darüber hinweg. Der ewige Student versucht, etwas zu sagen. Vergeblich. Er greift unsicher nach seinem Glas, setzt an, nimmt einen tiefen Zug. Bier läuft an seinem Kinn runter. Nach einem weiteren, kräftigen Zug wird es dunkel in der Erinnerung des ewigen Studenten. Das Bierglas ist leer.

5. Juni, 8.23 Uhr

Das Telefon klingelt. Bewegung fällt schwer. In seinem Schädel hämmert es. Der Magen rebelliert. Da ist wieder dieses Klingeln. Der ewige Student späht über den Kissenrand hinweg. Das Telefon steht neben dem Bett. Er greift fahrig zum Hörer. »Furchtbaren Morgen wünsch ich dir, Mr. Katzenjammer. Bist du gut nach Haus gekommen? Haha. Anscheinend. Sonst hättest du wohl nicht ans Telefon gehen können.« Kais wieherndes Lachen bohrt sich in das Ohr des ewigen Studenten. Heute ist es noch unerträglicher als sonst. Der Kopfschmerz nimmt zu.

»Ich sollte dich um acht wecken, hast du gesagt, bevor du von dannen gewankt, na ja, eher aus der Tür gekrochen bist. Haha. Ach übrigens, ich soll dir von deinem Lieblingswirt bestellen, dass er dein Geheule über dein Scheißstudium kein weiteres Mal ertragen wird. Ihn nervt dein Gelaber über zweiundzwanzig Semester, Politologie, Soziologie, Kulturanthropologie, Prüfungsängste, böse Professoren und den ganzen Scheiß. Weißt du, was die beiden Trinker am Nebentisch noch gesagt haben? Die Memme soll sich endlich eine vernünftige Arbeit suchen. Sie selbst hätten damals immerhin …«

Der ewige Student legt auf. Ihm ist übel. Er verflucht sich. Wieder ist ihm ein Abend entglitten. Er verflucht Kai. Dessen Worte schmerzen. Niemand weiß, dass der ewige Student vor zwei Wochen Hartz IV beantragt hatte. Es war in einem rostfarbenen Backsteingebäude der Arbeitsagentur in der Müllerstraße gewesen. Niemand weiß, wie er sich im überfüllten, stickigen Wartezimmer gefühlt hatte. Dort auf dem orangefarbenen Plastiksitz mit der Wartemarke 239 in der Hand, die er über anderthalb Stunden angestarrt hatte. Niemand weiß, dass er sein Studium endgültig geschmissen hat. Niemand weiß, wie gedemütigt sich der ehemalige Student fühlt. Versager. Niemand weiß, dass er an diesem Abend betrunken allein in seiner Wohnung gesessen, sein Lebensmut ihn langsam verlassen hatte so wie Luft einen kaputten Autoreifen.

Der ewige Student steht aus dem Bett auf. Er trägt die Klamotten des Vortags. Er sieht auf seine Armbanduhr. Verdammt! Die Jungs kommen gleich. Wie soll ich das nur schaffen? Verzweiflung. Er schleppt sich in die Küche, stößt gegen leere Pizzapappen, öffnet den Kühlschrank, sucht, findet ein Bier, trinkt, spült zwei Paracetamol runter, während er an die Fragen aus der Morgenpost denken muss.

8.28 Uhr

Es klingelt an der Tür. Samuel drückt auf den Türöffner. Versucht, ein Lächeln aufzusetzen.

Andere

Gelächter. Stimmengewirr. Sie waren schnell miteinander warm geworden. Die anderen. Sie saßen auf Stühlen oder dem Geländer. Seine Freunde waren aufmerksam, plauderten, versorgten die Frauen mit Getränken. Bernd legte auf dem Grill nach. Samuel und Thoren kifften – mittlerweile auch mit Mandy und Svea.

»Wie seid ihr denn auf diesen Campingplatz gekommen?« Thoren.
»Mandy war schon einmal hier.« Svea.
»Das ist schon ewig her.« Mandy.
»Ist schön hier. Komm nimm noch einen Zug, Mandy.« Samuel.
»Warum seid ihr hier, Gertrud?« Till
»Wir machen einmal im Jahr eine Mädelstour. Normalerweise fliegen wir über ein verlängertes Wochenende weg. Dieses Jahr mit Rücksicht auf mich nicht.« Gertrud.
»Das ist ja so wie bei uns. Wir machen auch jedes Jahr ein Herrenwochenende. Finde ich außergewöhnlich.« Till.
»Was?« Gertrud.
»Na, dass ihr zusammen wegfahrt, kaum eine Frau versteht unsere Herrenwochenenden.« Till.
»Man muss es doch auch gar nicht verstehen, sondern dem anderen nur den Freiraum geben, den jeder von uns mal braucht.« Gertrud.
»Klasse. Das hätte ich gern mal von meiner Ex gehört. Und der Vater des Kindes hat nichts dagegen, dass du schwanger unterwegs bist?« Till.
»Nein, im schlimmsten Fall geht es ins nächste Krankenhaus. Nicht anders als in Berlin. Meine Schwangerschaft verlief außerdem bisher ohne Komplikationen.« Gertrud.
»Wie kommt es, dass eine Frau einen so coolen Bulli fährt?«
»Ich mag den einfach. Außerdem ist er praktisch, wenn ich was transportieren will.« Katharina.

64

»Was transportierst du denn?« Benjamin.
»Geschäftlich.« Katharina.

Roman hörte hin, aber nicht zu. Seine Augen wanderten hin und her. Er gab auf, den Gesprächen zu folgen, starrte vor sich hin, saß weiter wie angewurzelt auf seinem Stuhl. Katharina. Das kann nicht sein.
Roman atmete ein paar Mal durch, so wie er es in einem integrativen Körpertherapiekurs gelernt hatte. Er hatte den Kurs für verschwendete Zeit gehalten. Entspannen, loslassen, im Moment leben, das Hier und Jetzt spüren - das waren böhmische Dörfer für Roman. Till hatte schon einmal eine Atemtherapie gemacht, aber er, Roman? Seine Freunde hatten Roman diesen Kurs zum Geburtstag geschenkt. Erst hatte er sich verspottet gefühlt. Doch nach anfänglichen Witzeleien hatten seine Freunde ihr Anliegen ungewohnt ernst vorgetragen.
»Was meinst du, warum wir so oft ›bleib locker‹ zu dir sagen. Versuch es doch erst einmal. Die Atemtherapie hat mir auch nicht geschadet – im Gegenteil.«, sagte Till.
»Vielleicht lernst du da ja auch eine nette Frau kennen.« Benjamin konnte sich ein Grinsen nicht verkneifen.
»Ausgerechnet dort – du willst mich wohl verarschen.« Roman schüttelte den Kopf.
»Spaß beiseite. Du machst den Kurs. Dann werden wir sehen.« Benjamins Stimme ließ keinen Widerspruch zu.
»Benjamin hat recht. In letzter Zeit hast du wirklich angespannt gewirkt. Ein paar Massagen helfen da nicht.« Bernd klang sehr ernst.
»Wie seid ihr auf den Kurs gekommen?«, fragte Roman.
»Eine Kollegin von mir hat ihn besucht. Sie war ganz begeistert.«, antwortete Bernd.
»Okay, Männer, ich werde berichten.«

Im Gutschein war als Kursziel die Steigerung des körperlichen und seelischen Wohlbefindens ausgegeben worden. Es galt, »eine Brücke zwischen Kopf (Gedanken) und Körper (Empfindungen) herzustellen«, war im Gutschein zu lesen gewesen.

An einem Dienstagabend war Roman verunsichert, aufgeregt und verschwitzt zur ersten Kursstunde erschienen. Der Kurs hatte im Loft eines heruntergekommenen Hinterhauses in der Oranienstraße stattgefunden. Roman war überrascht gewesen, dass er nicht der einzige Mann war. Die Kursleiterin hatte er gleich in die Esoterikschublade gepackt. Aber schon in der ersten Stunde hatte er die Schublade wieder öffnen müssen. Die Frau hatte ein freundliches, einnehmendes Wesen und war darüber hinaus patent gewesen, einfach überzeugend. Roman hatte nach Gründen gesucht, um nicht wiederkommen zu müssen, bis er Beate gesehen hatte. Sie war verspätet gekommen, hatte sich entschuldigt, ihre Tasche auf der Holzbank abgestellt, Jacke und Schuhe ausgezogen und sich zur Gruppe gestellt. Nach der Begrüßung durch die Kursleiterin hatte sich Beate persönlich bei allen vorgestellt und jedem die Hand gegeben. Ungewöhnlich. Als Roman an der Reihe gewesen war, hatte er sie angestarrt, gespürt, dass die Begegnung mit Beate eine besondere sein könnte – zumindest für ihn. Von da an hatte er dem Dienstagabend entgegengefiebert. Seine Gedankenwelt hatte gekreist. Wie hätte er Beate kennenlernen können, ohne dass es wie eine billige Anmache gewirkt hätte? Auch hatte er Angst vor einem Korb gehabt. Noch nie hatte Roman sich so schnell und intensiv zu einer Frau hingezogen gefühlt. Warum?

Die Kontaktaufnahme war Wochen später eher zufällig geschehen. Die Kursleiterin hatte Roman und Beate zu einer Partnerübung eingeteilt. Nach dem Kurs hatte Roman seinen ganzen Mut zusammengenommen und draußen auf der Oranienstraße auf Beate gewartet.
»Magst du noch mit auf einen Absacker in die *Rote Harfe* schräg gegenüber am Heinrichplatz kommen, Beate?«

»Ist das eine Anmache?«

»Nein, wieso?«

»Hmh. Warum nicht.«

»Kennst du die *Rote Harfe*?

»Ich gehe dort öfter brunchen.«

»Oh.« Roman betrat das Restaurant als Erster, fragte die Kellnerin nach einem Tisch, half Beate aus dem Mantel und rückte ihr den Stuhl zurecht.

»Darf ich dir etwas außerhalb der Karte empfehlen, Beate?«

»Außerhalb der Karte? Du scheinst Stammgast zu sein. Sehr gern.«

Im Gespräch hatte Roman schnell auf Themen wie Beziehung, Partnerschaft, Vertrauen gelenkt. Beate hatte den Ball dankbar aufgenommen. Sie hatte erzählt und erzählt. Roman hatte nicht zugehört. Er hatte ihr immer wieder lange in die Augen geschaut, zustimmend genickt, sie bekräftigt, ab und zu Gesprächsfetzen aufgenommen, gesagt, was Beate hören wollte, Verständnisfragen gestellt. Dabei hatte Roman ihr immer wieder Wein und Wasser nachgeschenkt. Das war sein Spielfeld gewesen. Roman hatte lichterloh gebrannt. Schließlich hatte er bezahlt, ihr in die Jacke geholfen und die Tür aufgehalten.

»Sehen wir uns wieder?«, fragte Roman unsicher.

»War das nun doch ein Rendezvous?«

»Ich denke schon.«

»Hast du vorhin geflunkert?«

»Möge es mir der liebe Gott verzeihen.«

»Du willst also ein weiteres?«

»Ja.«

»Gib mir deine Telefonnummer. Ich überlege es mir. Und bitte trenn den Kurs von dem hier, was immer es auch sein mag.«

»Versprochen.«

Nach zwei weiteren Treffen waren sie ein Paar geworden.

Katharina. Roman blickte zu ihr, riss seinen Blick von ihr los, konzentrierte sich auf seinen linken Fuß, versuchte, ihn zu spüren. Das war auch so eine Sache aus dem Kurs. Dabei sollte man sich angeblich erden, sich spüren, zu sich finden. Nichts geschah, genauso wie im Kurs. Seine Kursleiterin hatte ihm gesagt, er solle nichts erzwingen, beweisen, leisten wollen. Dann würde es funktionieren. Von allein. So ein Dreck. Er gab auf. In Roman tobten Gedanken und Bilder. Beate, Katharina, die Hochzeit. Roman sah hoch.

»Also Roman, der …« Benjamin zeigte auf ihn. Katharina sah Roman an. Mein Gestammel vorhin. Peinlich. Roman schämte sich. Die anderen lachten. Auch Katharina. Roman sah weg. Er fand keinen Zugang zur Situation. Was soll ich machen? Es sollte ein Herrenwochenende, Junggesellenabschied sein. Keine Überraschungen. Keine Frauen. Alle waren vergnügt. Warum bin ich es nicht? Die anderen redeten durcheinander, unterbrachen sich gegenseitig, kicherten, lachten, schlugen sich auf die Schenkel – außer Bernd.
»Haha, ah, uh, oh, ist ja krass, Mannomann!«, war zu hören.
Seine Freunde tasteten ab, flirteten.

Roman saß, schwieg, beobachtete die anderen weiter. Warum beachtete ihn keiner? Warum sollten sie? Bernd fand eine Wespe in seinem Bierglas, nahm eine Plastikgabel, schnippte sie damit raus. Die Wespe flog ein Stück, schlug auf dem Boden auf, wollte sich aufrichten. Till stand auf, ging in Richtung Hütte, trat auf die Wespe. Romans Blick suchte Katharina. Ihr Stuhl war leer. Er entdeckte sie nicht gleich. Bleib ruhig. Endlich. Sie saß mit angewinkelten Beinen auf dem Boden mit dem Rücken ans Geländer gelehnt, nicht weit von der zermanschten Wespe entfernt. Ein Knie kippte gegen das andere. Das sah niedlich aus. Beate ist viel hübscher, ganz mein Typ. Was geht hier grad ab!? Roman schimpfte leise vor sich hin, sah zur Wespe.

Benjamin brachte Roman ein neues Bier, riss ihn aus seinen Gedanken. Aber nur kurz. Romans Verstand sammelte Argumente gegen Katharina und für Beate. Er kam sich lächerlich vor, kannte Katharina überhaupt nicht. Narr!

Roman stand langsam auf, ging von den anderen weg.

5. Juni, 6.52 Uhr - Der Architekt

»Hallo, Süße!«
Keine Antwort.
»Wie geht es dir heute Morgen?«
Keine Antwort.
»Du bist so schön!«
Immer noch keine Reaktion. Liebevolle Blicke wandern Zentimeter für Zentimeter über formvollendete Rundungen. Atemberaubend gehen Kurven und Flächen harmonisch eine wundervolle Komposition ein. Der Architekt geht mehrmals um sie herum, ganz leise und behutsam, als wolle er sie nicht wecken. Jedes Detail will er sich einprägen. Heute ist es soweit.
»Lange habe ich auf diesen Moment gewartet. Tage, Monate, beinahe zwei Jahre. Wir haben einen langen Weg hinter uns gebracht. Ich habe viel Zeit und Energie investiert. Es gab Höhen und Tiefen. Manchmal wollte ich aufgeben. Aber du bist es wert gewesen. Immer.«
Vor vielen Jahren hatten sie sich in einer Scheune auf einem Gutshof in der Nähe von Güstrow kennengelernt. Sie war in einem erbärmlichen Zustand gewesen. Zärtlich streicht er über ihre metallischen Rundungen.
»Ich hole nur meine Sachen, meine kleine Knutschkugel.«

Der Architekt hatte sich auf seinem weitläufigen Grundstück in einem der Hügel eine selbst entworfene Garage einbauen lassen. Sie erinnerte an einen Fliegerhorst. Die Auffahrt aus roten Pflastersteinen zog sich wie ein blutroter Bach durch das Anwesen bis zur Garage. Auf dem Hügel gegenüber dem Fliegerhorst stand sein Meisterwerk, ein dreigeschossiges Glashaus, das einer Pyramide ähnelte. Vorhänge oder Rollläden gab es nicht.
»Das Haus sieht aus wie ein Aquarium.«, hatte Bernd gesagt.

Als der Architekt das Haus betritt, ist es still. Viel zu still. Der Fernseher läuft nicht. Kein Klappern dringt aus der Küche, kein Hallo, keine Kinderschritte hallen in den weitläufigen Räumen. Hinter der Eingangstür stehen Hausschuhe. Aber nur noch seine eigenen. Er starrt sie an. Vor der Scheidung standen dort sechs.

»Nie bist du da!«, sagte Britta schroff.

»Ich tue alles nur für euch.«, sagte der Architekt.

»Wir brauchen dich hier und nicht im Büro oder auf Baustellen.«

»Es ist bald vorbei. Dann habe ich wieder mehr Zeit.«

»Zeit. Zeit. Die musst du dir nehmen. Die bekommst du nicht geschenkt. Auch nicht gekauft.«

»Ich verspreche …«

»Ach, am Ende wirst du alles verlieren, zumindest uns.«

»Soweit werde ich es nie kommen lassen. Du und Sophie seid das Wichtigste für mich auf der Welt.«

»Und deine scheiß Oldtimer?«

»Ein Mensch braucht ein Hobby - als Ausgleich.«

»Du hast doch schon dein Hobby zu deinem Beruf gemacht.«

»Nur weil ich gern arbeiten gehe, heißt das noch lange nichts – außerdem könnt ihr von meinem angeblichen Hobby sehr gut leben. Ich habe euch ein Traumhaus gebaut.«

»Uns oder dir?«

»Das ist sehr verletzend, Britta.«

»Das weiß ich. Aber ich weiß auch nicht mehr weiter. Wir leben ohne Mann, ohne Vater. Auf was soll ich warten?«

»Ich bin da.«

»Nicht hier.«

»Vertrau mir.«

Britta und Sophie wohnen längst beim neuen Freund seiner Ex-Frau.

71

Nach dem Auszug seiner Familie meldete er sich krank. Das hatte der Architekt noch nie gemacht. Er nahm ab. Trank zuviel. Seine Freunde kamen vorbei. Wollten ihm Mut machen. Aber da war nur Schmerz. Später Leere. Das Haus war ihm fremd geworden. Der Architekt war einsam. Nach drei Wochen ging er wieder arbeiten, sagte, er habe eine schwere Grippe gehabt. Er arbeitete noch mehr als früher. Einladungen lehnte er ab. Er ging nicht aus, fuhr einkaufen oder zur Videothek, um die Abende mit Filmen zu füllen. Sarah hatte er in der Videothek kennengelernt. Sie arbeitete dort seit Kurzem. Er tat sich mit Sarah schwer, hatte von Anfang an Angst, dass sie ihn verließ. Sarah verließ ihn.

»Wenn du eine neue Beziehung willst, musst du vorher mit der anderen abschließen. Sonst hat die neue keine Chance. Dein Herz ist noch belegt. Ich war jetzt sehr geduldig, habe dir mehr Zeit gegeben, als ich wollte. Ich hätte mir gewünscht, dass ich die Frau in deinem Herzen bin und du Zerstreuung bei mir suchst und nicht in deiner Garage.«

»Ich …«

»Lass gut sein. Trennungen sind immer hässlich. Machs gut.«

Sarah hatte sich nicht mehr gemeldet. Er auch nicht. Er vermisste sie schrecklich.

Der Architekt streift seinen Blaumann ab, duscht. Das Wasser tut gut. Öl und Schmiere lassen sich nur schwer von Händen und Gesicht entfernen. Seit Tagen freut er sich auf dieses Wochenende. Wenn er ehrlich war, aber vor allem auf die erste Ausfahrt mit seiner Knutschkugel. Er ist stolz, kann plötzlich still und leise vor sich hinlächeln.

7.37 Uhr

Ein weißer Fiat 500 rollt von einem Grundstück nahe Potsdam in Richtung Berlin. Till freut sich.

Sarah wusste es. Till nicht.

Ostsee

Roman setzte einen Fuß vor den anderen, musste sich konzentrieren. Seine Knie waren weich. Er wollte nicht straucheln, keinen weiteren peinlichen Auftritt. Sein Kopf war nicht klar, seine Gedanken gefangen. Mechanisch war er von seinem Stuhl aufgestanden, rechts um die Finnhütte gegangen, aus dem Blickfeld der anderen getreten. Er überstieg den niedrigen Jägerzaun. Benjamin hatte ihm etwas hinterher gerufen. Vor ihm führte ein Abzweig des Sandwegs in Schlangenlinien die Düne hinauf. Roman schloss seine Augen. Meeresrauschen. Der feine, weiße Sand knirschte unter seinen Schuhen, als er losging. Ein leichter Wind ließ die Halme des Strandhafers auf der Düne sanft hin- und herwiegen. Der Geruch von Salz hing in der Luft. Das Durcheinander in Roman lichtete sich ein wenig. Er zog Schuhe und Socken aus. Der sonnengewärmte Sand war geschmeidig. Roman wollte nur noch zum Meer. Zu seiner Überraschung lag es gleich hinter dem Kamm der Düne. Roman blieb stehen. Die Sonne sandte am ausklingenden Nachmittag letzte Lichtbündel durch die aufgezogene, löchrige Wolkendecke. Verwandelte Wellenkämme in dreieckiges Sternenfunkeln. Schaumkronen schlugen behutsam auf den schmalen, weißen Sandstreifen auf. So als wollten sie ihnen nichts anhaben. Dem Land kein Stück entreißen. Weit und breit kein Mensch. Das Meeresrauschen wurde lauter. Romans spürte den leichten Wind sanft an seinen Ohren vorbeistreichen. Er setzte sich auf den Dünenkamm, ließ sich in den Augenblick fallen, schloss die Augen. Sein, nicht tun. Sein Oberkörper wurde schwer. Er ließ sich nach hinten fallen. Nach einer kurzen Weile öffnete Roman seine Augen, betrachtete die Wolkendecke, ließ Gesichter, Fabelwesen, Landschaften und Häuser aus den Wolken entstehen. Bei dem Bild einer Wiese voller Blumen wanderten seine Gedanken zu einem anderen Bild.

Hochsommer, Sonnenschein, wildwuchernde Wiese. Mann und Frau sitzen sich gegenüber. Der Mann pflückt eine Blume, überreicht sie der Frau. Fast unmerklich nickt sie, beugt sich nach vorn, küsst ihn sanft mit weichen Lippen. Niemals würden sie sich wieder loslassen. So sah Romans Bild einer Heirat aus. Er wollte eine unvergessliche Begegnung mit der einen, seiner Frau, ohne Ablenkung. Einen Moment, den er für immer tief in seinem Herzen vergraben und wie einen Schatz behüten konnte. Ein Versprechen, das sich zwei Menschen gaben, ganz für sich. Bilder von anderen Hochzeiten ekelten ihn an: Familienstreitigkeiten, betrunkene, ausfallende, anzügliche Gäste, peinliche Einlagen, Hochzeitszeitungen. Die Liste in Romans Kopf schien endlos. Beate hatte das Bild von dem Mann und der Frau auf der Wiese nicht gefallen.

»Roman, das erinnert mich an kitschige Filme oder Liebesromane. Wie kommst du nur auf so was? Ausgerechnet du?«

»Ich finde es nicht kitschig, sondern romantisch. Worum geht es bei der Trauung eigentlich? Hast du dich das mal gefragt? Es geht darum, dass sich zwei Menschen ein ganz besonderes Versprechen geben. Persönlich. Intim. Und nicht darum, dass man viel Geld ausgibt und sich alle vollaufen lassen und voll fressen.«

»Wie du meinst. Wenn du mich heiraten willst, musst du mit mir in die Kirche.«

Das Thema war heikel gewesen und hatte immer einen ähnlichen Verlauf genommen. Roman hatte schließlich nach einem anderen Bild gesucht.

Auf einem Flug nach München war Roman zu einer Flugbegleiterin gegangen, hatte sein Anliegen vorgetragen. Beate hatte ihn argwöhnisch beobachtet, die Augen weit aufgerissen, als Roman ihr mit kurzen, knappen Worten über Bordlautsprecher einen Heiratsantrag gemacht hatte. Für einen Moment war es still an Bord gewesen.

»Ja, ich will!«, rief Beate so laut sie konnte.

Nach Beates Antwort hatten die Passagiere gejubelt und applaudiert. Roman hatte sich seinen Weg zurück zu Beate durch eine Phalanx von Glückwünschen und Umarmungen gebahnt. Lange hatte er sie geküsst. Mit einem Glas Sekt war auf die gemeinsame Zukunft angestoßen worden. Flugbegleiterinnen und Flugbegleiter waren gerührt gewesen. Nach der Landung hatte selbst der Flugkapitän beim Ausstieg gratuliert, Beate immer wieder den neuen Ring an ihrer linken Hand betrachtet.

Roman richtete sich auf, schaute aufs Meer hinaus. Einige Sonnenstrahlen tanzten weiter auf den seichten Wellen. Mittlerweile waren erste Töne in Orange und Rot am Horizont hinzugetreten. Roman hätte gern geweint. Irgendwann stand er auf, ging zum Wasser runter und weiter den Strand entlang.

Weit hinten am Horizont zeichnete sich eine kaum sichtbare Silhouette vor dem lodernden Feuerball ab. Ein Mann stand auf einem Brett und hielt ein Segel in der Hand. Das Segel leuchtete silberfarben. Ansonsten war niemand weit und breit zu sehen.

5. Juni, 5.37 Uhr - Der Polizist

Der Polizist sitzt aufrecht im Bett. Schweißbedeckt. Der Wecker hat noch nicht geklingelt. Der Traumfänger unter der Zimmerdecke hatte versagt. Der Alptraum hallte nach. Er hatte geschrien, war hoch geschreckt. Seine Pupillen starren auf die nackte Wand. Die Strahlen des Sonnenaufgangs spiegeln sich daran wider. Das Überwurflaken ist schweißnass. Der Polizist schüttelt den Kopf, will Bilder, Stimmen, Gerüche der Vergangenheit loswerden. Aber sie werden bleiben, bis zu seinem Tod.

Zu oft war der Vater im Kinderzimmer unter die Bettdecke gekrochen, in ihn eingedrungen, hatte ihn Dinge tun lassen, ihm angetan. Erst war er zu ihm gekommen – immer und immer wieder –, dann zu seinem kleinen Bruder. Als der ältere Sohn in die Pubertät kam, hatte der Vater das Interesse an ihm verloren, sich dem jüngeren zugewandt. Der Polizist hatte weder sich noch seinen Bruder beschützen können. Wie einsam war dessen Wimmern in der Nacht gewesen, das die Stille zerrissen hatte. Er war so klein gewesen. Sein Bruder. Wo war seine Mutter gewesen? Der Polizist war froh gewesen, wenn sein Vater abends nicht daheim oder geschäftlich auf Reisen gewesen war. Seine Mutter hatte ihren Söhnen stets einen Gutenachtkuss gegeben. Flehentlich hatte er sie angesehen und gehofft, dass die Mutter seinen Schmerz sehen, das Schweigen brechen, das Grauen beenden würde. Sie hatte weggeschaut. Mit 13 hatte der Polizist seine Mutter angesprochen. Danach nie wieder.

»Mutter, weißt du eigentlich, was …«

»Pssst, mein Junge, was ich weiß, ist, dass wir eine Familie haben und uns glücklich schätzen können, dass es uns allen so gut geht. Jetzt schlaf gut und träum was Schönes.«

Der Polizist steht auf, geht durch den langen Flur ins Badezimmer, stützt sich mit den Händen auf dem

Waschbeckenrand ab, schaut in sein Spiegelbild. Wem gehört dieses Gesicht, in das er jeden Morgen blickt? Es ist seins, aber fremd. Wer ist er? Er schiebt Gedanken beiseite, spritzt Wasser ins Gesicht, auf den Oberkörper, unter die Achseln. Sein Gesicht vergräbt er im Handtuch, lange. Der Stoff ist weich, tut gut. Das Handtuch hängt der Polizist sorgfältig gefaltet auf. Mit einem zweiten Handtuch wischt er das Becken und den Spiegel trocken. Er kontrolliert den Fußboden. Alles trocken. Mit dem Bademantel bekleidet geht er ins Wohnzimmer. Die Wohnung ist spärlich möbliert. Weniger ist mehr. Klare Linien. Nichts Nutzloses steht herum.

Conan, der Barbar. Da liegt sie auf dem Wohnzimmertisch. Die neueste Ausgabe des Comics. Frisch gedruckt. Gestern gekauft. Der Polizist riecht dran. Sein kleiner Bruder hatte immer *Die Spinne* gelesen.

Der Polizist setzt sich in seinen weißen Loungesessel. Mit den Fingern streicht er über das Cover, bevor er die erste Seite behutsam aufschlägt. Die Bilder, Geschichten, der Mut, die Kraft und Unbezwingbarkeit Conans hatten ihn seit seiner Kindheit fasziniert. Viel Geduld und Geld hatte es den Polizisten gekostet, alle deutschsprachigen Exemplare zu sammeln. Sein Schatz lag wohlbehütet und chronologisch geordnet in einer weißen Lacktruhe, in der sich auch zwei DVDs befanden: *Conan, der Barbar* und *Conan, der Zerstörer.*
Durch Schlächter zur Vollwaise, versklavt zum Manne geworden, sitzt Conan eines Tages als grauhaariger König in nachdenklicher Pose einsam auf seinem Thron. Das ist die Lieblingsszene des Polizisten.

Nicht gleich durchlesen, denkt der Polizist nach dem ersten Kapitel. Er legt das Heft vorsichtig auf den Tisch, holt Trainingsmatte und -kleidung aus dem Wandschrank, stellt die Musik an, beginnt. Goa-Trance-Klänge wummern monoton aus weißen Boxen. Zweihundert Liegestütze plus zwanzig Einarmige plus zweihundert Rumpfbeugen. Danach dehnt der Polizist seine Muskeln. Er trainiert seinen Körper seit der Pubertät. Täglich. Nie wieder wollte er hilflos sein, sich oder andere nicht beschützen können.

Mit sechzehn hatte er seinem Vater die Nase gebrochen und mit einem zweiten Schlag den rechten Schneidezahn herausgeschlagen. Die verängstigte Mutter hatte den Alten mit blutiger Fresse ins Krankenhaus gefahren. Nie wieder hatte sich der Vater an seinem Bruder vergreifen sollen. Die Vergewaltigungen unter den Bettdecken der Kinderzimmer waren in der Familie nie angesprochen worden. Auch die Brüder hatten geschwiegen. Das tun sie heute noch.

Badezimmer. Nach den letzten Übungen, nach der Dehnung pulsieren die Adern unter der Haut, das Blut rauscht. Der Polizist spürt seinen Körper. Er hängt seinen Bademantel auf, zieht sich aus, legt seine Trainingssachen in den Wäschekorb. Rasur, Dusche. Wieder blickt er in den Spiegel. Dieses Mal gefällt ihm, was er sieht. Die Adern treten immer noch hervor. Blau und kraftvoll.

Der Polizist sieht im Schlafzimmer auf die Uhr. Es ist noch Zeit. Nach dem Ankleiden setzt er sich wieder in seinen Loungesessel. Schließt die Augen. Idas Worte sind immer noch in seinem Kopf.
»Hast du Angst vor dem Altern?«
Der Polizist hatte mechanisch verneint, den Kopf schnell geschüttelt. Ida hatte vor ein paar Tagen neben ihm auf der obersten Stufe der Sauna im Fitnessstudio gesessen. Er hatte sich gefragt, ob eine Personal Trainerin solche Gespräche mit einem Kunden führen und nackt neben ihm sitzen sollte. Der Polizist hatte Mühe gehabt, seine Erregung unter dem Handtuch zu verbergen. Zu allem

Überfluss hatte Ida vorausgeschickt, dass er einen zeitlos schönen Körper habe.

Idas Frage ließ den Polizisten nicht mehr los. Am Abend hatte er Comics gelesen, die Ordnung um ihn herum betrachtet und darauf gewartet, dass Ruhe und Halt in ihm einkehrten. Aber sie waren nicht gekommen. Anders als sonst hatte er keine Goa-Trance-Musik gehört, sondern die *Best of Kate Bush* aus dem Musikregal genommen und aufgelegt. Die gefühlvollen Töne hatten zu seiner Stimmung gepasst. Die Nacht war ruhelos gewesen. Idas Frage hatte in ihm gearbeitet. Der Polizist war aufgestanden, hatte sich ins Wohnzimmer gesetzt und das Gemälde von der Hand seines Bruders an der Wand angestarrt. Ein zur Maschine stilisierter Mensch springt über eine schwarz-weiße Hürde, drückt dabei rücksichtslos Menschen zur Seite, weitere weichen dem unbeirrbaren Maschinenmenschen aus. Blau, Grau und Schwarz dominieren. Noch nach Jahren konnte der Polizist neue Details entdecken. Das Bild war aufwühlend und verworren, kraftvoll düster. Den meisten Gästen machte es Angst. Sein Bruder war Künstler geworden, er Polizist. Kontakt zu den Eltern hatten beide nicht.

Die nächsten beiden Nächte waren nicht anders verlaufen. In der darauf folgenden hatten sich seine Züge unerwartet entspannt und er war im Sessel eingeschlafen. Am nächsten Morgen hatte der Polizist Ida angerufen.

»Ida?«

»Ja?«

»Kannst du sprechen?

»Ja, wer ist denn da?»

»Bernd.«

»Hallo, Bernd, schön, dass du anrufst. Warum ist deine Rufnummer unterdrückt?«

»Berufskrankheit.«

»Geht es um einen Termin?«

»Ida, du hast mich neulich gefragt, ob ich Angst vor dem Altern hätte. Die Frage ist mir nicht mehr aus dem Kopf gegangen. Du hast damit etwas in mir angestoßen. Ich habe lange darüber nachgedacht.«

»Und?«

»Nein, Ida, ich habe keine Angst vor dem Altern, vor einem Verfall meines Körpers und weißt du warum?«

»Nein.«

»Natürlich nicht. Woher solltest du auch meine Gedanken kennen.«

»Also?«

»Okay, ich denke, dass das Alter und der Verfall meines Körpers mich auf den Tod vorbereiten sollen. Mir soll irgendwann gezeigt werden, dass es nicht mehr weitergeht und ich in Frieden gehen kann, vielleicht um Platz zu machen. Wenn mein Körper zeitlos bliebe, könnte ich den Tod wahrscheinlich nicht akzeptieren und begreifen, dass meine Uhr abgelaufen ist.«

»Interessant.«

»Ida, willst du mit mir essen gehen?«

Der Polizist hatte nach der Frage aufgelegt. Er hatte zuviel Angst vor Idas Antwort gehabt. Egal wie sie ausgefallen wäre. Ida hatte ihm zwei Tage später eine Kurzmitteilung geschickt.

«Ja, du Rüpel!«

7.50 Uhr

Moabit. Der Polizist verlässt das Mietshaus. Er freut sich auf seine Freunde. In ihrem Kreis kann er sich fallenlassen. Manchmal. Er drückt den Knopf. Seine weißlackierte A-Klasse begrüßt ihn mit Blinken und Piepen. Der Ledersitz ist trotz des Sommers angenehm kühl. Der Motor erwacht und brummt. Es sind nur wenige Straßenzüge bis zu Samuel. Aus den Boxen dröhnen Bässe. Wedding. Er findet einen Parkplatz direkt vor dem Samuels Haus.

Bernd klingelt. Freut sich. Ein Außenstehender könnte das nicht wahrnehmen.

Abend

Die Sonne war nach einem letzten Lichtspiel in Orange und Rot untergegangen. Wie lange Roman am Strand verbracht hatte, wusste er nicht. Am Meer verlor die Zeit ihre Bedeutung. Er war von seinem Strandgang zurückgekehrt. Hatte sich vor die Düne in den lauwarmen Sand gesetzt. Regungslos die Abblende des Tages beobachtet. Dem Raunen des Meeres gelauscht. Langsam war es kühler, dunkel geworden. Roman riss sich vom Anblick des Meeres, den Wellenkämmen und Schaumkronen los, die friedlich an den Sandstrand brandeten. Er stand auf, warf einen letzten Blick aufs Wasser, atmete tief ein. Salzgeruch.

Auf dem Rückweg waren nur noch Silhouetten zu erkennen. Roman blieb stehen. Kein fernes Licht, kein Geräusch, das ihn lenken konnte. Er erinnerte sich, fasste Vertrauen und ging behutsam los.

Neulich war er mit Beate in der *Nachtbar* gewesen. Sie hatte ihn eingeladen. Gäste wurden in einem völlig dunklen Kellergewölbe von Blinden bedient. Er hatte Angst vor Kontrollverlust gehabt, davor, etwas umzuwerfen, zu zerstören, sich zu blamieren, wollte deswegen nicht hingehen, war unsicher, Beate aber hinterher dankbar gewesen. Er hatte gehört, getastet, gespürt wie nie zuvor und am Ende des Abends seinen Sinnen ungewohnt vertraut.

Langsam schälte sich der schmale Sandweg als schwache Leuchtspur aus der Dunkelheit hervor. Hinter der Düne funkelten die ersten Lichter wie Leuchttürme in der Nacht. Der Campingplatz. Roman überstieg den Jägerzaun, blieb mit dem rechten Fuß an einer Lattenspitze hängen, strauchelte. Kurzer Schmerz. Er erreichte die Finnhütte. Niemand zu sehen. Kohlen glommen schwach unter grauer Asche im Grill. Spärliches Licht fiel vom Hütteninneren auf die Terrasse. Unter seinen Schuhen knirschten, knackten Chips, Erdnussflips, Kronkorken. Roman öffnete die Tür. Seine Freunde hatten es sich gemütlich gemacht. Benjamin, Samuel und Till spielten am Esstisch Karten. Thoren schlief auf der Couch. Bernd saß neben Thoren, las in einem Comic. Im Hintergrund säuselte Musik. Roman nahm sich ein Bier aus dem Kasten und setzte sich mit an den Esstisch. Benjamin sah ihn als Erster an.

»Verdammt, wo warst du denn so lange? Du hast was verpasst. Die Mädels sind gut drauf. Morgen Abend gehen wir alle zu ihnen rüber. Das läuft!«

»Hmh.« Morgen Abend. Katharina. Roman setzte die Bierflasche an. Nahm einen tiefen Zug. Danach noch einen. Tat gut.

»Willst du einsteigen?«, fragte Thoren.

»Was spielt ihr denn?«

»Skat. Der Geber setzt aus.«

»Okay.«

Roman erhielt Karten, spielte mit, halbherzig, wurde dafür von Benjamin und Samuel beschimpft, tauchte in das belanglose Männergespräch ein. Nach der dritten Runde und dem zweiten Bier konnte er sich von den Gedanken an Katharina und den morgigen Abend losreißen, sogar über einen Witz von Samuel lachen. Das tat gut. Deswegen waren sie hergekommen. Die Freunde spielten, lachten, tranken. Endlich. Bernd hatte sich inzwischen dazugesetzt und war ins Spiel eingestiegen.

Nach etlichen Runden kramte Samuel nach dem Geben einen abgerissenen, fleckigen Artikel aus seiner Hosentasche hervor und schwenkte ihn.

»So, Leute, gleich geht es noch ab! Und wisst ihr wohin? In den Studentenclub nach Rostock! Ich habe alles Nötige recherchiert. Die spielen unsere Musik und es ist nicht teuer. Mischung aus Männern und Frauen soll stimmen.

Lasst uns mal langsam in die Gänge kommen. Rostock wartet auf uns!« Die Freunde johlten. Roman schwieg. Er wäre lieber in der Hütte geblieben. Benjamin drehte die Musik auf und sang ein Synthie-Pop-Lied lauthals mit. Thoren erwachte, sah sich blinzelnd um.

»Was ist denn los?«, fragte er.

»Genug geschlafen. Schwing deinen schlaffen Arsch von der Couch unter die Dusche und schmeiß dich in Schale. Wir gehen tanzen!« Samuel war bereits auf der Holzleiter nach oben.

»Schlaffer Arsch, wie meinst du das denn?«, fragte Thoren. Samuel war schon verschwunden.

Die Freunde schmissen sich in Schale. Jeder auf seine Art.

»Thoren?«

»Nicht schon wieder, Ben.«

»Hast du nichts anderes mit?«

»Wie viele Jahre kennst du mich schon?«

»Hast recht. Ist sinnlos. Retro und Vintage sind ja auch wieder in.« Benjamin lächelte und schüttelte leicht den Kopf.

»Sam, hier, ich leih dir eine Jacke.«, sagte Till.

»Wieso?«

»Hast du nicht immer gesagt, dass sie dir gefällt?«

»Ja, aber.«

»Nimm sie doch einfach an.«

»Aber.«

»Mach es einfach. Willst du am Türsteher vorbei oder mal wieder draußen bleiben?«

»Okay. Okay. Danke. Hättest es mir aber auch direkt sagen können.«

»Ich bin ein höflicher Mensch.«, sagte Till.

»Hört, hört, darauf trinken wir einen.« Samuel verteilte *Kleine Feiglinge*. Auch an Samuel oben im Schlafzimmer und Thoren unter der Dusche. Die Freunde klopften die Fläschchen mit dem Verschluss nach unten gegen Wände und Tische, kippten sie in einem Zug hinter. Das Badezimmer war bald überschwemmt, Wasserspuren liefen kreuz und quer durch die Hütte. Handtücher und Klamotten lagen rum. Seifengerüche und Parfümdüfte hingen in der Luft. Bernd war als Erster fertig.

Die Freunde standen neben den Autos.
»Auf geht's, auf geht's«, grölte Samuel.
»So, dann wollen wir mal sehen, was Rostocks Nachtleben hergibt.«, sagte Benjamin.
»Es wird so sein wie überall.«, murmelte Bernd.
»Mensch, Bernd, wir rocken die Hütte! Wie in alten Zeiten.« Thoren legte den Arm um Bernd.
Roman blickte zur Hütte nebenan. Da saß sie. In eine Decke eingehüllt. Zwischen ihren Freundinnen. Bei einem Glas Rotwein. Auf der Terrasse. Katharina. Roman spürte einen Schlag auf seiner Schulter.
»Glotz nicht, mach was, aber nicht jetzt, heute gehn wir tanzen! Die läuft nicht weg.«
Roman verfluchte Benjamin innerlich für die Worte und das breite Grinsen.
»Kannst du überhaupt noch fahren?«
»Geht schon, geht schon. Mach dir um mich keine Gedanken. Pass lieber auf.«
»Was denn, was denn?«
»Schon gut, los geht's.«
Immer noch. Dieses breite Grinsen. Scheinwerfer durchbrachen die Dunkelheit. Frauen winkten den Freunden auf der Terrasse hinterher. Die Männer fuhren Richtung Rostock. Weg von Katharina.

Studentenclub

Die Lichter der Autos tanzten auf und ab, ließen den Sandweg, seine Buckel, Mulden, Büsche und Bäume am Wegesrand aufblitzen. Der Porsche war hart gefedert. Roman wurde durchgeschüttelt. In der Dunkelheit trafen ihn die Unebenheiten des Weges unvorbereitet. Bier schwappte aus seiner Dose, tropfte auf Romans Jeans, den Ledersitz. Er wischte die Tropfen notdürftig vom Sitz, sah zu Benjamin rüber, wartete auf einen Rüffel. Benjamin beachtete ihn nicht, nahm seinerseits einen Schluck, klemmte die Dose zwischen seine Beine. Roman sah nach hinten. Der letzte Buckel musste auch Thoren erwischt haben. Bier lief seinen Hals runter. Flecken bildeten sich. Thoren kicherte. Roman sah wieder nach vorn. Eine Unterhaltung kam nicht in Frage. Zu laut. Er hätte auch keine gewollt. *The Power of Love* von Frankie Goes to Hollywood . Roman mochte das Lied. Es strahlte Kraft, Liebe, aber auch Sehnsucht aus. Heute machte es ihn traurig. Er fühlte sich einsam. Durfte er das? Inmitten seiner Freunde?
Die Autos hatten den Sandweg verlassen, befuhren eine Landstraße. Vereinzelt kamen Fahrzeuge ihnen entgegen. Silhouetten, Schatten, Konturen flogen vorbei. Verdammt! Wovor habe ich nur Angst? Alles läuft doch gut. Ich habe Freunde. Sie sind hier. Meinetwegen. Für mich. Beate. Tolle Frau. In jeder Hinsicht. Ich habe einen Job, den ich gern mache. Eine Wohnung, die ich bezahlen kann. Ich bin gesund. Mir geht's doch gut. Katharina. Ich bin doch schon so vielen Frauen begegnet. Was soll das jetzt? Soll das eine Prüfung vor der Kirche sein? Quatsch. Beate gefällt Papa. Gott sei Dank! Endlich ist er mal zufrieden mit mir. Habe ich in seinen Augen etwas richtig gemacht. Mit Beates Eltern läuft auch alles prima. Ach, Scheiße, diese verdammten Gedanken. Führen zu nichts. Ich zermartere mir noch das Hirn mit diesem ganzen Müll. Völlig umsonst. Opa neulich – man würde der Lie-

be im Leben nur dreimal begegnen: der Jugendliebe, der Frau, die man heiratet, und der, die einen zu Grabe trägt. Ist Beate die Frau, die mich zu Grabe trägt? Natürlich. Was ist es dann? Habe ich Angst vor der Kirche? Ein Versprechen vor allen? Ich weiß es nicht. Ich muss …
Ein Gedanke führte zum anderen, kehrte zurück. Endlosschleife. Manche Menschen hielten Roman für abwesend, unhöflich bis hin zu stumpf, wenn er sich von seinen Gedanken gefangen nehmen ließ. Das hatte er sich oft anhören müssen.

»Roman, was geht in dir vor, wenn du so abwesend wirkst.«, hatte ihn Beate einmal gefragt.
»Nichts Besonderes.«
»Nichts Besonderes?«
»Wie soll ich es einem Außenstehenden erklären? Für mich sind diese Momente ganz normal. Ich kenne es nicht anders.«
»Über was denkst du denn dann nach?«
»Es sind ganz normale Gedanken.«
»Schöne Gedanken?«
»Auch.«
»Mehr als hässliche?«
»Oft kann ich das gar nicht sagen. Was ist schön, was ist hässlich? Jeder hat doch seine eigene Wahrheit.«
»Gibt es mehr hässliche als schöne Gedanken - in deiner Wahrheit?«
»Hält sich die Waage.«, log Roman
»Wie ist es, vierundzwanzig Stunden Roman zu sein?«
»Auch das kann ich dir nicht erklären.«
»Wieso?«
»Ich kenne ja nichts anderes. Ich weiß auch nicht, wie es ist, vierundzwanzig Stunden Beate zu sein.«
»Wahrscheinlich einfacher.« Beate hatte Roman in den Arm genommen und ihm den Kopf gestreichelt.

Die Landschaft flog dahin. Die Mittelstreifen der Landstraße wurden zu einem Strich. Benjamin hatte beschleunigt. Der Porsche schnellte durch die Nacht. Roman drehte den Kopf. Keine Scheinwerfer. Egal. Roman nahm einen kräftigen Zug, leerte die Dose. Erste Lichter kamen in Sichtweite, vereinzelte Gehöfte und Häuser huschten vorbei.

Thoren sagte etwas, reichte Bierdosen nach vorn. Roman verstand kein Wort, nahm die beiden Dosen kommentarlos entgegen, riss sie auf, reichte Benjamin eine. Der lächelte nur. Roman war seine Gedanken leid, trank und trank.

»So ist es recht, Roman, Roman!« Thoren feuerte ihn grölend an. Romans letzte Dose rollte zwischen seinen Füßen unbeachtet hin und her. Er sah ein gelbes Ortsschild im fahlen Licht der Straßenlaternen auftauchen. Rostock. Es verschwand, so schnell wie es gekommen war. Das Navigationssystem wies den Weg. Früher waren die Freunde einfach drauf losgefahren. Nur selten hatten sie sich durchgefragt oder einen Stadtplan im Gepäck gehabt. Kreuzungen, Straßen, Wege, Bürgersteige, Häuser, Wohnblöcke, Fabrikgebäude, Geschäfte, Werbetafeln, Neonschriften, vereinzelte Bäume, Parkanlagen. Roman kippte den letzten Rest hinter, bat Thoren um eine neue Dose. Betäuben. Herrenabend. Tanzen. Kopfkino abschalten. Lachen. Sprüche klopfen, Frauen anglotzen. *Sweat Dreams* von Eurythmics lief. Die weibliche Stimme des Navigationssystems verkündete die Ankunft. Ein ehemaliges Fabrikgebäude aus Backstein. An der Fassade prangte *Studentenclub* in großen, grünen Neonröhren. Der Parkplatz war gut gefüllt. Roman sah sich um, wollte sich ein weiteres Bild seines Wochenendes einprägen. Altes Industriegelände, Backstein, daneben hässliche Bauten aus den Siebzigern, abblätternde Schriftzüge. Das meiste war heruntergekommen. Erste Modernisierungen waren sichtbar.

»Roman, steig endlich aus!«, Benjamins energische Stimme holte Roman zurück. Seine beiden Freunde waren bereits aus dem Wagen geklettert. Roman löste den Gurt. Der Fiat 500 traf wenige Minuten später ein. Till ließ Samuel und Bernd aussteigen, bevor er seinen Fiat in die Lücke neben den Porsche quetschte.

»Das ist ein Parkplatz. Hier dürfen nur Autos parken!«, verhöhnte Benjamin Till. Die Freunde waren angekommen.

»So, Männer, ihr wisst, was jetzt kommt! Im Kreis aufstellen.« Samuel verteilte Dosen.

»Aufreißen und in einem Zug runter! Ab geht's.«, kommandierte Samuel.

»Wartet! Auf Roman, Beate, die Hochzeit und diesen Abend des Vergessens! Prost!«, rief Bernd fast feierlich. Roman lächelte gezwungen in die Runde und trank die Dose aus.

»So jetzt schauen wir mal, ob die Landeier sechs richtige Männer schätzen.«, sagte Benjamin und ließ seine Dose fallen.

»Ben, so kommen wir nie rein.«, tadelte ihn Thoren.

»Ach, lass mich mal machen.«, antwortete der knapp.

Roman beobachtete ankommende und abfahrende Autos, Gäste beim Ein- und Aussteigen, sah sie die Metalltreppe zum Clubeingang hinauf- und hinuntersteigen. Die massive, schwarze Eisentür öffnete und schloss sich. Hinter ihr standen zwei muskelbepackte Türsteher in Schwarz, einer mit Glatze, der andere mit langem Zopf. Zwei Männer wurden an der Tür abgewiesen. Die weiße Neonlichtröhre über der Tür flackerte.

»Männer, aufgepasst, wenn wir hier auf dem Parkplatz weiter saufen, die Musik aufdrehen und rumgrölen, kommen wir bestimmt nicht rein! Thoren hat schon recht. Die Türsteher haben eben zwei Typen weggeschickt.«, sagte Roman in die Runde.

»Bleib locker, Alter,«, konterte Samuel. Alle schauten Roman an. Sie wussten, dass der Spruch Roman reizte. Aber Roman lachte. Die Freunde johlten. Es war eine dieser wundervollen, lauwarmen Sommernächte.

»Wir sind bestimmt zu alt für diesen Laden, die lassen uns doch nie alle zusammen rein! Fünf Kerle.«, sagte Thoren.
Und dann waren die Freunde drin. Problemlos. Benjamin hatte die Türsteher bestochen. Samuel schlug Roman und Bernd auf die Schulter, brüllte »Tanzfläche«. Die drei tanzten unter einer überdimensionierten Diskokugel aus den Siebzigerjahren. *Such a Shame* von Talk Talk lief. Ein Glücksfall. Roman mochte das Lied, schloss die Augen. Wurde unruhig. Sah sich um. Zu seiner Verwunderung waren Decke, Wände, Tische und Stühle aus Holz und entsprachen gar nicht seiner Erwartung eines herunter-gekommenen Fabrikhalleninnenlebens aus Stein und Metall, wie es in Berlin gerade angesagt war. Die Disko-thek war gut gefüllt, aber nicht überlaufen. Mehr Frauen als Männer. Ungewöhnlich. Das Publikum war im Schnitt fünf bis zehn Jahre jünger als die Freunde. Die Gäste verschwammen rasch zu einer kontur- und ge-sichtslosen Masse. Am nächsten Morgen würde Roman sich an kein einziges Gesicht erinnern können. Nachdem er sich Orientierung verschafft hatte, beruhigte er sich, schloss die Augen, tanzte.
Roman kam der Text des Liedes *Wundervoll* von Wolfs-heim in den Sinn. Das passierte öfter, wenn er tanzte.
»Wunderbar, wundervoll, super schön, super toll und ich tanz' einfach weiter…«, hallte der Refrain in seinem Kopf.

Das Lied lief neulich beim Essen. Beate stand auf und reichte Roman die Hand.
»Das Essen wird kalt.«
»Sei kein Spielverderber. Du liebst das Lied doch.«

»Ja, aber das Essen.«

»Nun komm schon.« Beates Augen funkelten. Sie reichte Roman immer noch die Hand. Roman stand zögerlich auf. Ergriff ihre warme Hand, tanzte kurze Zeit später ausgelassen mit Beate. Danach liebten sie sich. Das Essen wärmten sie sich am nächsten Abend auf.

Das Lied von Talk Talk endete. Roman schob sich durch die Tanzenden, suchte seine anderen Freunde. Benjamin, Thoren und Till standen an der Theke. Erwartungsgemäß. Bernd war Roman wortlos gefolgt. Samuel tanzte weiter. Es roch nach Kunstnebel, selbst an der Theke. Seine Freunde tranken weißen Tequila. Zitronenscheiben und Salz standen bereit. Roman ahnte Böses. Absturz. Die Zeit flog. Die Freunde tanzten, tranken, witzelten, schnitten auf, prahlten, lästerten, schlugen sich gegenseitig auf die Schultern, klatschten sich ab und fachsimpelten über Frauen. Ärger blieb aus.

Thoren war verschwunden. Ungewöhnlich. Roman wartete, ob er nur auf Toilette gegangen war, hielt Ausschau. Aber Thoren kam nicht zurück. Roman machte sich auf die Suche. Die anderen Freunde waren mit sich und dem Tequila beschäftigt. Benjamin hatte zwei Blondinen aufgetrieben. Roman war schwindlig. Es gab nur noch eine Möglichkeit, wo Thoren sein konnte. Draußen. Roman verließ den Club, blieb auf der Treppe stehen, atmete durch. Frischluft. Thoren saß auf dem Kies, an den Fiat 500 gelehnt. Roman stieg die Treppe runter, schlängelte sich zwischen den Autos durch, musste sich zweimal abstützen. Neben Thoren lag eine Bierflasche. Der Kies darunter funkelte feucht. Umgekippt. Thoren sah kurz zu Roman, starrte wieder geradeaus. Roman kniete sich neben seinen Freund, legte den Arm um ihn.

»Was ist los, Alter?«

»Alle, alle da drinnen sind so jung. Ich fühl mich alt. Mein Leben ist fast vorbei. Die haben noch alles vor sich.

Was hab ich schon geleistet? Was hab ich erreicht? Was hab ich verändert? Ich hatte doch so vieles vor. Alles ist so sinnlos.«

Roman kaute auf der Unterlippe.

»Hmh, du hast dein Studium beendet, deinen Doktor gemacht, hast einen Job, deine Traumfrau geheiratet, hast auch noch zwei wundervolle Jungs. Du hast ganz viel. Mehr als die meisten auf die Reihe kriegen. « Roman merkte, dass er lallte.

»Ach, Roman, ist schon gut, lass gut sein. Das ist eben nur ein Teil. Von außen, mit den Augen der Gesellschaft betrachtet, ja, da hast du wahrscheinlich vollkommen recht, aber es geht nicht um Außensicht oder ums Rechthaben. Ich hab irgendwas Wichtiges verpasst, nicht getan, war vielleicht zu feige, zu träge. Ich fühle mich alt, erschöpft, leer. Was ist aus meinen Träumen geworden, was hab ich schon in der Welt verändert, was hab ich bewegt? Nichts! Die meisten meiner Studenten hören mir nicht einmal zu. Ach, ich weiß auch nicht …«

»Verzeih mir meine Worte! Ich war oberflächlich.«

Thoren sah Roman an. Tränen standen in seinen Augen. Roman setzte sich neben seinen Freund. Beide umarmten sich.

Die anderen Freunde fanden die beiden später am Abend. Sie schliefen aneinander gelehnt. Unter klarem Sternenhimmel.

Nachts sind alle Katzen grau

Roman erwachte. Benjamin hockte vor ihm, rüttelte mit beiden Armen an seinen Schultern.

»Alles klar?« Es war kein Hohn in Stimme oder Gesicht.

»Wa-as?«

»Erde an Roman. Willkommen zurück auf diesem Planeten.«

»Was ist passiert?«

»Du bist neben Thoren eingeschlafen.«

»Ach so? Wie geht es ihm?«

»Wieso?«

»Nur so.«

»Wie du meinst, Astronaut. Deinem Copiloten geht es gut. Komm, ich helfe dir hoch.«

»Ich schaffe das schon.«

Roman stand unsicher auf, schaute sich um, reckte sich dabei. Nacken und Rücken schmerzten. Er massierte seinen Nacken. Der Parkplatz war beinahe leer, die Neonröhren des *Studentenclubs* waren aus. Ein Mann saß auf der Treppe gegen die Backsteinwand gelehnt, bewegte sich nicht. Thoren stand neben Bernd, rauchte. Samuel und Till erzählten Thoren lauthals, was er verpasst hatte.

»Die Weiber hier sind komisch. Kein Rankommen. Total nett. Fast verbindlich. Erinnerst du dich an die beiden Blondinen, die Ben angeschleppt hat? Hören zu. Trinken. Machen alles mit und verabschieden sich einfach. Ben und ich haben alles versucht. Na egal, war ein klasse Abend.«, sagte Samuel.

»Mann, wir haben den ganzen Abend Tequila gesoffen. Bis zum Abwinken. Passt wirklich keiner mehr rein. Und getanzt haben wir. Hättest sehen sollen, wie wir die Tanzfläche gerockt haben. Der Laden hat gebebt.«, prahlte Till.

Thoren erwiderte nichts. Bernd stand ruhig daneben, trank sein Bier, sah zu Benjamin und Roman rüber.

»Wie lange habe ich geschlafen?«, fragte Roman.

»Weiß ich nicht. Es hat einen Moment gedauert, bis wir gemerkt haben, dass ihr beide nicht wiederkommt. Dann haben wir euch gesucht, aber nicht gleich gefunden. Ein Geländewagen hatte die Sicht auf unsere Wagen versperrt – muss nach uns gekommen sein. Ein Glück, dass der euch nicht über die Haxen gefahren ist. Bernd war es dann, der euch entdeckt und uns geholt hat.«

»Scheiße, Mann.«

»Na ja, Roman, es ist Herrenabend. Normal, was soll es. Ist es dir peinlich? Hier kennt dich keiner.«

»Nein, nein. Habt ihr mich etwa liegen lassen?«

»Wo denkst du hin? Bernd hat Thoren hoch geholfen, ich habe eine Weile gebraucht, um den Astronauten in die Erdumlaufbahn zurückzulotsen. Du musst echt weit weg gewesen sein.«

»Danke.«

»Was war denn los?«

»Nichts. Lass uns zu den anderen rüber.«

»Okay.«

Roman wurde herzlich begrüßt.

»Voll wie ein Amtmann?«, fragte Samuel Roman.

»Nein, nein.« antwortete Roman.

»Na, dann ist es ja gut.« Samuel drückte Roman eine Dose in die Hand. Bloß kein Bier mehr. Kopfschmerzen, Gliederschmerzen, Übelkeit. Roman schaute auf die Dose in seiner Hand, drehte sie, wog ab, was es ihm einhandeln würde. Sie war bereits geöffnet. Er nahm einen tiefen Schluck. Auf Schmerzen konnte er keine Rücksicht nehmen. Nicht an diesem Wochenende.

»Das ist mein Junge.« Samuel legte den Arm um Roman, drückte ihn kurz an sich. Roman schaute zu Thoren. Sein Blick suchte dessen Hände. Eine Dose. Erleichterung. Zu schlecht konnte es Thoren also nicht gehen. Roman prostete ihm zu, Thoren erwiderte – langsam mit einem zögerlichen Lächeln.

Rückfahrt. Die Sterne funkelten. Es war fast Vollmond. Thoren war im Auto sofort eingeschlafen. Roman nahm ihm die Dose aus den Händen. Benjamin war still. Keine Musik. Roman versuchte, Häuser, Straßen, Plakate, Wälder und Wiesen wiederzuerkennen. Es gelang nicht. Alles war fremd. Er fühlte sich verloren. Ein vertrautes Gefühl. Es kam einfach. War zu einem gewohnten Begleiter geworden.

Roman hatte einen schalen Geschmack im Mund. Er trank Thorens Dose aus. Der Magen rebellierte. Der Porsche holperte bereits über den Sandweg zum Campingplatz. Kaum Lichter, der Schlagbaum, das Holzgebäude mit Flachdach, Zelte, Wohnwagen, Bungalows, Autos. Es war fast überall dunkel. Die Menschen schliefen. Roman blickte auf seine Armbanduhr, ein Geschenk von Beate. 3.30 Uhr. Die Wagen wurden geparkt. Der Fiat war direkt hinter ihnen gewesen. Die Männer stiegen aus, trotteten zur Hütte. Die Luft war raus. Nur vereinzeltes Murmeln. Nebenan war es dunkel. Roman war aufgewühlt – der Tag, der Abend, Thorens Traurigkeit, seine eigenen Gedanken und Gefühle. Er konnte das Blut in seinen Ohren rauschen hören, setzte sich aufs Sofa, öffnete ein Bier. Mit dem ersten Schluck spülte er zwei Paracetamol runter. An Schlaf war nicht zu denken, da war sich Roman sicher.

Morgendämmerung

Roman lehnte sich zurück, sah die Holzdecke, ihre Maserung. Der Schlaf würde nicht kommen – nicht jetzt. Seine Augenlieder wurden schwer. Sein Kopf sackte nach unten. Er nickte kurz ein. Schreckte hoch. Das Bier war in seinem Schoß eingeklemmt. Nichts passiert. Er stellte die Dose auf den Boden, legte sich hin. Augen zu. Das Kopfkino lief. Gespräche, Gefühle, Gesichter, Bilder zogen vorbei. Roman konnte keines festhalten. Es war in der Hütte ruhig geworden. Seine Freunde hatten sich nach oben zurückgezogen. Keine Stimme, keine Schritte. Stille.

Ruhelose Nächte waren für Roman seit seiner Jugend ein Begleiter - wie das Gefühl der Verlorenheit. Durch Beate hatte sich etwas verändert. Beide gingen zusammen ins Bett, erzählten sich vom Tag und von der Aussicht auf den nächsten. Keiner verabschiedete sich per »Gute Nacht«. Sie ließen den Abend ausklingen, gemeinsam, hielten Körperkontakt mit Händen oder Füßen. Immer wieder berühren … Wenn er nachts aufwachte, war Beate in seiner Nähe. Ihr flacher, ruhiger Atem beruhigte ihn.

Roman stand auf. Durchwühlte die mitgebrachten CDs. Entschied sich für die *Best of* von Depeche Mode. Legte sie in den tragbaren CD-Spieler ein. Bernd hatte ihn mitgebracht. Musik an. Nicht zu laut, aber auch nicht zu leise. Roman lauschte. Kein Geräusch von oben. Niemand beschwerte sich. Sie schliefen. Er war allein. Im Erdgeschoss roch es nach altem Zigarettenqualm, Schweiß, Bier. Roman öffnete die Terrassentür, zog den bunt gemusterten Vorhang zu. Wegen der Mücken.

Wieder auf die Couch. Ein Schluck Bier. Schmeckte fast schon wieder. Die Luft von draußen tat gut. Der Vorhang bewegte sich leicht im Wind. Roman starrte die Dose an. Hatte er ein Alkoholproblem? Beate schaute ihn meist ruhig an, wenn er trank, sagte aber nichts und doch mehr als tausend Worte. Gäbe es keinen Kater, würde er vielleicht mehr trinken. Egal. Roman grub sich tief im Sofa ein. Ostsee. Freunde. Grillen. Musik. Tanzen. Beate. Katharina ... Roman grinste. Warum mache ich mir immer so einen Kopf. Was für ein Augenblick! Er sah sich um. Überall lagen Sachen. Bierpaletten, eine Bierkiste, Essensvorräte, Süßigkeiten, frische und getragene Kleidung, halbnasse Handtücher. Chaos ... Eine Mücke hatte es rein geschafft. Roman hörte sie neben seinem Ohr, schlug zu, nicht zu fest, schließlich traf er sich selbst. An seiner Hand klebte sie nicht. Egal.

Das Bier katapultierte Roman in seine frühabendliche Trunkenheit zurück. Angenehm breitete sich der Alkohol in ihm aus. *Never let me down again* lief. Er stand unsicher auf, torkelte leicht, drehte die Musik auf, wippte auf unsicheren, müden Beinen. Es war sein Wochenende! Seins! Genieße, Roman! Übermütig griff er sich eine Dose von der Palette, riss sie auf, trank. Die halbleere Dose auf dem Tisch war vergessen. Augen zu. Die Welt drehte sich. Karussell. Augen auf. Die Welt drehte sich weiter, aber langsamer. Hielt erst an, als Roman sich auf die Couch fallen ließ, einen Moment ausharrte. Synthiepop. Dave Gahan. Diese Stimme. Roman saß da, einfach nur da. Was war das alles heute? Wer bist du, Katharina?
»Junge, Junge, man kann dich aber auch keine Minute aus den Augen lassen.«
Benjamin stand vor ihm, in Unterhose, schüttelte den Kopf, stellte die Musik leise.
»Wenn du mich schon nicht schlafen lässt, trinken wir eben zu zweit!«
Benjamin nahm zwei Büchsen von der Palette, zog den Vorhang zurück, packte Roman am Oberarm, zog ihn auf die Terrasse, setzte ihn auf einen Stuhl. Blieb neben Roman stehen.

»Ich hole noch den CD-Player raus.« Benjamin verschwand kurz in der Hütte.

»Prima. Batterien sind drin. Bernd hat an alles gedacht.«

»Wie lange hast du drinnen schon da gestanden, Ben?«

»Das willst du nicht wissen.«

»Hmh.«

»Hast du überhaupt geschlafen?«

»Ich bin nur kurz eingenickt.«

»Kater?«

»Geht, geht.«

Die Sonne war bereits aufgegangen. Benjamin riss die beiden Dosen auf, überreichte Roman eine. Prostete ihm zu. Begann, sich zwischen den Beinen zu kratzen.

»Trinkt ihr, weil ihr wollt oder müsst?«, rief eine Stimme. Roman sah zur anderen Finnhütte rüber. Es war Katharina. Sie saß auf der Terrasse. Wie gestern Abend in eine Decke gehüllt. Hielt ein Buch in den Händen. Lachte. Herzerfrischend. Roman fühlte sich ertappt – irgendwie.

»Weil es besser ist!«, rief Benjamin zurück. Katharina lachte erneut, legte ihre langen Beine auf das Geländer und las weiter.

»Interessiert?«

»Nein, nein, wie kommst du denn da drauf?«

»Deine Blicke!«

»Ne, ne, denke nur nach.«

»Aha.«

»Ich war doch am Mittwoch mit Beate im Olympiastadion auf dem Depeche-Mode-Konzert!«

»Lenk nicht ab.«

»Warte.«

»Also?«

»Depeche Mode war toll, ich nicht.«

»Was soll das denn jetzt?«

»Ich wollte uns was gönnen. VIP-Bereich oder so. Mensch, Depeche Mode! Beate war es zu teuer. Also landeten wir in der vierten Reihe unterm Dach. Oberring. Enge Plastikklappsitze. Und.«

»Lenk nicht ab, Roman. Ich habe gerade absolut keine Lust auf eine langweilige Geschichte. Was willst du mir sagen?«

»Ach, nichts Besonderes. Ich wollte es einfach nur erzählen.«

»Also doch.«

»Was?»

»Lass gut sein, Mann.« Benjamin lächelte.

Sie tranken ihr Bier.

»Du weißt genau, was du mir sagen willst. Lass es raus.«

»Ach, was weiß ich schon, Ben. Was weiß man wirklich?«

»Bitte keinen Vortrag.«

»Du hast recht. Ich kann darüber nicht reden – noch nicht.«

»Ist schon gut, Roman. Lass uns den neuen Tag am Meer begrüßen.«

Roman sah zur anderen Terrasse hinüber. Sie war leer.

Kurzmitteilung

Morgendämmerung. Der Übergang von Nacht und Tag. Roman genoss den Anbruch des neuen Tages. Er fühlte sich sicher mit Benjamin. Für den Moment war alles gesagt. Sie schwiegen. Roman drückte die Wiederholungstaste.

»You'll stumble in my footsteps. Keep the same appointments I kept. If you try walking in my shoes. You'll stumble in my footsteps.«

Roman betrachtete seinen Freund. Benjamin schien versunken, saß in seiner Unterhose reglos auf dem Plastikstuhl. Roman hatte sich zwischenzeitlich umgezogen. Wegen Katharina. Zugegeben hätte er das nicht. Eng anliegende, ausgewaschene 501, knappes, weißes T-Shirt mit V-Kragen. Als er in einer Wolke von Eau de Toilette auf die Terrasse zurückgekommen war, hatte er Kopfschütteln, Lachen, zumindest ein Naserümpfen erwartet. Nichts. Benjamin regte sich nicht, als Roman sich leise neben ihn setzte. Er wollte seinen Freund nicht stören. Von den anderen war weiterhin nichts zu sehen oder zu hören. Umso überraschter war er, als er Till mit seinem Mobiltelefon an den Fiat gelehnt stehen sah. Irgendwie musste er unbemerkt an ihnen vorbeigekommen sein. Till starrte auf das Display. Sein Gesicht zeigte Unglauben, Verwirrung. Roman berührte Benjamin an der Schulter, nickte in Richtung Till.

»Was?«, fragte Benjamin aufgeschreckt.

»Schau dir Till an.«

»Wo?«

»Sein Auto.«

»Was ist mit ihm?«

»Irgendetwas stimmt nicht.«

»Hast recht.«

»Sollen wir?«, fragte Roman kaum hörbar.

»Natürlich oder hast du ihn schon mal so gesehen?«, Benjamin schüttelte den Kopf. Sie gingen zu Till. Der hatte sich mittlerweile ins feuchte Gras gesetzt.

»Was ist los?«, Benjamin hockte sich hin. Roman auch, legte einen Arm um Tills Schulter. Till schien von weit her zurückzukehren. Sein Gesicht war blass. Stumm nestelte er an der Tastatur seines Telefons, bis er schließlich seinen Freunden das Display zeigte.

›Du wirst Vater!‹ stand dort schlicht und einfach, darunter ›Sarah‹«.

»Wow!«, kommentierte Benjamin.

»Vater?!« Mehr fiel Roman nicht ein.

»Wer ist Sarah?«, fragte Benjamin.

»Meine Ex …«. Tills Blick driftete bei den Worten wieder ab, verlor sich.

»Deine Ex, was für eine Ex?«

Roman überging Benjamins Frage und sprach Till an, bevor dieser antworten konnte.

»Ich dachte, ihr seid getrennt, seht euch nicht, habt nichts mehr miteinander zu tun!?«

»Die aus der Videothek?«, fragte Benjamin.

»Ja - wir hatten auch keinerlei Kontakt mehr. Bis eben. Bis zu dieser SMS.«, Till starrte auf das Display.

Roman betrachtete Till. Was mochte in ihm vorgehen? Vaterwerden. Auf diese Art? Ein Geschenk? Eine Bürde? Vor so einem Szenario hatte Roman sich gefürchtet. Aber das war vor Beate gewesen. Roman ließ seinen Arm auf Tills Schulter, wusste nichts zu sagen.

»Herzlichen Glückwunsch! Darauf trinken wir einen! Du wirst Vater. Egal, wer Sarah ist. Ist doch toll. Ich will Patenonkel werden!« Benjamin musste sich zwischendurch davongestohlen haben, stand mit drei Dosen vor ihnen. Fassungslosigkeit breitete sich in Tills Gesicht aus. Roman wollte etwas erwidern.

»Leute, war nur Spaß, nur ein Spaß.« Benjamin setzte sich zu ihnen, legte ebenfalls, wenn auch nur kurz, einen Arm um Till.

»Nun erzähl schon! Was ist denn das für ein Horror? Trink erst einmal auf den Schrecken was.« Benjamin öffnete eine Dose und drückte sie Till in die Hand.

»Nachdem … nachdem Britta mich verlassen hatte, war ich mit Sarah zusammen, das ist die aus der Videothek, ich habe euch schon von ihr erzählt - bis vor ein paar Wochen. Das lief über ein halbes Jahr. Sarah war sauer wegen der Restaurierung des Fiats oder was weiß ich weswegen. Hat mich beschimpft wie Britta damals, ich würde meine Prioritäten im Leben falsch setzen. Dann war sie weg. Bis eben. Bis zu dieser Nachricht.«

»Prost!« Benjamin öffnete auch für Roman und sich selbst eine Dose. Alle tranken einen Schluck.

Danach Schweigen.

»Und du hattest keine Ahnung?« Roman runzelte die Stirn.

»Nein, absolut nicht.«

»Habt ihr nicht verhütet? Will sie dir ein Kind unterschieben? Ist das vielleicht erfunden? Hat sie noch eine Rechnung mit dir offen?« Roman nippte an seinem Bier.

»Sie hat Temperatur gemessen und gesagt, wann wir können. Ich war doch total verliebt. Vielleicht habe ich auch Lotterie spielen wollen.«

»Inwiefern.«, fragte Roman nach.

»Weiß nicht. Nachdem Britta weg war, ihr wisst doch, bin ich in ein riesengroßes Loch gefallen. Frau weg ist eine Sache, Kind auch noch - ist eine andere. Und dann kam irgendwann Sarah. Ich war für alles so empfänglich.«

»Sechs Richtige!« Benjamin stieß mit Till an.

»Was willst du jetzt machen? Wie können wir dir helfen?« Roman drückte Till ein wenig an sich. Hielt er ihn zu lange im Arm? Vorsichtig nahm Roman seinen Arm von Tills Schulter.

»Keine Ahnung. Ehrlich nicht. Macht ihr doch schon!«

Aus ihrer Finnhütte waren Geräusche und Stimmen zu hören. Thoren und Samuel mussten aufgestanden sein.

»Komm, wir gehen am Strand spazieren!« Roman zog Till nach oben.

»Ich halte euch die Meute erst mal vom Hals.« Benjamin stand aus dem Schneidersitz auf und ging mit festen Schritten Richtung Hütte.

Roman führte Till an der zweiten Hütte vorbei in Richtung Dünen. Ein Stich durchfuhr ihn, als er die menschenleere Terrasse sah. Ein paar Schritte weiter drehte er sich instinktiv noch einmal um. Katharina stand auf der Terrasse, lächelte Roman an. Katharina. Aber erst mal Till.

Spuren im Sand

Roman sah Till unsicher neben sich gehen. Die Sandkörner knirschten unter ihren Sohlen. Sonne, Sommermorgen, Strand, leichte Brise, Meer. Eigentlich wunderbar. Roman schaute aufs Wasser hinaus, genoss kurz die Weite.

»Lass uns Schuhe und Socken ausziehen.«

»Was?«, Till sah Roman fragend an.

»Spür mal den Sand unter deinen Füßen.«

»Wieso?«

»Tu es einfach. Wird dir guttun. Vertrau mir.«

»Okay.«

Der Sand war noch feucht von der Nacht. Till zog beinahe mechanisch seine Schuhe und Socken aus.

»Ist das alles wunderbar oder schrecklich.«, fragte Till.

»Ich muss mal pissen.«, Roman guckte seinen Freund auffordernd an, grinste.

»Ich komm mit.«

Beide erleichterten sich abseits des Weges in den Dünen, wurden dafür mit Schnitten und Hautritzern durch die niedergetrampelten Halme des Strandhafers bestraft. Anschließend steuerten sie die Wasserkante an. Roman liebte es, direkt am Wasser entlang zu gehen, wenn seine Füße von den Ausläufern der Wellen umspült werden. Till folgte ihm wortlos, wankte immer noch leicht. Roman wusste immer noch nicht, was er seinem Freund sagen sollte. Also sagte er lieber gar nichts und biss sich auf die Unterlippe.

»Ich bin über die Nachricht total schockiert, irgendwie aber auch richtig froh, etwas von Sarah zu hören. Sei es auch das. Ich habe sie echt vermisst. Wusste erst nicht, ob es der Schatten meiner Frau war, aber es war schon Sarah. Weg. Erst Britta und Sophie, dann sie. Weg. Einfach weg. Mit Ann-Kathrin sind es schon drei. Ich war mit drei Frauen, na ja, mit Ann-Kathrin mehr oder minder, zusammen und alle haben mich verlassen. Nun kommt Sarah zurück und das im Doppelpack. Ich werde noch mal Vater. Wahnsinn. Absoluter Wahnsinn.«

Roman zuckte bei dem Namen Ann-Kathrin zusammen, schaute zu Till rüber, ob der seine Reaktion bemerkt hatte. Till schien ganz mit sich beschäftigt. Roman atmete durch. Er konnte sich bestens an Ann-Kathrin erinnern. Mehr als ihm lieb war. Seine Nackenhaare stellten sich auf. Ein Schauer lief seinen Rücken runter. Fast war es so, als liefe Ann-Kathrin gerade zwischen ihnen.

Jahre früher:

Kurz vor dem Abitur, Till und Roman waren abends ausgegangen. Standen am Rand der Tanzfläche ihrer Lieblingsdiskothek. Dem Joy. *Dance Hall Days* von Wang Chung dröhnte aus den Boxen. Tänzer zuckten im Discolicht und Nebel.

»Auweia, Alter, schau mal rüber.«, Till stieß Roman mit dem Ellenbogen an.

»Was?«

»Brautalarm.«

»Was? Versteh kein Wort.«

»Brautalarm!«

»Wo, wo denn, Alter?« Beide hatten die Köpfe zusammengesteckt.

»Die schwarzhaarige Puppe auf der Empore.«, Till zeigte auf eine Frau.

»Scheiße, Mann. Da bin ich gleich total anverliebt.«

»Wir sind verloren!«, rief Till.

»Ja, Mann, wo kommt die denn her?«

»Nicht von dieser Welt. Jedenfalls habe ich die hier noch nie gesehn. Rattenscharf.«

»Scheiße, ist die geil. Lass uns noch einen hinter kippen. Hab Durst.«

»Recht so.«

Die junge Frau trug hohe Stiefel, Jeans mit breitem Gürtel, T-Shirt, alles schwarz, eng, körperbetont, silberfarbene Creolen. Schwarzer Pagenkopf. Porzellangesicht. Sie unterhielt sich mit einem Mann und einer Frau.

Weniger ist manchmal mehr, ging Roman durch den Kopf.

»Hey, die hat rübergeschaut.«

»Blödsinn, die ist nicht unsere Liga.« Roman schüttelte den Kopf.

»Scheiße, du hast recht. Lass uns einen hinterkippen. Du bist dran. Nun geh endlich Suff holen.«

»Ja doch!« Roman wollte nicht weg. Nicht in diesem Augenblick. Biss sich auf die Unterlippe und ging dann doch los.

Der DJ spielte Corey Harts *Sunglasses at night*. Roman bahnte sich seinen Weg zur Theke.

»Zwei Lüttje Lagen, bitte!«

»Kommt sofort.«

Roman beobachtete den Kellner Martin, wie er die vier Gläser füllte. Auf dem Weg zurück sah er zu Till hinüber. Nein! Der Pagenkopf stand an seinem Stehtisch. Neben Till! Die beiden unterhielten sich. Ohne ihn. Mist! Roman war so aufgeregt, dass er sich im Nachhinein kaum an ein Wort erinnern konnte, wie sie sich bekannt machten. Aber er erinnerte sich sehr gut an die kristallblauen Augen des Pagenkopfs. Er ging schnell noch eine Runde holen. Die Frau trank mit. Roman war schon angetrunken. Jedes seiner Worte erschien ihm genuschelt und belanglos.

»Hast du eine Freundin?«, fragte ihn der Pagenkopf völlig unerwartet. Till holte gerade die nächste Runde. Roman war perplex.

»Äh, ja.«

Till erhielt am Ende der Nacht die Telefonnummer des Pagenkopfes. Roman konnte sich nicht für seinen Freund freuen, obwohl er eine Freundin hatte, Charlotte – Till dagegen nicht.

Der Pagenkopf und seine Frage gingen Roman nicht aus dem Kopf. Er sprach mit niemandem darüber. Es war nichts passiert. Trotzdem empfand Roman Charlotte gegenüber Schuldgefühle. Der Pagenkopf hatte Till ausgewählt, nicht ihn. Roman musste sich damit abfinden. Das war der Ehrenkodex zwischen den Freunden. Roman beschloss, die Frau zu vergessen. Leider hielt Till ihn permanent auf dem Laufenden.

»Sie heißt Ann-Kathrin.«

»Wer?« Roman wusste genau, wer gemeint war.

»Der Pagenkopf aus dem *Joy*. Na, du weißt doch noch?«

»Ach, die.«

»Wie, was? Du hattest sie total geil gefunden.«

»Mensch, Alter, ich war besoffen, bin dann doch ständig anverliebt. Weiß gar nicht mehr, wie sie aussah.«

»Echt? Und du warst nicht angepisst, dass Ann-Kathrin mir ihre Nummer gegeben hat?«

»Wie kommst du darauf? Ich habe eine Freundin, Till!«

»Das war dir aber egal, als du Ann-Kathrin nach ihrer Nummer gefragt hast?«

»Habe ich?«

»Weißt du nicht mehr?«

»Nein. Was hat sie denn geantwortet?«

»Dass du brav zu deiner Freundin nach Hause gehen sollst.

»Oh.«

»Na ja, egal. Wir haben uns gestern Robert Redford in *Jenseits von Afrika* im Kino angesehen. Der Film war okay. Schöne Landschaftsaufnahmen. War aber eher ein Frauenfilm. Große Liebe und so. Nach der Vorstellung sind wir einfach drauf losgefahren, auf einem Waldweg im Grunewald gelandet, haben philosophiert, den Sonnenaufgang genossen und - geknutscht. Hammer!«

Roman wurde bei den Schilderungen flau. Die Bilder drehten sich in den nächsten Tagen in seinem Kopf. Roman und Charlotte waren zwei Tage zuvor in *Jenseits von Afrika* gewesen. Roman hatte sich gewünscht, Ann-Kathrin säße neben ihm. Händchenhalten.

Er musste an die beharrlichen Worte seines Vaters denken: »Roman, beschränk dich auf eine Frau, aber wähle sie gut!«

Kurz darauf lud Ann-Kathrin Till zu sich nach Hause ein. Unverblümt wies sie gleich zu Anfang darauf hin, dass sie sturmfreie Bude hätten und präsentierte Till ihre Pillenpackung auf dem Schreibtisch.

»Roman, du kann dir gar nicht vorstellen, wie cool ihr Zimmer eingerichtet ist. Ann-Kathrin wohnt mit ihrer Mutter zusammen. Fast wie in einer WG. Was mit ihrem Vater ist, weiß ich nicht. Ann-Kathrin ist die schönste Frau, der ich je begegnet bin. Die erste Nacht bei ihr war wunderschön. Total romantisch. Und die kann küssen! Das glaubst du nicht. Sie sieht nicht nur toll aus, sie ist auch richtig intelligent. Unglaublich …«

Till saß mit leuchtenden Augen vor ihm. Schon wieder. Roman hätte ihn am liebsten erwürgt.

»Ich freu mich für dich!«, heuchelte er.

»Bist ein echter Freund. Ich glaub, ich bin total verknallt.«

»Schön für dich.«

»Wie findest du denn Ann-Kathrin?«

»Ich kenn sie doch gar nicht.«

»Aber ihr Aussehen kannst du doch beurteilen. Außerdem habt ihr euch im *Joy* unterhalten.«

»Noch mal, Till, ich war besoffen!«

»Und was ist mit dem, was ich dir sonst so über uns erzähle?«

»Nett.«

»Nett? Ich werde nie wieder so eine wunderschöne, schlaue Frau in den Armen halten. Bei Ann-Kathrin stimmt einfach alles! Die hat so weiche Lippen, so eine weiche Haut. Unglaublich!«

»Komm, lass uns was trinken gehen.«

»Mehr hast du dazu nicht zu sagen? Du bist doch sonst nicht so.«

»Was soll ich dazu sagen.«

»Okay, wohin?«

»In die *Helle Hölle*. Vielleicht ist Sam auch dort.«

»Sag mal, ich habe jetzt so viel von Ann-Kathrin gesprochen. Wie läuft es denn mit Charlotte?«

»Bestens.«

»Bestens?«

»Bestens!«

Ein Wochenende später rief Till unter Tränen Roman an.

»Nun beruhige dich doch erst einmal. Ich kann kein Wort verstehen. Was ist passiert?«

»Ich, ich, bin hier auf der beschissenen Konfirmationsfeier meines Cousins. Du weißt schon. Der, den du auch nicht abkannst.«

»Ja und?«

»Ann-Kathrin und ich waren danach verabredet. Ich habe sie gerade aus der Telefonzelle hier vor dem Festsaal angerufen und sie hat Nein gesagt.«

»Wie Nein gesagt?«

»Zur Verabredung. Ich dachte erst, sie sei krank oder so – aber dann hat sie mir einfach gesagt, dass sie mich nicht mehr sehen will und hat aufgelegt.«

»Scheiße. Und dann?«

»Habe ich dich angerufen.«

»Bist du nüchtern.«

»Ja, extra wegen der Verabredung mit Ann-Kathrin. Wir wollten das restliche Wochenende miteinander verbringen.«

»Komm vorbei.«

»Danke. Ich weiß echt nicht, was ich tun soll, bin total verzweifelt.«

»Komm vorbei.«

»Bist ein guter Freund.«

Till fuhr zu Roman. Saß weinend vor seinem Freund. Roman hörte einfach nur zu.

Sein Freund schickte in den folgenden Tagen und Wochen Briefe an Ann-Kathrin, erhielt aber keine Antwort. Der Freundeskreis zeigte für Tills Leid wenig Verständnis. Schließlich sei ja so gut wie nichts gewesen. Frauen kommen und gehen, Freunde bleiben.

Till blieb am Strand stehen. Sah aufs Wasser hinaus. Roman hielt neben ihm am.

»Ich kann mich sehr genau an sie erinnern.« Roman erschrak, hoffte, dass weder die Wortwahl noch Betonung ihn verraten hatten.

»Ja, ja, Ann-Kathrin.« Mehr kam nicht. Till schien wieder in sich versunken zu sein. Die beiden Männer waren bereits weit vom Ausgangspunkt ihres Spaziergangs entfernt. Kein Mensch war ihnen begegnet. Roman genoss für einen Moment die Weite des Meeres und die Stille. Möwen kreisten. Er versuchte, sich von den Gedanken an Ann-Kathrin loszureißen. Er musste für Till da sein.

»Was geht dir gerade durch den Kopf?«, fragte Roman seinen Freund.

Till sprach von Einsamkeit, Zweisamkeit, Verliebtheit, Verlustängsten, mangelndem Selbstwert, dem Stolz eines Vaters, über Ann-Kathrin, Britta, Sarah und darüber, erneut Vater zu werden. Dabei stellte er viele Fragen, die keiner Antwort bedurften. Roman versuchte, zuzuhören. Seine Gedanken drifteten jedoch immer wieder ab, auch zu Ann-Kathrin.

»Was wirst du jetzt tun, Till?«

»Ich weiß es nicht.«

»Hmh, was willst du jetzt tun?«

»Weiß ich auch nicht. Zum Glück bin ich jetzt mit euch hier.«

»Willst du das Kind?«

»Ja.«
»Willst du Sarah?«
»Ja.«
»Blend den Rest aus.«
»Wahrscheinlich hast du recht.«
»Dann ist doch alles klar. Los, lass uns das feiern, wir kippen einen hinter. Lüttje Lage?«
»Oh, Mann.«

Für den Moment war alles gesagt. Roman und Till kehrten um. Der neue Tag war längst mit einem Strahlen erwacht. Die Freunde hinterließen auf dem Rückweg Spuren im Sand.

Lügen im Sand

Das war nicht alles gewesen. Ein paar Puzzleteile fehlten.

Jahre früher:

»Hi!«
»Hi.«
Roman biss sich auf die Unterlippe, starrte die junge Frau im Türrahmen an. Er konnte kaum atmen. Durfte nicht hier sein. Verbotenes Land. Aufgeregtheit. Schuld.
»Ich kenn dich doch!«
»Tschuldige, dass ich unangekündigt einfach so bei dir aufkreuze.«
»Bist du nicht Tills Freund?«
»Ja, das bin ich.«
»Roman, richtig?«
»Ja.«
»Du warst damals mit Till im *Joy*.«
»Ja.«
»Aha, mit dir hab ich nun wirklich nicht gerechnet. Was willst du? Doch wohl nicht mich bekehren?«
»Hmh, darf ich erst mal reinkommen?«
»Okay, ich hoffe, dass ich es nicht bereuen werde.«
»Sag es einfach, dann geh ich.«
»Ein Mann, ein Wort, na, dann komm rein und überrasch mich.«
Roman zog seine Schuhe aus, stellte sie neben eine Reihe von Stiefeln. Folgte der Frau durch einen langen Korridor. Die Dielen knarrten.
»Setz dich.«
»Wohin?«
»Das ist mein Zimmer. Such es dir aus. Von mir aus auf den Fußboden. Möchtest du was trinken?«
»Gern.« Es roch nach Vanille. Wahrscheinlich von den brennenden Kerzen.
»Was willst du denn?«

»Was ist im Angebot?«

»Wasser, Cola, Apfelschorle, Milch, Rotwein, Bier …«

»Bier, bitte!«

Die junge Frau verschwand. Roman setzte sich auf den Boden. Lehnte sich an die Couch an. Sah sich um. Schwere, alte Möbel. Dunkelbraun. Auf hellen Dielen. Stilvoll. Auch ein bisschen bedrückend. Zu wenig Farbe, Leben. Ungewöhnlich für das Alter der Frau. Vielleicht Erbstücke. Roman strich mit den Fingern über das Leder der Couch. Ihm war heiß. Bloß nicht schwitzen.

»Hier, lass es dir schmecken.« Ann-Kathrin setzte sich neben ihn. Sie war so nah und doch so fern.

»Willst du ein Glas?«

»Nein, für dich nichts?« Roman hielt die Flasche in der Hand. Nahm einen kleinen Schluck. Stellte das Bier vorsichtig auf dem massiven Holztisch ab.

»Erst mal hören, was jetzt kommt. Vielleicht später.«

»Till ist nach eurem letzten Telefonat zu mir gekommen, war total im Arsch, verstand die Welt nicht mehr. Na, ich bin doch sein Freund. Wollte mal hören, was Sache ist mit euch.«

»Warum kommt er nicht selbst?«

»Traut sich nicht.«

»Wieso?«

»Du hättest einfach aufgelegt, ihm gesagt, dass du ihn nie wieder sehen willst. Für Till klang das endgültig.«

»Ja und?«

»Das kam sehr überraschend. Die Welt ist für ihn zusammengebrochen.«

»Klingt dramatisch. So schlimm wird es hoffentlich nicht sein. Wir haben uns nur ein paar Mal gesehen, noch nicht mal miteinander geschlafen.«

»Till sieht das anders, redet von großen Gefühlen und so.«

»Aha.«

»Gibt es keine Chance mehr?«

»Denke nicht. Nein.«

»Wieso?«

»Meine Sache.«

»Wäre aber schön, wenn du es ihm erklärst. Dann könnte er es vielleicht besser verstehen. Dich vergessen.«

»Seine Sache.«

»Ganz schön hart.«

»Und du bist hier der Menschenversteher, berufen und unterwegs in höherer Mission oder was?«

»Ach, das ist doch Mist.«

»Warum bist du wirklich hier, anstatt bei deinem Freund zu sein, und mir auf den Geist zu gehen?«

»Ich …«

»Also, Roman, warum bist du nun wirklich hier?«

»Warum sollte ich nicht hier sein? Till ist schließlich mein Freund.«

»Weil du mich jetzt genau so ansiehst wie damals im *Joy*.«

»Wie gucke ich denn?«

»Hungrig.«

»Hungrig?«

»Hör auf mit der Scheiße. Du weißt genau, was ich meine. Du fängst an, mich zu langweilen.«

»Ich …«

»Du bist nicht wegen Till hier!«

»Warum denn sonst?«

»Hör auf damit, sonst musst du gehen!«

»Ich, ich konnte nicht aufhören, an dich zu denken. Ich …«

»Komm her!«

»Was?«

»Nun komm schon, ich beiße nicht.«

»Ich …, Till …«

»Roman!«

»In Ordnung, schon gut, schon gut.« Roman rutschte ein Stück näher. Sein Herz raste. Ann-Kathrin roch wunderbar.

»Ich bin deinetwegen an euren Tisch gekommen.«

»Echt?«

»Ich, ich …«

»Küss mich jetzt endlich, dummer Junge.« Ann-Kathrin zog Roman zu sich. Berührte ihn mit ihren Fingern an der Wange. Es erinnerte ihn an seine Kindheit, an die Schmetterlingsküsse seiner Mutter, so zart, so vertraut.

Roman schmeckte ihre Lippen, ihren Mund. Und mehr. Ann-Kathrin elektrisierte ihn. Er war erregt. Äußerst. Nach all den Wochen war Ann-Kathrin Wirklichkeit geworden. Alles andere zählte nicht mehr. Sie war sehr fordernd. Er ließ sich fallen.

Roman und Ann-Kathrin trafen sich, so oft sie konnten und Romans Beziehung zu Charlotte es zuließ.

»Hast du mittlerweile mit ihr gesprochen?«

»Mit wem, was meinst du?«, Roman hatte sich angekuschelt, aber Ann-Kathrin hatte sich ihm entzogen, sich an die Rücklehne ihres Bettes gelehnt.

»Willst du mich verarschen?«

»Nein, nein.«

»Idiot, spiel ja kein Spielchen mit mir. Ich hab dir gesagt, dass ich keine für die zweite Reihe bin.«

»Warum hast du dich dann …«

»Sei jetzt bloß vorsichtig! Ganz vorsichtig. Du bewegst dich auf dünnem Eis.«

Roman sah Ann-Kathrin erschrocken an.

»Ich muss den richtigen Zeitpunkt abwarten.«

»Den gibt es nicht. Du vögelst seit über drei Monaten mit mir. Deine Schonzeit ist vorbei!«

»Ich liebe dich, so sehr, es ist die reinste Hölle für mich … Charlotte, meine Eltern, Till, meine anderen Freunde, wie soll ich es erklären, was sollen die von mir denken?«

»Mir kommen gleich die Tränen. Das ist mir scheißegal. Du triffst deine eigenen Entscheidungen.«

»Ich brauche noch Zeit.«

»Die Uhr tickt bereits, Kleiner. Deine Zeit läuft ab.«

»Ich regle das.«

Roman hatte es nie geregelt. Weder Till noch Charlotte noch sonst irgendjemandem hatte er sich je offenbart. Ann-Kathrin hatte Roman nach dreieinhalb Monaten nach einem stürmischen, letzten Akt mit den Worten »Das war dein Abschiedsfick, du verlogenes Miststück.« aus der Wohnung und ihrem Leben geschmissen. Roman hatte sie am nächsten Tag ein letztes Mal angerufen.
»Solltest du noch einmal hier auftauchen oder den Kontakt zu mir suchen, trete ich dir in die Eier und rufe sofort bei Till und Charlotte an, damit sie wissen, was für ein toller Freund du bist, und sie dich wimmernd auf der Straße auflesen können!«
Roman hatte verstanden. Ann-Kathrin hatte die Dinge, die sie sagte, auch immer so gemeint.

Am Abend war er in seinem Zimmer auf- und abgegangen. Hatte die Tür abgeschlossen. Musik an- und ausgemacht. Sich durch die Fernsehprogramme gezappt. Ein Buch in die Hand genommen, weggelegt. Aus dem Fenster gestarrt.
Roman spürte große Einsamkeit. Aber da war etwas noch Schlimmeres.

Schmerz

Roman und Till standen nach dem Strandspaziergang vor dem Dünenübergang zum Campingplatz.

»Danke, Roman.«

»Nicht nötig.«

»Oh, doch. Ich will mich bedanken. Danke, dass du bei mir warst und zugehört hast.«

»Gern. Dafür sind doch Freunde da.« Roman klopfte Till auf die Schulter. Sah Benjamin ein Stück am Strand halb verdeckt vom Strandhafer im Sand sitzen.

»Geh schon mal vor, Till.«

»Was?«

»Ich möchte noch einen Moment für mich sein. Das Meer genießen.«

»Klar doch. Bis gleich.«

»Ja.«

»Was machst du hier so allein? Wo sind die anderen?«

»Ich hab sie euch erst mal vom Hals gehalten. Samuel und Thoren bereiten jetzt das Frühstück vor. Ich brauchte ein wenig Ruhe. Einen Moment für mich. Wollte einfach allein sein.«

»Was? Ne, ne, das ist doch gar nicht deine Art. Du hast ja nicht mal ein Bier. Was ist denn los?«

»Wie ich schon sagte, ich musste ein bisschen für mich sein.«

»Du sitzt einfach hier am Strand, Arme um die Knie geschlungen, schaust aufs Wasser, ganz allein, kein Mädel, ohne Bier?«

»Hmh.«

»Was ist mit deinen Augen los?«

»Was soll sein?«

»Weinst du?«

»Lass gut sein.« Benjamin senkte den Kopf.

»Ich habe dich noch nie weinen sehen. Und dann soll nichts los sein? Darf ich mich zu dir setzen?«

Benjamin nickte. Roman konnte es nicht fassen. Gestern Abend Thoren. Heute Morgen Till. Jetzt Benjamin. Ausgerechnet Benjamin. Der harte Hund. Warum passierte das alles an einem Wochenende. An diesem. Seinem Wochenende. An dem doch alle ausgelassen sein sollten. So wie früher. Da hatten die Freunde den Alltag in Berlin gelassen, denjenigen beschimpft, der ein ernstes Thema auf den Tisch gebracht hatte. Zwei, drei Sprüche, ein Bier. Dann war es gut gewesen. Etwas hatte sich verändert. Von Roman unbemerkt.

»Ben, was ist denn los? Magst du überhaupt reden? Ich bin gerade überfordert.«

»Ich - ich kann nicht mehr.«

»Was? Du, ausgerechnet du kannst nicht mehr? Mister Allesimgriff? Da komme ich gerade nicht mehr mit. Was ist denn verdammt noch mal los, Mann? Ich … verarscht du mich etwa? Ist das eins deiner Spiele?«

»Schön wäre es. Dann würde ich es heute zum ersten und letzten Mal spielen.«

»Nun sag schon!«

»Ich weiß nicht.«

»Los jetzt.«

»Ich halte die Schmerzen nicht mehr aus … Sie sind allgegenwärtig. Übermächtig. Werden immer schlimmer. Manchmal weiß ich nicht, ob ich morgens aufstehen kann. Will. Ob ich noch einen Tag hin bekomme. Schaffe.«

»Aber wieso?«

»Migräne.«

»Migräne?«

»Ja, niemand weiß davon. Nur meine Eltern.«

»Aber …?«

»Ich will euer Mitleid nicht.«

»Deine besten Freunde sollen von deiner Migräne, deinen Qualen nichts wissen, weil du unser Mitleid nicht willst? Vertraust du uns denn so wenig?«

»Hier geht es nicht um euch.«

»Sondern?«

»Darum, dass ich ein halbwegs normales Leben führen kann, ohne immer daran erinnert zu werden, wie es mir geht. Darum, mich nicht noch weiter runterziehen zu lassen. Ich will nicht, dass ihr Rücksicht nehmt, mich als Kranken, Schwachen betrachtet. Ich möchte einen möglichst normalen Alltag leben. So wie wir alle.«

»Keiner lebt einen normalen Alltag. Den gibt es wahrscheinlich gar nicht.«

»Lass das Rumphilosophieren.«

»Aber wir könnten doch helfen. Irgendwie bei den Schmerzen für dich da sein.«

»Tut ihr längst.«

»Wie …?«

»Anders als du denkst. Ihr seid für mich da, nehmt mich, lasst mich sein, wie ich bin, seid meine Freunde. Ich habe Freunde. Das ist mir unglaublich wichtig. Kein Mitleid, kein Mitgefühl. Ganz einfach.«

»Magst du von der Migräne erzählen?«

»Ich hatte den Scheiß schon als Kind.«

»Du trägst das also die ganze Zeit mit dir rum, willst es mit dir allein ausmachen und erstickst vielleicht eines Tages daran?«

»Ja … Es ist besser so.«

»Hmh. Wie wirkt sich die Migräne konkret auf dein Leben aus?«

»Letztlich weißt du das alles schon. Zumindest kennst du die Folgen … Ich gehe keine festen Beziehungen zu Frauen ein, kann keinen festen Job annehmen.«

»Warum?«

»Ich weiß nicht, wann die nächste Attacke kommt. Wie heftig sie sein wird. Wie lange ich mich zurückziehen muss. Ich das alles noch aushalte. Wie ich manchen Tag, manche Woche überstehen soll. Dieser Schmerz … Ich will nicht vor einem Chef oder meiner Freundin zusammenbrechen, will nicht als Häuflein Elend dastehen, bemitleidet werden.«

»Was ist so schlimm daran, Hilfe anzunehmen?«

»Ich verliere oft die Kontrolle. Wer kann mit so jemandem umgehen. In einer Beziehung. In einem Job. Unsere Gesellschaft kann damit nicht umgehen.«

»Hast du es wenigstens mal versucht?«

»Es ist sinnlos. Der Schmerz regiert mich. Und nicht ich den Schmerz.«

»Und was ist mit uns?«

»Ihr fragt nicht viel. Ich tue, was ich will. Ihr lasst mich sein, wie ich bin. Ich muss nichts erklären. Ihr mögt mich auch, wenn ich manchmal unzuverlässig erscheine.«

»Und deine Eltern?«

»Vater unterstützt mich, wo und wie er kann. Die Wohnung, das Auto, mein Lebensstil. Er lässt mich einfach mein Leben leben. Stellt keine Forderungen. Hat keine Erwartungen an mich. Liebt mich. Du kennst ihn doch. Absolut erfolgreich. Zieht ein Haus nach dem anderen hoch. Aber er hat sein Ding nie zu meinem gemacht. Mir nie das Gefühl gegeben, dass ich eine Enttäuschung für ihn bin.«

»Ja, so ist dein Vater.« Roman dachte kurz an seinen Vater.

»Und deine Mutter?«

»Gibt ihr Bestes.«

»Was heißt das?«

»Sie hatte sich schon immer viel zu viele Sorgen gemacht. Als ich klein war und die Krankheit ausbrach, ist sie vor Sorge fast umgekommen. Hat immer die Schuld bei sich gesucht. Sich gefragt, ob was mit ihren Genen nicht stimmt. Hat sich aber nie getraut, das zu klären. Ihr ganzes Verhalten, besonders ihre Ängste waren total kontraproduktiv für mich. Manchmal habe ich mich gefragt, wer von uns beiden die Krankheit hat. Jetzt hält sie einfach still. Wir beide.«

»Scheiße. Darf ich noch was fragen?«

Benjamin nickte.

»Wie äußert sich die Migräne? Ich meine körperlich.«

»Ich habe immer wiederkehrende Kopfschmerzen, meistens auf einer Seite. Dann habe ich das Gefühl, mein Kopf explodiert. Der Schmerz pulsiert, breitet sich aus, tobt durch meinen Schädel, reißt mir das Steuer aus der Hand, macht mich bewegungsunfähig, lähmt mich ... Oft ist mir übel, ich muss kotzen, vertrage kein Licht, keinen Lärm, manche Gerüche nicht. Ich flüchte wie ein Vampir vor dem Tageslicht in die Dunkelheit, will mich nur noch vergraben. In den letzten Jahren ist noch mehr Scheiße hinzugekommen. Die Ärzte nennen das eine Migräneaura. Vor lauter Kopfschmerz kann ich oft nicht mehr richtig sehen oder fühlen, meine Arme, einzelne Finger kribbeln, mir wird schwindlig, manchmal kann ich nicht einmal mehr vernünftig sprechen.«

»Das alles wolltest du weiter geheimhalten?«

»Ja.«

»Damit wolltest du allein klarkommen?«

»Hmh.«

»Das schafft niemand.«

»Ihr habt mich immer als einen von euch gesehen.«

»Glaubst du, dass wir das sonst nicht getan hätten?«

»Ich hatte Angst davor.«

»Verrückt.«

»Ich habe mich nun einmal so entschieden und bereue es nicht.«

»Warum sitzt du heute hier im Sand und redest mit mir darüber?«

»Ich habe Angst. Angst, dass ich es nicht mehr lange mache. Aushalte. Dass ich aufgebe. Das Gespräch mit Till eben. Vielleicht hat es mich ein bisschen weichgekocht. Mann, der wird noch einmal Vater, hat Familie, möglicherweise bald noch eine. Etwas, für das es sich zu leben lohnt, eine Zukunft, irgendeinen Sinn im Leben. Vielleicht tut es mir auch einfach nur gut, es endlich mal rauszulassen. Das Schweigen zu brechen. Die Isolation. Für euch bin ich wahrscheinlich nur der stinkreiche Weiberheld, von Beruf Sohn, dem alles in den Schoß gelegt wird und der keine Lust hat zu arbeiten. Ein Beziehungs-krüppel, der die Frauen nur ausnutzt und Angst vor Nähe hat, der immer nur sein Vergnügen und dumme Sprüche im Sinn hat. Wahrscheinlich möchte ich auch einmal anders gesehen werden. Meine Maske ablegen.«

»Was machst du gegen die Migräne?«

»Ich war schon bei tausend Ärzten. Hab' alles durch. Es ist sinnlos. Hab aufgegeben. Das hat aber auch einen Vorteil. Seitdem ich nicht mehr dagegen ankämpfe, ist es etwas besser geworden.«

»Wie lange dauern die Anfälle?«

»Eine Stunde. Mehrere Stunden. Manchmal Tage.«

»Warum ich?«

»Du bist mein bester Freund.«

»Dann wird dir dein bester Freund jetzt mal was dazu sagen. Wir wissen es schon seit Langem.«

»Was?«

»Dass irgendeine große Scheiße bei dir köchelt, war uns allen schon zur Schulzeit klar. Allein deine Fehlzeiten. Nichteingehaltene Verabredungen. Wir haben dich da-mals ein paar Mal gefragt, was mit dir los ist. Aber du hast abgewiegelt. An deinem zwanzigsten Geburtstag, und wir waren alle da, habe ich deine Mutter in der Kü-che gefragt, weil du dich kurzfristig hattest entschuldi-gen lassen. An deinem eigenen Geburtstag! Deine Mutter hat lange mit sich gerungen, aber ich habe nicht lockerge-lassen. Die anderen kamen dazu. Schließlich hat sie uns von deiner Migräne erzählt und uns gebeten, dir nichts zu sagen, bis es von dir aus kommt. Wir haben es dabei belassen und keine blöden Fragen gestellt.«

»Ihr habt es die ganze Zeit gewusst?«

»Ja.«

»Scheiße, Mann.«

Benjamin und Roman blieben noch eine Weile sitzen. Starrten auf die See hinaus. Worte fielen kaum. Schließ-

lich standen beide auf. Nahmen den Dünenweg zur
Finnhütte.

Grinsegesicht

»Roman, willst du nicht auch frühstücken?«
Keine Reaktion.
»Willst du frühstücken, verdammt noch mal, oder nicht?
Sonst räumen wir ab!«
Keine Reaktion.
»Sag mal, Roman, hörst du mich überhaupt? «
»Wa-as?«
»Ich habe dich zwei Mal gefragt, ob du was essen willst.
Wir sind durch und räumen sonst ab. Benjamin hat auch
schon gefrühstückt.«
»Nein, danke.«
»Okay, das ist endlich mal eine Ansage. Du solltest mal
was essen und nicht nur saufen.« Bernd stand kopfschüt-
telnd auf, begann, mit den anderen abzuräumen. Roman
musste sich an seinem Junggesellenabschied um nichts
kümmern. Das war verabredet. Auf der Terrasse und in
der Finnhütte setzte geschäftiges Treiben ein. Honig,
Marmelade, Wust, Käse, Eierschalen, Plastikgeschirr
wurden weggeräumt. Roman hörte ein Klirren.
»Sam, kannst du nicht aufpassen? Wer macht jetzt die
Sauerei weg? Überall Marmelade.« hörte Roman Bernd
knurren.
Roman saß gedankenverloren in seinem Plastikstuhl. Er
wusste nicht, wohin mit sich. Gedanken. Gefühle. Von
allem zu viel. Sie waren schon so lange befreundet. Was
wussten die Freunde wirklich voneinander. Alle trugen
ihre Geheimnisse durch den Alltag. Roman auch.

Romans Handy vibrierte. Reflexhaft holte er es aus der
Hosentasche hervor. Rief den Posteingang auf.
»Ich liebe dich, mein Schatz. Ich wünsche dir noch tolle
Stunden mit deinen Freunden! Übertreib es nicht. Für
immer dein. Beate«
Dahinter: ein Smiley. Verdammter Smiley. Roman hasste
das Grinsegesicht. Albern, belanglos, dummes Surrogat.

Beate wusste das. Beate schickte Smileys. Roman ärgerte sich. Er hatte das Handy Beate zuliebe mitgenommen.

»Ich nehme kein Handy mit, Schatz.«

»Warum nicht?« Beate klang schon gereizt.

»Es ist Herrenwochenende. Ich brauche keins. Wir trinken. Du rufst an. Ärgerst dich wieder.«

»Beim letzten Mal habe ich gar nichts gesagt.«

»Stimmt. Am Wochenende nicht. Dafür hab ich es hinterher abgekriegt, wie besoffen ich doch wieder gewesen sei. Erinnerst du dich nicht?«

»Und wenn ich verspreche, dass ich mich nicht aufregen werde?«

»Versprochen?«

»Versprochen.«

»Okay.«

»Danke, ich habe einfach ein besseres Gefühl, wenn ich dich erreichen kann.« Beate hatte Roman geküsst und in den Arm genommen.

Das Grinsegesicht starrte Roman an. Und umgekehrt. Scheiß Grinsegesichter. Sie kann es nicht lassen.

»Was guckst du denn so bescheuert auf dein Handy, Alter?« Benjamin stand direkt vor im. War wieder ganz der alte.

»Scheiß-SMS.«

»Von wem?«

»Von Beate. Beschissener Smiley!«

»Lass mal sehen.«

»Mensch, Alter, das ist doch eine tolle Nachricht.«

»Wieso?«

»Liebesbotschaft. Wünscht uns eine gute Zeit. Nur ein bisschen Verlustangst.«

»Was?«

»Stehst du auf der Leitung? Was ist denn los mit dir?« Benjamin grinste und sah zur Hütte nebenan rüber.

»Nichts. Alles okay.«, wiegelte Roman ab.

»›Übertreib es nicht‹ bedeutet, dass Beate weiß, wer du bist, was du machst, es mehr oder weniger akzeptiert, aber dich auch daran erinnert, dass du niemanden weh tun sollst. Eben eine klasse Frau.«

»Oh, Mann.«

»Wieso findest du SMS scheiße. Sie ist voller Liebe. Mensch, ihr heiratet bald. Deswegen sind wir hier.«

»Ach, nein, es ist nur der Smiley. Beate ist toll. Ich habe großes Glück gehabt. Aber sie weiß, dass sie mich mit dem Grinsegesicht ärgert.«

»Das ist alles?«

»Ja.«

»Und darüber regst du dich hier so auf?«

»Ja.«

»Kann es sein, dass du momentan keine Liebesbotschaft von Beate erhalten möchtest?«

»Wieso denn das?«

»Lenk nicht ab.«

»Tue ich nicht.!«

»Wirklich?« Benjamin lachte.

Roman schaute zur Terrasse gegenüber. Sie war leer.

»Ich hol uns zwei neue.« Benjamin verschwand in der Hütte.

»Scheiße, wo ist denn noch Bier? Unser Junggeselle braucht dringend eins.«, hörte Roman Benjamin rufen.

Roman schaute auf den Boden. Bernd zog einen Stuhl heran. Setzte sich neben Roman.

»Alles klar, Mann?«, fragte Bernd und drückte ihm eine Bierdose in die Hand.

»Alles klar.«

»Gefällt dir dein Wochenende bisher?«

»Ein Bier in der Hand. Die See. Meine Freunde um mich. Was will ich mehr.«

Roman sah Bernd an. Keine Regung in seinem Gesicht. Wie so oft.

»Das stimmt. Freunde sind wichtig. Mit das Wichtigste.«
Bernd nahm einen tiefen Zug aus seiner Dose.
»Und wie geht's dir, mein Freund?«
»Alles okay.«
Egal, ob die Antwort stimmte. Roman war erleichtert.
Nicht noch eine Offenbarung.

Teriyaki

»Willst du noch was, Sabine?«

»Nein, danke, ich bin total satt und muss auf meine Hüfte achten. Nicht alles, was glänzt, ist Gold. Na, du weißt schon. Ach übrigens, dein Teriyaki ist das Beste, was ich seit Langem gegessen habe!«

»Nun übertreib nicht.«

»Heh, ich meine das auch so.«

»Danke.«

»Ich habe zu danken. Schließlich sitze ich hier voll gefressen. Platze gleich und musste keinen Finger krümmen. Soll ich dir beim Abräumen helfen, Beate?«

»Nicht nötig. Heute Abend hat die Hausfrau und Mutter Sabine frei. Bleib einfach sitzen und genieß den kinderfreien Abend.«

»Und mannfrei. Was machst du eigentlich alles rein?«

»Ins Teriyaki?«

»Ja.«

»Sojasauce, geriebener Ingwer, Mirin, Sake und Honig für den Glanz. Das Huhn ist vom Biohändler. Dazu Zuckerschoten, Möhren, Champignons und frischen Koriander.«

»Woher hast du das Rezept?«

»Internet.«

»Ja, die Welt hat sich verändert. Früher hat man das Kochen in der Familie gelernt. Später kamen die Kochbücher – jetzt übernimmt das die digitale Welt.«

»Ich schäme mich nicht dafür. Das Internet erleichtert vieles.«

»Und alles einfach so in die Pfanne rein?«

»Nein, im Wok. Roman hat mir einen ganz tollen zu Weihnachten geschenkt.«

»Oh ... Ähem, ein bisschen unpersönlich, das Geschenk, oder?«

»Nein, nein, ich hatte mir einen Wok gewünscht. Der war auch nicht ganz billig!«

»Na, dann ist es ja gut. Kann ich bitte noch einen Schluck von dem Chardonnay haben? Der ist echt lecker.«

»Kommt sofort! Ich räume nur schnell ab. Mach es dir schon mal auf der Couch gemütlich.« Beate stellte das Geschirr in die Küche. Nahm den Chardonnay aus dem Kühlschrank. Setzte sich neben Sabine auf die Couch.

»Wie läuft Romans Wochenende?«

»Keine Ahnung.«

»Bitte?«

»Ich habe ihn bislang nicht angerufen.«

»Weil?«

»Er hat schon recht. Ich ärgere mich jedes Mal, wenn er doch wieder besoffen ist. Irgendeinen Müll erzählt. Seine Freunde im Hintergrund irgendwelche dummen Sprüche klopfen.«

»Machst du gut.«

»Na ja, so gut nun auch wieder nicht. Ich ärgere mich gerade über mich selbst.«

»Weshalb?«

»Habe vorhin die Nerven verloren.«

»Was ist passiert?«

»Ich wollte es eigentlich nicht machen. Aber ich habe ihm doch eine SMS geschickt.«

»Darf ich sie lesen?«

»Hier bitte.«

»Aber die SMS ist doch niedlich! Was ist so schlimm daran?«

»Ich hatte mir fest vorgenommen, ihn am Wochenende in Ruhe zu lassen. Soll er sich doch mit seinen Kumpels in aller Ruhe besaufen. Wir hatten ja gestern schon drüber gesprochen, Sabine. Übrigens, danke noch mal, dass du so kurzfristig für mich da warst.«

»Wie gesagt. Kein Problem.«

»Herrenwochenende. Da stören Frauen doch nur. Wahrscheinlich auch meine Nachricht. Er wollte nicht mal sein Handy mitnehmen. Wir haben uns deswegen fast gestritten.«

»Und du hast dich durchgesetzt. Richtig so. Ich würde mich über so eine SMS freuen.«

»Du bist eine Frau. Roman hat nicht mal geantwortet.«

»Wahrscheinlich war er zu besoffen dafür. Oder zu beschäftigt.« Sabine machte eine anzügliche Geste.

»Sabine!«

»Schon gut. Schon gut. Entschuldigung, Süße. Ich will dich auch nicht mehr als nötig beunruhigen. Meine Meinung über die hirnlosen Sauftouren kennst du hinlänglich. Männer bleiben Männer.«

»Du sagst es. Aber Roman ist anders.«

»Ja, wir sind uns darüber ein, dass er anders ist, aber … Upps, ich sollte jetzt wirklich meine vorlaute Schnute halten. Worüber ärgerst du dich denn nun wirklich?«

»Ach, ich weiß auch nicht. Ich warte auf eine Antwort. Und sollte das nicht tun. Ich bin unruhig.«

»Es wird schon alles in Ordnung sein. Seine Freunde sind bei ihm. Die kümmern sich um ihn, sollte irgendwas passieren.«

»Weiß ich, aber ich hätte trotzdem gern eine Antwort. Ich überlege bereits, ob ich ihn anrufen soll.«

»Bloß nicht. Bisher hast du alles richtig gemacht. Na, komm schon. Lass uns den leckeren Wein leeren und die Männer Männer sein lassen.«

»Du hast recht, Prost.«

»Prost. Hmh. Beate, geht es vielleicht gar nicht um die SMS und das Wochenende?«

»Was meinst du?«

»Ganz einfach. Du kommst in zwei Wochen unter die Haube. Kirche. Altar. Ja-Wort. Alle werden da sein.«

»Du meinst, ich hätte Torschlusspanik?«

»Süße, ich meine gar nichts. Aber was beunruhigt dich im Moment wirklich?«

»Ich weiß es nicht.«

»Wirklich nicht. Oder willst du nicht darüber sprechen.«

»Na ja, vielleicht ist da was dran. Wie soll ich es beschreiben? Was Roman und mich betrifft, ist er sich im-

mer so sicher, so entschieden, so verdammt selbstbewusst.«
»Aber das ist doch schön. Kaum ein Mann ist so.«
»Ja, vielleicht.«
»Und was ist mit dir?«
»Ach, ich weiß nicht. Es geht mir jetzt schon ein paar Tage so. Ich werde immer unruhiger.«
»Na klar, vorher war die Hochzeit noch weit weg – abstrakter. Jetzt steht sie praktisch vor der Tür.«
»Das ist bestimmt auch ein Faktor. Aber ich glaube, dass meine Unruhe eher mit Roman zu tun hat. Für ihn ist immer alles so klar. Verliebt, verlobt, verheiratet. Ich bin die Frau seines Lebens, auf die er gewartet hat. Er mein Mann. Basta. Ich aber habe zwischendurch immer wieder Zweifel, ob ich das Richtige tue. Ob er der Richtige ist.«
»Kalte Füße. Das gehört doch dazu. Du überprüfst deine Entscheidung noch mal. Das finde ich richtig.«
»Tja.«
»Hast du Angst, etwas wegen Roman zu verpassen?«
»Nicht konkret.«
»Du entscheidest dich ja nicht für immer.«
»Sag so was nicht. Eine Heirat ist schon sehr verbindlich. Und wenn wir auch noch ein Kind bekommen …«
»Auch wenn es schief geht, ist das Leben nicht vorbei.«
»Ach, Sabine. Ich will nicht jetzt schon über Trennung nachdenken.«
»Warum denn nicht?«
»Dann denke ich, dass ich mir nicht sicher genug bin.«
»Es gibt keine Sicherheit. Keine Versicherung für die Liebe oder Ehe. Ihr habt beide eine Kündigungsklausel in eurer Übereinkunft. So sehe ich auch meine Ehe und das entspannt mich.«
»Entspannt dich?«
»Ich kann jederzeit aussteigen. Natürlich wirft man eine Ehe nicht einfach so hin. Vor allem nicht, wenn ein Kind da ist, ein Haus, Kredite … aber zumindest die gedankliche Freiheit, jederzeit aussteigen, mich neu entscheiden

zu können, lässt mir die Luft zum Atmen mit Klaus. Sonst wäre ich vielleicht schon erstickt.«

»Wäre ich doch auch so locker.«

»Ich bin nicht locker. Das war ein langer, harter Prozess ... ist es noch. Tägliche Arbeit. Aber irgendwann muss man sich entscheiden. Man darf nicht sein Leben lang vor der Liebe weglaufen, weil man Angst vor dem Scheitern, dem Leiden und dem ganzen Scheiß danach hat.«

»Roman scheint, die nicht zu haben.«

»Roman hat auch Angst. Wie jeder. Nur zeigt er die nicht oder nicht so, dass du sie erkennst. Eben typisch Mann.«

»Wahrscheinlich, aber manchmal, wenn ich ihn so anschaue, und er wieder so klar in allem ist, besonders in Bezug auf uns, oder zumindest scheint, möchte ich ihm einfach ins Gesicht schreien, dass nicht alles so verdammt weiß oder schwarz, so einfach ist. Ich will ihn wach rütteln. Die Gewissheit aus seinem Gesicht kratzen.«

»Ach, Süße. Das ist völlig normal. Ich wollte Klaus auch schon ein paar Mal eins mit der Bratpfanne überziehen, ihn erdolchen, aus dem Fenster schmeißen, die Treppe runterstoßen. Gedanklich habe ich das schon oft gemacht.«

»Aber ...«

»Nichts aber. Die Gedanken sind frei. Tun gut. Leeren deinen seelischen Mülleimer. Klaus lebt ja noch. Ich will nur sagen, dass diese Gedanken und Gefühle ganz normal sind. Wir müssen manchmal unsere Wut rauslassen, wenn die Kerle mal wieder einfach nur Kerle sind.«

»Ach.«

»Gemütlich hier bei dir. Wie immer. Labert er immer noch den Mist von diesem, diesem ...« Sabine rekelte sich auf der Couch.

»Kainsmal. Ja. In letzter Zeit hat es sogar eher noch zugenommen. Du glaubst es nicht, Sabine. Roman ist fast besessen davon.«

»Am Anfang hat es dir aber gefallen.«

»Ja. Ich fand es spannend. Hesse. Demian. So was hat mir vorher noch nie jemand erzählt. Ich fühlte mich geschmeichelt. Aber mittlerweile wird es für mich zur Bürde. Wer möchte schon ein Zeichen auf der Stirn haben und die Last einer Auserwählten tragen? Das setzt mich unter Druck. Ich möchte einfach nur um meiner selbst willen geliebt werden, mit allen Stärken und Schwächen. Ich bin keine Göttin und will auch keine sein.«

»Vielleicht liebt er dich genau deswegen.«

»Hmh.«

»Das ist vielleicht Romans Art, seine Liebe zu dir auszudrücken.«

»Ist das nicht ein bisschen komisch?«

»Wie du sagst. Roman ist eben anders. Und genau darin hast du dich vielleicht verliebt.«

»Ach, Sabine, gut, dass ich dich habe. Danke - ich schenk uns noch nach.«

»Gern. Und ich hoffe noch auf eine zweite Flasche. Ich bin ohne Auto da.«

»Äh, Sabine, ich muss dir noch etwas sagen.«

»Hört sich geheimnisvoll an. Ich liebe Geheimnisse.«

 »Ich weiß nicht, wo ich anfangen soll.«

»Einfach raus damit. Wir kennen uns schon so lange. Wo drückt der Schuh?«

»Nun, die Einladung zum Essen heute war nicht ganz zufällig. Ich wollte dir etwas sagen, was auch mit dem Junggesellenabschied zu tun hat.«

»Nun mach es doch nicht so spannend. Ich platze gleich vor lauter Neugier.«

»Hmh. Also Roman und ich waren neulich …«

Sabines Gesicht verfinsterte sich, während Beate immer weiter erzählte.

Stadtfest

»Wie hast du das nun wieder gemacht?«

»Mit Schirm, Charme und Melone.« Benjamin grinste. Gab Gas. Der Freundeskreis fuhr in Katharinas Bulli vom Gelände.

»Spaß beiseite.«

»Wie man das eben so macht. Ganz einfach. Fahrzeugschlüssel und Papiere tauschen.«

»Du hast ihr deinen Porsche anvertraut?«

»Wieso nicht?«

»Das hast du doch noch nie gemacht. Ich hätte …«

»Du hast nie gefragt.«

»Ich dachte …«

»Du dachtest, du dachtest. Und im Übrigen. So ist es doch viel gemütlicher.«

Roman kaute auf der Unterlippe. Suchte nach Hinweisen, nach Dingen, die Katharina für ihn greifbar machten. Fehlanzeige. Nichts Persönliches. Der Bulli hätte jedem gehören können. Seine Freunde hatten gejohlt, als Benjamin mit dem knatternden Wagen vorgefahren war. Lässig hatte sich Benjamin zur Seite gelehnt und durch das geöffnete Beifahrerfenster »Einsteigen bitte!« gerufen. Nicht mehr, nicht weniger. Roman hatte sich auf die Beifahrerbank gesetzt. Der Rest war hinten eingestiegen. Rostock. Stadtfest.

»Alles okay, Roman?«

»Ja, ja.«

»Na, dann ist es ja gut.«

»Alles mal wieder ganz schön heftig.«

»Katharina?«

»Warum reitest du ständig auf Katharina rum, Ben?«

»Tue ich das?«

»Warum habt ihr die Wagen getauscht?«

»Eifersüchtig?«

»Quatsch, Mann.«

»So können wir alle gemeinsam fahren. Quatschen. Nur einer muss fahrtüchtig bleiben. Na ja, wenigstens halbwegs. Wir brauchen nur einen Parkplatz. Findest du es nicht gut?«

»Doch, doch. Ich weiß auch nicht. Bin irgendwie neben der Spur. Frag jetzt ja nicht wieder wegen Katharina nach!«

»Ist ja gut. Schon gut. Es ist dein Wochenende. Was macht dir denn zu schaffen?«

»Ich habe kein klares Bild. Junggesellenabschied. Hochzeit. Wir alle zusammen aus Berlin raus. Meinetwegen. Freundschaft … Was ist eigentlich mit dir, Ben? Spielst du uns gerade was vor?«

»Nein. Vorhin am Strand war ich erst geschockt. Fühlte mich irgendwie nackt. Verwundbar. Das hat sich aber schnell gelegt. Im Grunde fühle ich mich gerade wie befreit. Ein bisschen wie neugeboren. Ihr alle wisst es. Habt es immer gewusst und seit die ganzen Jahre meine Freunde geblieben. In den letzten Stunden ist eine Last von mir abgefallen. Schluss mit dem Versteckspiel. Mir geht es richtig gut.«

»Das freut mich.« Roman sah aus dem Fenster. Seine Freunde quatschten aufgeregt durcheinander. Roman hörte, wie Dosen aufgerissen wurden. Samuel reichte zwei nach vorn. Benjamin nahm eine. Quetschte sie zwischen die Beine. Roman griff sich die andere.

»Schau doch mal ins Handschuhfach. Da sollen Katharinas CDs drin sein.«

Roman öffnete vorsichtig das Handschuhfach. Es war bis auf eine Betriebsanleitung und eine Tasche für CDs leer. Er nahm die Tasche heraus. Blätterte die Hüllen durch. Bryan Ferry. Roman legte die CD ein. *A fool for Love* lief an.

Hinten wurde mehrfach übel aufgestoßen.

»Was ist das denn für ein Bulli?«, fragte Bernd nach vorn.

»VW-Bus, T3, Baujahr 1980, mit nachträglich eingebautem Faltschiebedach und seitlichen Schiebefenstern. Das

Weinrot ist allerdings zweiter Lack. Der erste war weiß. Sieht man an den Türinnenrahmen. Keine gute Arbeit.«, antwortete Benjamin. Woher weiß er das alles, dachte Roman, sah nach hinten. Seine Freunde schienen bester Laune zu sein. Faltschiebedach und Seitenfenster waren bis zum Anschlag geöffnet. Es zog leicht. War aber angenehm bei den sommerlichen Temperaturen. Samuel zerdrückte eine Dose. Warf sie aus dem Seitenfenster. Thoren schimpfte. Aber kürzer als üblich.

Die ersten Ausläufer von Rostock zogen vorbei. Roman fragte sich, ob sie denselben Weg am Abend zuvor genommen hatten. Er wusste es nicht. An den Laternenpfählen tauchten zunehmend Wahlkampfplakate auf. An die konnte er sich nicht erinnern,
»Hier wird bald gewählt!«
»Echt scharfsinnig, Roman.« Benjamin lachte.
Roman konzentrierte sich auf die Gesichter der Plakate. Niemand kam ihm bekannt vor. Wie auch? Landtagswahlen.
»Diese Wahlkampffratzen. Die sehen immer alle so gleich aus. Egal ob in Berlin oder hier. Wie Klone, total geleckt, spießig, nichtssagend. Schau mal, Ben. Dieselbe Scheiße wie bei uns. Zahnlücken, Tränen, Eselsohren, Teufelshörner, Schmierereien.«
»Ich find das immer noch lustig. Die Leute setzen sich eben auf ihre Art mit den Wahlen auseinander.« Benjamin schmunzelte.
Die nächste Zahnlücke sah wirklich dämlich aus. Roman musste lachen.
»Mensch, hast du den hässlichen Vogel gesehen? Doppelte Zahnlücke! Sieht das scheiße aus!«
»Schau mal, schau doch mal, der Junge da vorne rechts. Hier gibt es tatsächlich noch Blinkturnschuhe.«

Kreuzung. Rote Ampel. Rechte Spur. Ein Wahlkampfstand auf dem Bürgersteig. Ein Mann mit gelber Krawatte, schief sitzender Mütze mit den aufgedruckten Buchstaben seiner Partei trat an die Beifahrerseite heran. Um die Vierzig, untersetzt, Nickelbrille. Unter der Mütze lugten fettige Haare hervor. Er spulte seinen Text ab. Roman verstand nur Fetzen. Die Musik war zu laut. Der Mann reichte Mützen, Fähnchen und Flyer durch das hintere Seitenfenster rein. Samuel verteilte sie an alle Insassen. Grinste. Murmelte was. Flüsterte Benjamin etwas zu. Roman verstand nur »Achtung, bei Gelb«. Benjamin drehte die Musik lauter. Der Mann blickte verdutzt drein. Roman sah es kommen. Die Gesichter seiner Freunde. Es gab einen Plan. Benjamin ließ den Dieselmotor mehrfach aufheulen. Fuhr bei Gelb ruckartig los. Seine Freunde schleuderten Mützen, Fähnchen, Flyer mit ihrem Schlachtruf »Scheiß drauf!« aus Fenstern und Faltschiebedach. Roman zeitversetzt hinterher. Samuel hatte die Gelegenheit genutzt, gleich seine nächste Dose mit zu entsorgen. Roman sah im Außenspiegel den Mann mit den fettigen Haaren an der Kreuzung auf der Straße stehen. Der Mann reckte die Faust.

»Sechs Lübzer bitte.«
»Sofort. Hier, macht 12 Euro.«
»Dreizehn bitte.«
»Danke, junger Mann.«
Roman ärgerte sich über den ›jungen Mann‹, während er die Biere verteilte. Der Freundeskreis stand an einem Bierstand in der Rostocker Fußgängerzone.

Zuvor hatte Roman die bunten Läden, Cafes und Restaurants der Einkaufsmeile bewundert. Alte, neu hergerichtete Häuser. Hanseatisch. Das Stadtfest war wie alle in Deutschland. Fressen und Saufen. Rote Wangen. Grobporige Nasen. Glänzende Augen. Lallen. Nuscheln. Anzüglichkeiten. Gelächter. Gerangel. Glasscherben. Müll. Mitten im Trubel hatte ein älterer Mann im grauen Nadelstreifenanzug und mit feinen braunen Slippern an einer offenen Telefonzelle gestanden. Den lila Hörer wutentbrannt immer und immer wieder auf die Tastatur geschlagen. Passanten hatten kurz Notiz genommen. Waren weitergegangen. Ebenso wie der Freundeskreis. Roman hatte sich von dem Bild los gerissen.

»Sam, hast du den Mann an der Telefonzelle gesehen?«, hatte Roman gefragt.

»Aktiver Frustabbau.«

»Das ist doch voll daneben. Wie kann man sich so gehen lassen.«

»Würde dir ab und zu auch mal ganz gut tun.« Samuel hatte den Arm um Romans Schulter gelegt.

Die Runde Bier war verteilt. Nun war es an der Zeit. Roman hatte sich vor diesem Augenblick gefürchtet. Seit Tagen. Zunehmend. Seine Freunde sahen ihn an. Erwarteten einen Trinkspruch. Der würde nicht kommen. Roman sackte leicht in sich zusammen. Nein, sie werden mich verstehen!

»Männer, ich habe etwas zu beichten. Äh …«

»Scheiße, Alter, was kommt denn jetzt? Hast du eine andere gevögelt? Haha, kurz vor der Hochzeit?« Samuel grinste sensationslüstern. Streckte Roman sein Bierglas entgegen. Wollte anstoßen. Roman ging auf die Geste nicht ein. Sah in die Gesichter seiner Freunde. Till und Thoren schauten neugierig. Samuel mittlerweile skeptisch. Bernds Miene war nicht zu deuten. Benjamins Ausdruck verdüsterte sich.

»Wo soll ich anfangen?«

»Sag es einfach.« Bernd sprach leise. Ernst. Sehr ernst.

»Nun, ich, ich, wir, also … Okay. Beate und ich haben uns letzten Monat bereits standesamtlich trauen lassen. In aller Abgeschiedenheit. Ohne alle. Also ohne Familie, Freunde. Euch. Die kirchliche Hochzeit findet natürlich wie angekündigt am 19. Juni statt. So, nun ist es raus!«

»Arschloch!« Benjamin trank sein Bier an, wandte sich ab.

»Von wegen Junggesellenabschied.« Bernd sah zornig aus. Stellte sein Bier auf den Tresen. Samuel machte es ihm nach. Till sah Roman sprachlos an. Sein Mund stand offen.

»Das finde ich total scheiße.« Thoren schüttelte den Kopf. Drehte sich ebenfalls weg. Starrte die Fußgängerzone runter.

Roman versuchte, seine Beweggründe immer und immer wieder darzulegen. Erfolglos. Die Stimmung war frostig.

Roman hatte nicht kirchlich heiraten wollen. Beate dagegen nicht im Stillen. Besonders ohne Altar. So waren sie einen Handel eingegangen und hatten weder Familie noch Freunde eingeweiht. Zu zweit waren sie vier Wochen zuvor nach Brandenburg gefahren, um sich im Standesamt Oberhavel still und heimlich trauen zu lassen. Romans Ideal. Beate hatte der Idee anfänglich äußerst skeptisch gegenübergestanden, auf die negative Resonanz der Familien, Angehörigen, Freunde hingewiesen. Ein Kompromiss war gefunden worden. Er würde die standesamtliche Trauung im Stillen bekommen, sie die kirchliche. Die Zeremonie im Standesamt am Markt von Oberhavel war kurz gewesen. Die Standesbeamtin hatte die richtige Balance zwischen Feierlichkeit und Verwaltungsvorgang gefunden. Roman war aufgeregt, verliebt, war Beate dankbar gewesen, weil sie sich auf seinen Wunsch eingelassen hatte. Beate hatte einen weißen Hosenanzug getragen. Modisch und sexy ausgesehen. Er hatte sich für einen eng geschnittenen, schwarzen Anzug, ein weißes Hemd und eine schwarz-weiß gestreifte Krawatte entschieden. Roman hatte sich auf die Trauung und Beate konzentrieren können. Wie gewünscht. Keine Ablenkung. Um niemanden hatte er sich kümmern müssen. Nach dem Tausch der Ringe, dem Kuss, dem Ende der Trauzeremonie hatte in Roman eine Veränderung begonnen- Damit hatte er nicht gerechnet.

Dem Ring hatte er bis dahin keine besondere Bedeutung zugemessen. Es sei denn, um Außenstehenden zu zeigen, er sei vergeben. Die Symbolik hatte sich jedoch in den nächsten Tagen nach innen gerichtet. Ein tiefgehendes Gefühl von Zufriedenheit, Gemeinsamkeit, Verbindlichkeit, Bekenntnis, Schutz und Beschützen hatte sich ihn ihm ausgebreitet. Und ihm warme Gefühle beschert.

Im Anschluss war das Brautpaar in einem Seehotel in Kremmen, einem verschlafenen Dorf nordwestlich von Berlin, abgestiegen. Das kleine, romantische Haus war auf vierundsechzig Pfählen zum Teil in den See am Waldrand gebaut worden. Mit einer großen Sonnenterrasse und einem Privatstrand. Roman hatte die exklusive Hochzeitssuite und ein Abendessen im Kerzenschein reserviert. Hand in Hand hatten sie am Nachmittag die nähere Umgebung erkundet. Sich in eine der Hängematten zwischen den Bäumen vor dem Hotel gelegt. Schließlich waren sie eingeschlafen. Am Abend hatten sie ein Fünf-Gänge-Menü auf einem festlich eingedeckten Tisch am Fenster mit Blick auf den See, nachts eine intensive Hochzeitsnacht erlebt.

Am nächsten Morgen waren sie nach Berlin zurückgefahren. Ohne viel zu sprechen. Auf Beates Schoß hatte ein großer Strauß blutroter Rosen gelegen, die wundervoll gerochen hatten. Die Sonne hatte ihnen entgegengelacht.

Die Stimmung auf dem Altstadtfest ließ sich auch durch Bier, Entschuldigungen und Beteuerungen nicht heben. Seine Freunde beachteten Roman nicht, tranken und quatschten untereinander, verstummten, wenn Roman etwas sagte. Auf der Rückfahrt setzte sich Roman nach hinten, versuchte ein ums andere Mal, sich zu erklären. Vergeblich.
»Roman, mach hier jetzt nicht den Pausenclown. Du hast es vergeigt! Lass uns einfach mal sauer sein. Wir kriegen

uns schon wieder ein. Aber mach es nicht noch schlimmer.« Bernd klang weiterhin sehr ernst. Aber Roman konnte es nicht lassen.

»Das Bier ist alle. Ben, fahr mal bitte auf die Tanke da vorn.« Benjamin fuhr kommentarlos auf die Tankstelle. Roman kaufte einen Sechserträger und sechs *Schlüpferstürmer.*

»Los, Leute, lasst uns anstoßen. Es tut mir wirklich leid!« Es half nicht. Seine Freunde stießen nicht mit ihm an. Und es kam noch schlimmer. Als der Bulli auf das Gelände rollte, pfiff Roman einer Frau hinter einem Windschutz zu. Er wollte die Stimmung auflockern. Solche Aktionen sorgten im Freundeskreis für Bewegung. Sonst. Die Blondine im knappen Bikini war nicht allein. Beim Vorbeifahren konnten Roman und seine Freunde einen Mann neben der Frau sehen. Ihre Hand lag auf seiner Schulter. Er saß im Rollstuhl. Mann und Frau sahen Roman regungslos an. Roman schämte sich. Sah zu Boden. Kaute auf der Unterlippe. Keiner sagte etwas.

Als der Bulli neben der Finnhütte der Frauen hielt und die Freunde ausstiegen, wurden sie von Katharina mit den Worten »Was ist denn mit euch passiert?« begrüßt. Verdammt!

Nachklang

Benjamin ging zu Katharina. Schlüsseltausch. Roman konnte nicht hören, was sie sprachen. Benjamin kam zurück. Ging an ihm vorbei. In die Hütte. Die anderen folgten ihm. Roman ließ sich kraftlos in einen Terrassenstuhl fallen.

Seine Freunde kamen nicht wieder raus. Roman stand auf. Ging in die Hütte.
»Bleib draußen, wir haben was zu besprechen. Wir kommen gleich.«, sagte Bernd. Roman stand auf der Eingangsschwelle. Drehte sich um. Wusste nicht wohin. Setzte sich wieder. Rausgeschmissen! Unruhig wartete er. Wippte mit den Füßen. Legte sich wieder Worte der Erklärung, der Rechtfertigung zurecht. Rang mit seinen Gefühlen. Schwitzte. Schaute mehrfach zur Hütte gegenüber. Die Terrasse war menschenleer.

»Komm rein.« Bernd stand auf der Türschwelle. Roman folgte ihm in die Hütte. Setzte sich. Starrte auf den Boden. Auf die Holzdielen. Und sah sie doch nicht. Seine Freunde saßen ihm gegenüber.
»Schau mich an, wenn ich mit dir rede!« Bernd. Scharfer Tonfall. Roman sah hoch.
»Eigentlich wollte ich es auf sich beruhen lassen, aber irgendwie kann und will ich es nicht. Ich spreche auch für die anderen. Wir finden es verlogen, wie du mit uns umgegangen bist. Ich bin richtig wütend ... Es mag allein deine Entscheidung sein, wann und in welchem Kreis du dich trauen lässt. Wen du dabei haben willst. Vielleicht hätten wir deine Entscheidung nicht gut gefunden. Uns ausgeschlossen gefühlt. Letztlich hätten wir deinen Wunsch aber wahrscheinlich respektiert. Wenn auch nicht ohne Gemurre. Schließlich heiratest du. Nicht einer von uns. Aber das hier? Du lässt uns in dem Glauben, dass wir einen Junggesellenabschied für einen Freund

ausrichten. Wir prosten uns schon seit Freitag mit unserem Freund, dem Junggesellen, auf die bevorstehende Trauung zu. Aber der ist bereits verheiratet. Ist uns das egal? Nein. Das ist total scheiße! Wenn du wenigstens vor dem Wochenende die Hosen runtergelassen hättest. So ist das für mich ein Vertrauensbruch. Wir haben uns alle auf den 19. eingestellt. Standesamt. Kirche. Wir haben uns viele Gedanken gemacht. Einiges vorbereitet. Die Hälfte können wir jetzt abhaken. Ich fühle mich echt verarscht. Wir haben alle unsere kleinen Geheimnisse. Und das finde ich auch in Ordnung. Aber deins geht uns etwas an. Es fällt uns jetzt auf die Füße. Ich weiß gar nicht, wie ich mit der Situation umgehen soll. Am liebsten würde ich abreisen.« Die anderen nickten.

»Du bist ein echtes Kameradenschwein! So, nun ist auch das raus.« Roman konnte Bernd nicht länger ansehen. Blickte wieder zu Boden. Rang nach Worten.

»Es, es tut mir aufrichtig leid. Wirklich, Männer!«

»Das ist alles?«

»Was wollt ihr denn noch? Ich habe mich heute doch schon zigmal zu erklären versucht. Mich entschuldigt!«

»Denk nach, Mann! Das ist ein wichtiger Augenblick. Für uns alle.« Benjamins Stimme nahm an Schärfe zu.

»Ich habe einen Fehler gemacht. Es tut mir leid. Ist es das, was ihr hören wollt?«

»Wir wollen, verdammt noch mal, nichts hören!« Benjamin schoss in seinem Stuhl nach vorn.

»Ich hab einen Fehler gemacht. Verzeiht mir. Es tut mir leid!«

»Leid, leid … Das kann ich nicht mehr hören. Wann wolltest du es uns denn sagen? Du, der immer der Vertraute von uns allen sein will. Auf der Rückfahrt? Als Parkplatzeinlage? Nach dem Wochenende? Hätten wir es am 19. vorm Standesamt erfahren? ›Tut mir leid, Jungs, ich hab schon vor Wochen geheiratet, aber schön, dass ihr alle früh aufgestanden und euch rausgeputzt habt, wir sehen uns in ein paar Stunden in der Kirche, alles Gute, bis nachher, nichts für ungut.‹« Benjamin schüttelte den Kopf.

»Nein, nein, so weit hätte ich es nicht kommen lassen.« Roman sah flehend in die Runde.

»Sondern?«, fragte Till.

»Ich wollte es euch an diesem Wochenende sagen.«

»Bist du irre? Wolltest du den Splint aus der Handgranate ziehen und sie uns auf dem Stadtfest als Geschenk überreichen und sie dann explodieren lassen?« Bernds Blick fixierte Roman.

»Ich habe es unterschätzt. Wusste nicht, wie wichtig euch meine standesamtliche Trauung ist. Dachte, ihr lacht vielleicht drüber, welchen Vogel ich mal wieder abgeschossen habe. Ihr kennt mich doch. Geheimniskrämer und so ... Vielleicht war ich auch nur zu egoistisch – oder zu feige, es euch vorher zu sagen.«

»Arschloch! Hier geht es um Vertrauen. Um nichts anderes.« Samuel war wütend. Kein Zweifel.

»Ihr habt recht. Ich hätte es euch sagen sollen. Und wir hätten einen gemeinsamen Weg gefunden. Es tut mir leid. Entschuldigt. Nun macht es mir bitte nicht so schwer.«

»Das hört sich schon anders an.« Samuel runzelte die Stirn.

»Ich hab die Konsequenzen nicht gesehen. Was kann ich denn jetzt tun? Wie geht es nun weiter?«

»Darüber haben wir uns vorhin schon den Kopf zerbrochen. Letztlich hat keiner von uns Lust, wegen dieser Scheiße das Wochenende abzubrechen. Du hast dich jetzt erklärt, noch einmal entschuldigt. Lassen wir es also dabei. Wir hatten alle schon unsere Aussetzer.« Bernd stand auf. Romans »Danke!« ging im aufkommenden Stimmengewirr unter.

Benjamin kam zu Roman rüber. Gab ihm einen Klaps auf den Hinterkopf.

»Mensch, Roman, was hast du dir nur dabei gedacht?«
Ein leichtes Grinsen zeichnete sich in Benjamins Gesicht
ab. Roman atmete durch. Thoren bastelte an einem Joint.
Roman hatte kaum geschlafen. Müde fühlte er sich nicht.
Eher leer. Erschöpft.

»Wa-as?« Thoren sah Roman erstaunt an.

»Du hast mich schon richtig verstanden.«

»Das ist nicht dein Ernst.«

»Lass mich ziehen!«

»Du?«

»Ja!«

»Aber du hast seit Jahren doch nicht mehr …?«

»Ich brauche es jetzt.«

»Okay, okay, deine Entscheidung. Hier.«

»Scheiße, tut das gut. Habe ich jetzt echt nötig.«

»Auweia, Roman.«

Danach wurde wieder gegrillt.

Hütte nebenan

»Schön, dass ihr gekommen seid.« Katharina sah die Männer an. Einen nach dem anderen. Langsam.

»Danke für die Einladung«, sagte Roman. Hastig. Ihm war heiß. Feuchtigkeit bildete sich unter seinen Achseln. Schweiß. Bitte nicht. Er hatte kurz vorher geduscht. Seine Aufregung hatte im Laufe des frühen Abends zugenommen. Den Streit mit den Freunden in den Hintergrund gedrängt. Roman wollte nicht aufgeregt sein. Durfte es nicht sein. War es doch. Roman musste sich ablenken. Sah sich um. Beide Hütten waren identisch eingerichtet. Es hätte die Hütte der Freunde sein können. Nicht ganz. Diese Hütte war aufgeräumt. Viel aufgeräumter. Hier war er nun. Inmitten fremder Frauen. Bei Katharina. Roman hatte sich vorgenommen, Katharina zu meiden. Und sich bei der Begrüßung gleich in den Vordergrund gedrängt. Verdammt!

»Wir stellen noch Stühle ran. Ihr Mädels rückt mal ein bisschen zusammen. Oder besser noch, damit wir das Ganze ein wenig auflockern, verteilt ihr euch einfach. Wir haben Bier und Musik mitgebracht.« Benjamin grinste.

Roman fand seinen Freund dominant. Befürchtete verschreckte Reaktionen der Frauen. Die blieben aus. Stühle wurden herangerückt. Die Frauen setzten sich mit ihren Gläsern um. Reise nach Jerusalem. Roman reagierte zu spät. Die beiden Plätze neben Katharina waren besetzt. Besser so.

Auf dem Couchtisch standen brennende Kerzen, perlende Sektgläser, Knabberkram, Bier. Es roch nach Lavendel. Samuel, Thoren und Till saßen mit Svea, Gertrud und Mandy auf der Couch. Roman, Benjamin, Bernd, Paula und Katharina saßen auf Stühlen. Katharina war drei Stühle entfernt. Nahezu unerreichbar für Roman. Ein Glück. Und doch.

»Familie, ja, Familie, das ist das Wichtigste. Ich selbst habe zwei Kinder, und ich wünsche dir …«, sagte Thoren zu Gertrud. Auch die anderen fingen an, munter zu plaudern. Roman hörte weg. Beobachtete Katharina aus den Augenwinkeln, die mit Benjamin im Gespräch war. Roman strich über sein Hemd. Weitestgehend trocken. Glück gehabt. Bernd gab Mandy mit seinem Zippo Feuer. Samuel schenkte Svea und Mandy Sekt nach. Es wurde geraucht. Viel geraucht. Paula verwickelte Roman in ein Gespräch. Die üblichen Fragen. Alter, Beruf, Hobbys usw. Die Stimme von Sade klang melancholisch durch den Raum. Benjamin und Katharina stießen an. Roman war eifersüchtig. Er schimpfte mit sich. Das Stimmengewirr nahm zu. Roman fühlte sich in der Runde wie ein - Fremdkörper. Paulas Fragen wurden persönlicher. Sie erkundigte sich nach der bevorstehenden Hochzeit. Roman wiegelte das Thema ab. Unhöflich. Das tat ihm leid. Er konnte nicht anders. Beate. Hochzeit. Nicht jetzt. Paula drehte sich um. Nahm Kontakt zu Bernd auf. Roman versuchte, einem Gespräch zu folgen. Verlor das Interesse. Wandte sich einem anderen Gespräch zu. Ihm fiel kein eigenes Thema ein. Also schwieg er.

»Also, der Bernd, na ja, wir nennen ihn auch Conan, weil er auf das Comic steht, hatte mal einen ganz besonderen Spleen …« Thoren wollte fortfahren. Sah Bernds warnenden Blick. Hielt inne.

»Los, los, wir wollen alles hören! Diese Geschichten sind doch die besten«. Sveas Stimme überschlug sich fast.

»Was soll es! Also Bernd hatte sich vorgenommen, Paris Hilton zu heiraten. Kein Spaß. Wirklich. Er war sogar mal in Las Vegas und hatte seine Hand bei einer Führung in den Pool des Mansions im MGM Grand gehalten, wo Paris eine Woche zuvor ihren Alabasterkörper eingetaucht hatte. Echt war! Total schräg.«

»Gruselig, fast wie ein Stalker! Paris Hilton, echt, warum denn das?« Svea sah Bernd neugierig an. Dessen Miene verdüsterte sich weiter, zeigte deutlich, dass er nicht antworten würde.

»Okay ich habe auch eine Geschichte für euch. Über unseren Heiratswütigen!« Benjamin hob die Augenbrauen. Schwieg bedeutungsvoll.

»Also, Roman, wollte seinen fünfundzwanzigsten Geburtstag mit einem Kumpel feiern, den er erst kurz zuvor nach Jahren in einer Kneipe wieder getroffen hatte. Der wohnte damals in der Wrangelstraße in einem Haus, das entmietet und abgerissen werden sollte. Der Typ schlug eine gemeinsame Geburtstagsfeier als Abrissparty in seiner Wohnung vor. Total schräge Aktion. In der Einladung stand, alle sollten Bauhelme und Pickel mitbringen. Gesagt, getan. Roman und der Kumpel hatten vor Beginn noch einen mannshohen Durchbruch in die Wand zwischen Wohnzimmer und Küche gehauen. Die Gäste sollten gleich eingestimmt werden. Außerdem wollten die Gastgeber durch die neue Tür die typische Küchenparty verhindern. Also haben sie die Küche einfach vergrößert. Nebenbei klatschten sie noch eine 50-er Palette rohe Eier an die Wände. Was der Typ nicht gesagt hatte, war, dass das Haus noch nicht komplett entmietet war. Die Gäste trudelten ein. Traten im Hausflur bis in den dritten Stock hoch die Wohnungstüren ein. Demolierten Treppengeländer und Fenster. Als sie in eine der Wohnungen rein rannten, trafen die Leute in einem spärlich möblierten Wohnzimmer auf einen schockierten Rentner vorm Fernseher, mit zig Bierflaschen vor sich auf dem Tisch. Ich weiß nicht, was Roman und der Typ dem hinterher gesagt haben, aber der Rentner hat sie nicht angezeigt. Na ja, aber die Bullen, eine ganze Wanne voll, kamen trotzdem, nachdem Gäste ein Sofa durch das, wohlgemerkt geschlossene, Hausflurfenster im dritten Stock gewuchtet hatten. Das hatte den Hausmeister im Hof nur knapp verfehlt. Keine Ahnung, was der da gemacht hatte. Bernd war voll wie ein Eimer nach unten gegangen. Hatte mit den Bullen gesprochen. Den hysterischen Hausmeister

beruhigt und sich auf einen privatrechtlichen Schadens-
fall mit allen verständigt. Der Hausmeister, der auch total
hacke war, bekam eine Palette Bier obendrauf. Roman
und der Typ waren am nächsten Tag total fertig. Der
Schaden wurde von einem Gutachter der Hausverwal-
tung mit knapp 30.000 Euro beziffert, obwohl das Haus
doch abgerissen werden sollte. Irgendwie hat es der Typ
geschafft, dass seine Versicherung alles zahlte. Das war
eine der schrägsten Partys überhaupt, Leute, echt legen-
där, unser Roman.« Benjamin schien enttäuscht. Die
Frauen zeigten keine Reaktion. Die Freunde kannten die
Geschichte. Sie waren dabei gewesen. Stille. Roman wurde wieder heiß. Peinliche Situation.

»Ich kenne zwar keine Abrissparties, aber da muss man
sich doch hinterher nicht wundern, wenn alles demoliert
worden ist?«, Katharina sah Roman fragend an.

»Na ja«, antwortete Roman, »Wir waren davon ausgegangen, dass die Abrissparty in der Wohnung stattfindet
und nicht im Haus. Die Situation geriet völlig außer Kontrolle. Ich hätte eine Strafanzeige bekommen, mit hohen
Schulden dastehen und der Hausmeister hätte tot sein
können.« Mehr kam nicht. Die Geschichte fand keinen
Anklang.

Es folgten andere Geschichten. Nur keine über Katharina.
Die Hütte war zunehmend verraucht.

»Leute, hier drin ist es total verqualmt. Neben dem
Rauchverbot sollten wir auch auf Gertrud Rücksicht
nehmen. Rauchen ab jetzt also draußen.« Niemand wi-
dersprach Bernd. Samuel und Thoren gingen nach draußen. Mandy und Svea folgten. Roman nutzte die Gelegenheit. Setzte sich neben Katharina. Mit dem Alkohol
hatte er sich zurückgehalten. Keine weiteren Peinlichkeiten. Sie kamen ins Gespräch. Ganz einfach. Ganz locker.
Einfach nur schön. Aufregend. Die Zeit verflog. Die
Themen wechselten. Wurden persönlicher. Katharina
stellte keine der üblichen Fragen. Ging direkt zum We-

sentlichen. Authentisch. Roman genoss jeden Augenblick. Sog wie ein Schwamm alles in sich auf. Er fühlte sich wohl. Auch wenn ihm seine Gesprächsbeiträge mitunter belanglos vorkamen. Roman achtete auf jedes seiner Worte, dachte, es könne entscheidend sein. Entscheidend wofür? Eigentlich durfte er das hier nicht. Aber er vergaß alles um sich herum. Irgendwann warf er einen Blick in die Runde. Thoren und Samuel waren auf der Couch eingeschlafen. Gertrud war schon längst zu Bett gegangen.

»Roman, ich bin hundemüde.« Katharina wandte sich ab, sprach kurz mit Mandy, Svea, Paula.
»Es war nett mit euch, aber wir gehen jetzt schlafen.« Katharina beendete den Abend. Davongekommen. Roman war froh. Und doch nicht. Benjamin weckte Thoren und Samuel.

Bei der Verabschiedung auf der Terrasse flüsterte Katharina Roman ins Ohr.
»Sei um sechs vor der Hütte. Pünktlich. Ich habe eine Überraschung!«
Ohne eine Antwort abzuwarten, drehte sich Katharina um. Verschwand in der Hütte.

Rauchringe

Bernd stand neben Roman. Auf der Terrasse. Eine letzte Zigarette. Vor dem Schlafengehen. Roman schwirrte der Kopf. Gedankenflimmern. Nichts Neues. Und doch. Katharina. 6 Uhr. Er konnte sich nicht auf Bernd konzentrieren. Auch wenn der nicht viel sprach. Sondern einfach nur Rauchringe in den Nachthimmel blies. Roman sah den Ringen hinterher. Form und Größe veränderten sich. Lösten sich auf. Dahinter die Sterne. Bernd spielte mit seinem Feuerzeug. Ließ den Deckel auf- und zuschnappen. Klick. Klack. Klick. Klack.

»Hast du das mit Sam gehört?« Bernd hauchte einen neuen Rauchring aus. Sein Mund erinnerte an den eines Fischs auf dem Trockenen.

»Ja.« Roman sah Bernd an.

»Seit wann wusstest du es?« Bernd starrte in die Nacht.

»Er hat sich vor ein paar Tagen mit mir getroffen.«

»Ach ja, wussten es alle?«

»Nein, nur ich. Soweit ich weiß. Bis vorhin.«

»Wieso du?«

»Sam hat gesagt, er wolle mir das Wochenende nicht verhageln. Ich solle es nicht auf mich, Beate oder die Hochzeit beziehen, falls er schlecht drauf sein sollte. Studium geschmissen, Hartz IV. Verdammte Scheiße. Er ist so intelligent.«

»Dafür hält er sich verdammt gut.«

»Ja. Bis heute Nachmittag.«

»Was meinst du?«

»Meine Lüge hat ihn getroffen. Er war mir gegenüber ehrlich gewesen. Ich nicht. Sam hat sich danach voll laufen lassen und viel gekifft. Mit den Frauen hat er darüber gesprochen, als wenn es nicht um ihn ginge. Und euch überrascht. Irgendwie ist es für uns alle ein ganz schön heftiges Wochenende.« Roman flüsterte beinahe.

»Wieso?«

»Na ja, jeder hat sein Päckchen zu tragen. Thor ist in einer Art Freudlosphase. Denkt, er ist ein Versager. Sam auch. Till wird Vater. Ben hat heute geweint. Ich habe ihm gesagt, dass wir über seine Migräne Bescheid wussten. Ihm geht's jetzt besser. Immerhin. Die Tri-tra-trulala-Zeiten sind wohl endgültig vorbei.«

»Vielleicht hat es die nie gegeben.«

»Findest du nicht, dass wir früher besser drauf waren?«

»Ich denke, wir haben unsere Probleme ausgeblendet. Um Pause zu machen.«

»Was ist dein Päckchen?«

»Bei mir ist alles gut.«

»Wirklich?«

»Wirklich.«

»Hmh.«

»Bist du dir mit Beate sicher, Roman?«

»Soweit man das sein kann.«

»Bereichert dich Beate?«

»Bereichern? Worauf willst du hinaus?«

»Was bringt sie in die Beziehung ein?«

»Sie ist treu, verlässlich, aufmerksam, zärtlich. Hört nicht nur zu, sondern auch hin. Sieht gut aus … kann kochen, mag die meisten Dinge, die ich auch mag. Trinkt auch mal ein Bier mit. Wir können miteinander lachen. Das Wichtigste ist aber vielleicht, dass sie mich im Großen und Ganzen sein lässt, wie ich bin, und nicht ständig verletzt ist, wenn ich was sage. Ich kann es jetzt nicht besser ausdrücken.«

»Was ist anders als mit den anderen?«

»Sie ist die Eine. Die, auf die ich gewartet habe. Auch wenn sich das abgedroschen anhört.«

»Woher weißt du das?«

»Mit Beate hat sich von Anfang an alles anders angefühlt.«

»Weil du es so wolltest oder weil es tatsächlich so war?«

»Mensch, Alter, woher soll ich das wissen. Wo fängt der Wunsch an, wo die Wirklichkeit? Letztendlich zeigt es die Zeit, die eine Beziehung meistert. Das ist harte Arbeit. Tagtäglich. Beate und ich haben schon so viel durch.«

»Habt ihr?«

»Na ja, ich meine keine Trennung, Fremdgehen, Todesfall oder so, sondern den Wahnsinn des Alltags. Den muss man erst mal zusammen bewältigen. Na klar, Liebe, Gemeinsamkeiten, sich gegenseitig Raum geben, gemeinsame Visionen, alles Fundament, aber den Alltag überstehen? Das ist die größte Herausforderung, wenn man sich nicht verlieren will.«

»Vertraust du dich ihr an?«

»In vielem.«

»In den wirklich wichtigen Bereichen?«

»In den meisten. Mehr als bei jeder anderen zuvor.«

»Wie läuft der Sex?«

»Gut.«

»Gut?«

»Na ja, das ist schon ein Thema zwischen uns. Meistens muss ich anfangen. Madame lässt sich gern bitten. Kontrolle. Macht. Keine Ahnung.«

»Aber unterm Strich?«

»Läuft es auch da gut.«

»Bernd, warum stellst du mir die ganzen Fragen? Ich komme mir wie in einer Therapiesitzung vor.«

»Weil ich dein Freund bin.«

»Warum jetzt?«

»Ich wollte dich vor dem 19. ohnehin noch einmal in Ruhe auf das Thema ansprechen.«

»Zeitlich ganz schön knapp.«

»Vielleicht. Nun hat sich ohnehin alles verändert. Du bist schon verheiratet.«

»Also warum dann dieses Gespräch noch?«

»Was ich da zwischen dir und Katharina sehe, gibt mir zu denken.«

»Fängst du jetzt auch noch damit an?«

»Alle sehen es.«

»Was?«

»Lass gut sein.«

»Ja, ich finde sie interessant, spannend. Mehr ist da nicht.«

»Ach, Roman.«

»Was denn?«

»Wir kennen dich.«

»So, so.«

»Ich will ehrlich sein. Es gibt noch einen weiteren Grund für meine Fragen, Roman.«

»Jetzt bin ich aber gespannt.«

»Ich würde gern verstehen, warum man heiratet.«

»Hmh. Liebe am Horizont?«

»Vielleicht, aber noch zu früh, um darüber zu reden.«

»Ich höre dir zu.«

»Roman, Offenbarungen hatten wir jetzt genug an diesem Wochenende. Außerdem muss man gewisse Dinge erst mal allein für sich ausmachen.«

»Ist das so? Muss man das wirklich? Meistens ist es doch gut, die Dinge zu teilen, die uns bewegen, damit am Ende keiner von uns unter ihnen zusammenbricht.«

»Alles hat seine Zeit.«

»Ist da ein Päckchen auf dem Weg zu dir?«

»Mir ist keins zugestellt worden. Und ich habe auch keins angenommen. Meine Päckchen sind die alten. Die, die wir alle haben tragen lernen müssen.«

»Das war's? Mehr willst du dazu nicht sagen?«

»Nein.«

»Dein Beruf?«

»Ich bin Bulle. Passe auf andere auf. Da ändert sich nicht viel. Auch wenn die Medien uns etwas anderes glauben machen wollen.«

»Machst du es noch gern?«

»Gern? Kann man sein Leben lang gern im Dreck, in der Scheiße wühlen? Wird man gern ständig von allen belogen? Hat man gern ständig mit sozialen Randgruppen zu tun? Wird man gern beschimpft? Nazi genannt? Bespuckt? Nein ... Aber ich habe es mir so ausgesucht.«

»Schläfst du noch schlecht?«

»Ja.«

»Was ist mit den Tabletten?»

»Habe ich im Griff.«

»Im Griff?«

»Wenn der Haufen Scheiße zu groß wird, zu viele auch noch oben drauf scheißen, dann nehme ich schon mal eine. Gönne mir eine ruhige Nacht. Ich hab so viel Scheiße erlebt. Sehe jeden Tag so viel Dreck. Das reicht für zwei Leben … Komm, noch eine letzte Zigarette.«

Bernd steckte die Zigarette für Roman mit an. Blies Rauchringe. Klick. Klack. Klick. Klack.

Roman stand vor der Hütte. Was tat er hier? Warum konnte er nicht widerstehen? Er sah auf die Uhr. Kurz vor sechs. Zwei Stunden Schlaf. Immerhin. Seinen Freunden hatte er einen Zettel hinterlassen. »Macht euch keine Sorgen. Ich bin rechtzeitig zurück. Erkläre später alles. Roman.«

Motorbrummen. Der Bulli hielt. Da war sie. Katharina. Sie beugte sich zur Beifahrertür. Öffnete sie. Sah Roman auffordernd an. Seine negativen Gedanken verflogen.
»Guten Morgen! Nun mach schon. Steig ein.«
»Danke. Guten Morgen.« Roman setzte sich auf die Beifahrerbank. Wie tags zuvor. Neben Benjamin. Heute. Neben Katharina. Warum fühlte er sich in ihrer Nähe unsicher. Zugleich zu ihr hingezogen. Katharina fuhr ohne Kommentar los. Als sie vom Gelände rollten, schob sie eine CD ein. *Heartland* von The Sisters of Mercy. Düsterer Gothic Rock. Beate mochte Romans Hang zu düsteren Klängen nicht. Roman schaute aus dem Beifahrerfenster. *Heartland* war eines seiner Lieblingslieder. Was für ein Zufall. Zufall? Nein. Zufälle gibt es nicht. Die CD war tags zuvor nicht im Handschuhfach gewesen. Egal. Katharina schwieg. Landstraße. Sie fuhr. Und fuhr.
»Wohin geht es?«, Roman hatte die Nerven verloren.
»Frühstück bei meinem Onkel.« Mehr kam nicht. Wieder Stille. Nur Motorbrummen.
»Deinem Onkel?«
»Sagte ich.«
»In Berlin?«
»Nein.«
»Wo, wo denn dann?«
»In Sellin.«
»Sellin?«
»Sellin.«
»Auf Rügen?«

»Ja.«

»Aber das sind über 100 Kilometer!«

»Hast du was Besseres vor?«

»Ja. Nein ... Ich weiß nicht. Warum machst du das?«

»Na, jedenfalls nicht zu Ehren deines Junggesellenabschieds.«

»Was? Sondern?«

»Warte ab.«

»Wie?«

»Stellst du immer Gegenfragen?«

»Nein. Eigentlich bin ich der mit den Antworten.«

»Aha. Rollenwechsel. Gut. Vergiss die Fragen und warte auf Antworten.«

Autsch! Romans Unterlippe schmeckte blutig.

»Was machst du beruflich?« Roman konnte die Stille nicht ertragen. So viele Fragen. Keine Antworten.

»Kommen jetzt die typischen Kennenlernfragen?«

»Nein.«

»Ach, komm! So fangen die üblichen Abcheck- und Statusfragen an: Alter, Beruf, Einkommen, Mann, Freund, Kind, Haus, Tiere, Autos, Scheidungen, sexuelle Vorlieben, kindliche Traumatisierungen.«

»Erwischt.«

»Was willst du wirklich wissen?«

»Darf ich ehrlich sein?«

»Wehe nicht. Immerhin fahre ich mit einem beinahe wildfremden Mann zu meinem Onkel nach Rügen.«

»Ganz schön verrückt.«

»Das nennst du verrückt? ... Okay, damit wir keine Zeit verschwenden. Ich bin einundvierzig.«

»Einundvierzig?«

»Ja. Dürfte ich bitte ausreden oder ist mein Alter ein Problem für dich?«

»Wieso Problem?«

»Wiederholst du gern die Worte deiner Gesprächspartner?«

»Eigentlich nicht.«

»Dann lass es.«

»Hmh.«

»Also ich kürze das mal ab: einundvierzig, unverheiratet, keine Kinder, nicht vergeben, betreibe ein Fitnessstudio, das bald pleitegeht, hasse Katzen, habe es mal mit einer Frau probiert, stehe aber auf Männer. Über Traumatisierungen rede ich noch nicht mit dir. Und, kennst du mich jetzt besser?«

»Natürlich nicht. Aber willst du das denn?« Roman war bei dem Gedanken an Katharina und eine andere Frau ganz heiß geworden.

»Mannomann, Roman, was mache ich denn sonst hier?«

»Schon gut. Schon gut. Entschuldige. Du hast recht. Das sind die üblichen Fragen, die ich auch scheiße finde. Oberflächliche Gesellschaftsfragen für Schubladendenken. Diese Situation mit dir ist so völlig anders für mich. Aber wenn wir schon mal dabei sind, will ich ausgleichen: ich bin ein paar Jahre jünger als du, trete bald vor den Altar, habe noch keine Kinder, will eins, am liebsten ein Mädchen, habe es noch nie mit einem Mann probiert, will es auch nicht, mag Katzen auch nicht, liebe allerdings Hunde und bin Stuckateur.«

»Stuckateur? Das überrascht mich. Du wirkst auf mich wie ein Studierter.«

»Treffer!«

»Wieso?

»Na ja.«

»Abgebrochen?«

»Versenkt!«

»Magst du darüber reden?«

»Hmh, eigentlich nicht so gern. Ist ein wunder Punkt. Aber was soll es.«

»Nur Mut!«

»Mein Vater wollte immer Arzt werden. Wurde es aber nicht. Für ihn stand außer Frage, dass ich Arzt werde. Ein anderes Studium hätte er nicht finanziert. Also habe ich brav Medizin studiert. An der FU. Obwohl ich es nicht wollte. Habe sogar das Physikum bestanden. Dann ging nichts mehr.«

»Was ist passiert?«

»Nichts Besonderes. Ich habe ohne Überzeugung, ohne Leidenschaft studiert. Medizin hat mich einfach nicht interessiert. Am Anfang ging es noch. Ich habe mich gezwungen. Wollte ein guter Sohn, ein guter Student, ein wichtiges künftiges Mitglied der Gesellschaft sein. Aber dann ... Ich hatte schon Bauchschmerzen auf dem Weg zur Uni. Habe alles schleifen lassen. Totale Blockade. Manches ermüdet, bevor man es auch nur versucht hat. Das Medizinstudium war für mich von Anfang an ermüdend. Als ich nicht mehr weiter konnte, habe ich lange überlegt, was ich mit meinem Leben anfangen will.«

»Und?«

»Ich habe mir einen Ausbildungsplatz gesucht. Meinen ganzen Mut zusammengenommen und mich meinem Vater gestellt.«

»Gestellt?«

»Ja. Hört sich hart an. Aber ich habe mich so gefühlt. Auf keinen Fall wollte ich als Studienabbrecher planlos vor meinem Vater stehen. Trotzdem. Er war zutiefst enttäuscht von mir. Nannte mich einen Versager. Er hätte die Chance damals nicht gehabt. Alles dafür getan. Ich dagegen hätte alles leichtfertig hingeschmissen. Mein ganzes Leben. Ohne Biss. Ohne Kampf. So einer könne nicht sein Sohn sein. Seine Familie hätte sich schon immer einen Arzt in ihren Reihen gewünscht.«

»Kontaktabbruch?«

»Ja. Mehrere Wochen lang. Schließlich war es zu einer Aussprache gekommen, weil meine Mutter so gelitten hatte. Ich hatte versucht, alles noch einmal zu erklären. Zähneknirschend hatte mein Vater meine Ausbildung danach finanziell unterstützt. Wahrscheinlich nur aus der Angst, dass ich sonst auf der Straße gelandet wäre ... Ich habe bis heute Schuldgefühle deswegen.«

»Warum?«

»Studienabbrecher, Versager, Schmarotzer, schlechter Sohn. Das volle Programm.«

»Hat dich dein Vater das spüren lassen?«

»Nicht direkt. Aber manchmal kamen Anspielungen. Reichten Blicke.«

»Und wie gehst du heute mit deinen Schuldgefühlen um?«

»Ich mache meinen Job ordentlich. Bekomme Lob vom Chef. Verdiene gut. Vielleicht mehr als mancher Arzt. Thoren hatte mir gesagt, ich sollte das Geld meines Vaters für meine Ausbildung als Art Schmerzensgeld für seine harten Worte betrachten. Aus diesem Blickwinkel betrachtet hatte ich sein Geld besser annehmen können. Thorens Worte hatten mir sehr geholfen.«

»Ich sehe das etwas anders.«

»Natürlich. Du warst ja auch nicht betroffen.«

»Dein Vater fühlt sich schuldig, dass er kein Arzt geworden ist. Diese Schuld überträgt er auf dich. Schuld gibt es jedoch nur in unserer Einbildung. Sie ist nicht gegenständlich. Insofern gibt es keine Währung, um Schuld zu bezahlen. Keinen Ablassbrief. Somit auch keine Verrechnung. Kein Schmerzensgeld.«

»Wow. Das muss ich erst mal sacken lassen.«

»Wolltest du schon immer Stuckateur werden?«

»Eigentlich wollte ich Kunst studieren.«

»Warum Kunst?«

»Ich habe schon als Kind leidenschaftlich gern gezeichnet.«

»Was denn?«

»Alles. Einfach alles, was ich gesehen und mich in den Bann gezogen hat. Ich hatte immer einen kleinen Block und Stifte in der Hosentasche. Das hatte meinen Vater oft zur Weißglut getrieben, wenn ich mal wieder irgendwo stehen geblieben war und zu malen angefangen hatte. Ich soll nicht ansprechbar gewesen sein, wenn ich gezeichnet habe. Versunken, heißt es. Meine Mutter war auch nicht gerade begeistert gewesen. Aber das hat an den ständig eingesauten Klamotten gelegen. Einmal hatte ich etwas auf die Wohnzimmerwand gemalt. Auweia, hat das Ärger gegeben. Zwei Wochen Stubenarrest.«

»Und was ist aus deiner Leidenschaft geworden?«

»Eine große Kiste Zeichnungen, Papier und Blöcke.«

»Wo sind die jetzt?«

»Im Keller.«

»Hast du nie etwas damit gemacht?«

»Nein.«

»Keine Mappe angelegt? Die Zeichnungen irgendwem gezeigt? Irgendwo eingereicht?«

»Nein.«

»Warum nicht?«

»Sie sind nicht gut genug.«

»Wer sagt das?«

»Ich.«

»Wer noch?«

»Meine Eltern.«

»Deine Eltern … Was noch außer Zeichnen?«

»Ein paar Skulpturen. Aus Stein. Die sind aber auch nicht besonders geworden.«

»Warum kein Kunststudium?«

»Wie gesagt. Das war für meinen Vater nicht in Betracht gekommen. Künstler gleich Taxifahrer. Brotlos. Ohne seine finanzielle Unterstützung war ich zu feige. Bafög? Nebenher jobben? Bin ich überhaupt gut genug? Hochschule der Künste? Nach dem Fiasko mit dem Medizinstudium habe ich mich nicht mehr ans Studieren herangetraut. Noch mal versagen? Stuckateur ist nicht schlecht. Mein Vater hat es akzeptiert. Mittlerweile.«

»Was macht man denn als Stuckateur genau?«

»Letztlich lernt man Bauhandwerker im Innenausbau und an Fassaden. Ich habe mich danach auf Stuck in Altbauten spezialisiert. Dafür braucht man eine gute Ausbildung, eine Menge Erfahrung und vor allem Fingerspitzengefühl.«

»Bist du zufrieden?«

»Ich verdiene nicht schlecht.«

»Das meine ich nicht.«

»Es ist wohl ein guter Kompromiss. Irgendwie bin ich ja künstlerisch tätig. Erschaffe etwas mit meinen eigenen Händen. Kann es sehen. Anfassen. Jedenfalls stehe ich finanziell gut da. Solange Stuck gefragt ist. Und ich nicht arbeitsunfähig werde. Zu Zeiten der Renaissance und des Barock gab es richtig berühmte Stuckateure!«

»Und der Künstler in dir ist zufrieden?«

»Na ja, der Zug ist abgefahren. Ich bin über Dreißig. Denke ja auch über Familie nach. Die muss ernährt werden.«

»Warum ist dein Vater kein Arzt geworden?«

»Seine Eltern hatten ihm verboten, Abitur zu machen. Wollten kein Studium finanzieren. Mein Vater sollte einen anständigen Beruf erlernen. So hat er eine kaufmännische Ausbildung gemacht. Heute ist er Antiquitätenhändler.«

»Erfolgreich?«

»Ist das wichtig?«

»An dieser Stelle vielleicht schon. Als Ausgleich für eine verpasste Akademikerkarriere für deinen Vater bestimmt.«

»Ja. Er hat viel Geld verdient. Aber er redet noch immer davon, wie gern er Arzt geworden wäre und dass sein Sohn einmal die Praxis hätte übernehmen sollen.«

»Kannst du ihn mittlerweile ein bisschen verstehen?«

»Katharina, wohin soll dieses Gespräch führen?«

»Das sind jetzt unsere Stunden.«

»Unsere Stunden … Ich riskiere es einfach. Wir wollen uns ja kennenlernen. Ich sehe das heute ungefähr so. Eltern machen ihre Kinder unbewusst, aus Rache wegen ihrer eigenen Geschichte, zu Klonen. Sie wiederholen den Prozess, unter dem sie selbst gelitten haben. Sie beauftragen ihre Söhne, die Welt zu erobern, ihre Töchter, neue Klone zu produzieren. Es entsteht nutzloses Streben nach Macht, Geld und Ruhm statt nach Mitgefühl und Liebe.

Wir sind Teil eines großen Ganzen. Alle miteinander verbunden. Sollten für uns sorgen. Teilen. Und dennoch werden die Söhne zur Welteroberung hinausgeschickt. Die Söhne können nicht aufhören zu funktionieren, ihrem Auftrag zu folgen, zu begehren, mehr haben zu wollen, zu erobern. So ziehen sie jeden Tag erneut in die Schlacht. Mittlerweile gilt das auch schon für die Töchter. Doch Versagensängste bilden sich. Minderwertigkeitskomplexe. Immer. Verfolgen die Klone. Jeden einzelnen. Wenn jemand etwas sucht, womit er seine Angst füttern kann, wird er immer fündig. Also wird gefunden und gefunden und das Maul der Angst gestopft. Doch dem Maul ist es nie genug. Es ist nimmersatt. Das gierige Maul ist der Motivator. Die Klone ziehen weiter in die Schlacht. Immer und immer wieder. Auf der Suche nach Futter. Bis zu ihrem Tod. Mit meinem Vater und mir war es nicht anders. Ich bin sein Klon. Mein Vater hätte sich sicherlich auch gewünscht, dass seine Eltern ihn seinen Weg hätten gehen lassen. Ihn nach Möglichkeit unterstützt hätten. Aber er war eben ihr Klon.«

»Ja.«

»Mein Vater hat es nicht besser gewusst. Thoren hat dazu etwas sehr Interessantes gesagt. Vielleicht muss jeder Sohn seinen Vater besiegen. Und deswegen wählt der Sohn ein Gebiet, in dem er seinen Vater schlagen kann. Ich habe mich gegen den Wunsch meines Vaters gestellt und bin ein erfolgreicher Stuckateur geworden. Vielleicht ist das mein Sieg.«

»Du hörst dich sehr traurig an. Bist du oft traurig?«

»Du stellst Fragen … Ja und nein. Aber in mir schlummert Traurigkeit. Manchmal gepaart mit Sinnlosigkeit.«

»Traurigkeit ist oft nichts anderes als Selbstmitleid.«

»Alles nur Selbstmitleid? Katharina, das ist mir zu einfach.«

Katharina sah ihn kurz an. Richtete ihren Blick wieder auf die Straße. Hatte er in ihren Augen Verständnis gesehen? Ein wohliger Schauer durchzog Roman.

»Dann ist es wichtig, dass du aufhörst, das nimmersatte Maul deiner Angst zu stopfen, Roman.«

»Leichter gesagt als getan, aber du hast recht. Das ist eine Lebensaufgabe.«

»Es geht mir nicht darum, recht zu haben. Wir müssen, so weit es geht, aus unserer Angststruktur aussteigen. Die meisten Ängste treten sowieso nie ein.«

»Unglaublich. Deine Ansichten. Deine Worte. Manchmal so klar. Überzeugend. Wie kommt eine Frau wie du in ein Fitnessstudio?«

»Wieso nicht?«

»Du passt so gar nicht ins Klischee.«

»In dein Klischee ... Ich habe Reisekauffrau gelernt. Viele Jobs auf verschiedenen Kontinenten gemacht. Habe einiges durch und bin letztlich im Fitnessstudio gelandet. Ich liebe Sport. Wollte endlich mal was Eigenes haben.«

»Dann haben wir etwas gemeinsam. Wir beide sind verkappte Studierte. Der eine wurde Stuckateur. Die andere Fitnessstudiobetreiberin.«

»Tja. Aber mit dem Unterschied, dass ich nie studieren wollte.«

»Warum nicht?«

»Ich hätte nicht gewusst, was. Ich wollte einfach nur reisen. In die Welt hinaus.«

»Dann warst du klarer in deinen Entscheidungen als ich.«

»Wer weiß das schon.«

»Hmh. Dein Studio läuft nicht?«

»Die Billigketten machen den Markt kaputt. Auch mein Studio. Alle wollen sparen. Geiz ist geil ist zur deutschen Hymne geworden. Da kann ich nicht mithalten.«

»Das tut mir leid.«

»Dazu kommt, dass ich auch noch meinen Ex ausbezahlen muss.«

»Er ist Teilhaber?«

»Dummerweise und auch noch nicht lange. Ansonsten wäre ich aber schon viel früher pleite gewesen.«

»Was ist mit euch passiert?«

»Er hat eine junge, blonde Russin gefickt und mich über Nacht verlassen.«

»Autsch.«

»Ja.«

»Länger her?«

»Lang genug.«

Der Bulli brummte. Fuhr Kilometer für Kilometer gen Rügen. Roman genoss das Gespräch. Es war so anders als die Unterhaltungen, die er sonst führte. Er fühlte sich wohl. Seine Aufregung war verflogen. Katharina kam ihm vertraut vor. Erstaunte ihn. Hinzu kam die wunderschöne Landschaft Mecklenburg-Vorpommerns.

»Warum hast du geheiratet?«

»Was?«

»Das ist eine einfache Frage.«

»Aus Liebe.«

»Und weiter?«

»Das ist aber sehr persönlich.«

»Wir haben nicht viel Zeit.«

»Wofür.«

»Um uns zu entdecken.«

»Wie soll das in ein paar Stunden gelingen?«

»Ich weiß es nicht. Aber ich stelle weniger Fragen. Suche noch nicht nach Antworten. Lasse mich auf den Moment ein. Folge meinem Gefühl. Vielleicht solltest du das auch versuchen. Und deinem Gefühl folgen.«

»Was für ein Gefühl soll das denn sein?«

»Das, was dich veranlasst hat, um sechs in diesen Bulli zu steigen.«

»Hmh. Vielleicht kann ich nicht gleich jede Hürde nehmen.

»Diese ist nicht allzu hoch.«

»Ein Mensch, der nichts zu verbergen hat, ist ein Mensch, bei dem es nichts zu entdecken gibt.«

166

»Mit Phrasen kommen wir nicht weiter. Alles hier ist auch deine Entscheidung.«

»Und wie lautet deine?«

»Ich nehme die Hürde ... In sechs Sekunden entscheidet der Mensch, ob er jemanden mag oder nicht. Und packt ihn in eine Schublade. Aus der es schwer herauszukommen ist. Ich habe dich vom ersten Moment an sympathisch gefunden, obwohl ich noch kein Wort mit dir gesprochen hatte. Und neben diesen sechs Sekunden gibt es noch herausragende Momente, in denen man besonderen Menschen begegnet – und das auch spürt.«

»Dem kann ich nur zustimmen.«

»Manchmal sucht man sich aber leider auch die Unerreichbaren aus. Vielleicht absichtlich.«

»Damit man seinen Traum nicht leben kann?«

»Genau. Vielleicht weil man diese Menschen gar nicht erreichen kann.«

»Ja. Wir alle haben Angst vorm Leiden. Richten unseren Lebensplan so aus, um Leid aus dem Weg zu gehen. Doch damit verpassen wir die Liebe, die eben auch zum Leid führen kann. Ich will mich nicht von meiner Angst vor Leid lenken lassen. Ich will mutig für die Liebe sein. Auch deswegen habe ich geheiratet.«

»Hattest du einen solchen herausragenden Moment mit ihr?«

»Sie heißt Beate.«

»Für mich ist das unwichtig. Hattest du nun einen solchen Moment mit ihr?«

»Ja.« Roman schluckte.

»Sicher?«

»Wie sicher kann man sich sein?«

»Dazu fällt mir eine ganze Menge ein. Aber lassen wir das.«

»Ich bin mir so sicher, dass ich sie geheiratet habe.«

»Warum sitzt du dann hier neben mir?«

»Das würde ich auch gern wissen.«

»Kannst du dir vorstellen, dass du die Falsche geheiratet hast?«

»Darüber möchte ich gar nicht nachdenken.«

»Trägst du dein Herz auf der Zunge?«

»Ich? Als Mann? Nein. Natürlich nicht ... Aber Spaß beiseite. Was einem am Herzen liegt, bringt man nur verstohlen zur Sprache.«

»Schon wieder eine Phrase.«

»Oder Weisheit.«

»Na ja.«

»Ich spreche zwar sehr vieles offen an, aber das, was ganz tief in meinem Herzen schlummert, eher weniger.«

»Auch nicht ihr gegenüber?«

»Nein.«

»Warum?«

»Ich weiß es nicht. Es gibt einen Punkt, über den ich nicht hinausgehen kann.«

»Kann oder will?«

»Ist das letztlich nicht das Gleiche?«

»Vielleicht. Auch nicht deinen Freunden gegenüber?«

»Begrenzt.«

»Das macht dich einsam. Traurig. Oder?«

»Ja.«

»Warum versuchst du es nicht?«

»Angst. Angst vor Zurückweisung. Verletzung. Wie gesagt. Letztlich Angst vor dem Leid. Ich bin da auch nicht anders. Ach nicht frei davon.«

»Danke, Roman.«

»Wofür?«

»Dass du dich auf mich und meine Fragen eingelassen hast.«

»Das liegt an dir.«

Sie fuhren und fuhren.

»Benjamin meinte, dass du Leute sehr gut durchschauen kannst, wenig Einblick in dich gewährst und deswegen gern ablenkst.«

»Wenn er das sagt.« Roman lächelte. Und sah Katharina an. Einen Moment zu lang.

Wilhelmstraße

Roman musste eingeschlafen sein. Die Landschaft hatte sich verändert. Der Bulli knatterte bereits auf den Küstenhochwald nahe Sellin zu. Rügen. Sie waren da. Den letzten Teil des Festlands, die Brücke zur Insel, den leicht hügeligen und von Landwirtschaft geprägten Inselkern hatte er verschlafen. Ein Schild wies auf Sellin in 6 Kilometern hin. Romans Nacken schmerzte. Er hoffte, dass er nicht mit offenem Mund geschlafen, gesabbert oder geschnarcht hatte. Nicht heute. Bitte! Er sah zu Katharina hinüber. Erschien sie verändert? Nein. Katharina blickte kurz und wortlos zurück. Kein Spott. Vertraut. Nach wie vor. Sonnenlicht fiel auf ihr Haar. Ihr Gesicht. Roman schluckte.

»Wo wohnt dein Onkel in Sellin?«

»Er wohnt in Binz.«

»Und warum fahren wir nach Sellin?«

»Weil er dort sein Café betreibt.«

»Ach so. Abgefahren.«

»Was meinst du?«

»Du fährst mit einem fremden Mann 100 Kilometer und stellst mich einem Familienmitglied vor. Beim Frühstück. Einfach so.«

»Würdest du das nicht tun?«

»Nein. Absolut nicht.«

»Ist das Leben nicht zu kurz, um immer nur alte Gedanken zu denken und zu leben?«

»Ja, insbesondere wenn man bedenkt, dass wir zu 80 Prozent Schrott denken.« Roman kaute auf der Unterlippe.

»Weißt du eigentlich, dass du dir auf die Unterlippe beißt oder auf ihr herumkaust?«

»Mannomann. Du lässt aber auch nichts aus.«

»Wie wirst du mich deinem Onkel vorstellen? Hallo, Onkel, das ist Roman. Ich habe ihn Freitag auf einem

Campingplatz aufgegabelt. Er ist verheiratet. Wir kommen mal so eben vorbei.«

»Mach dir nicht immer so viele Gedanken.«

Sie passierten das Ortsschild von Sellin. Bald tauchten die ersten Häuser auf. Holz, viele Farben, insbesondere das Babyblau, erinnerten an skandinavische Dörfer. Katharina fuhr zielgerichtet auf den Ortsmittelpunkt, die Wilhelmstraße, zu. Parkte den Bulli im eingeschränkten Halteverbot einer Nebenstraße.

»Willst du hier parken?«

»Sonst hätte ich das nicht getan.«

»Das kann teuer werden.«

»Ach, Roman! Los geht's. Ich hoffe, du hast Hunger.«

»Kann man bei deinem Onkel auch einen Bären bestellen?«

Katharina grinste. Zog Roman mit sich. Hakte sich bei ihm ein. Sie war so nahe. Roman war schon früher in Sellin gewesen. Der Ort, insbesondere der Strand, hatten für ihn etwas Magisches, das er kaum in Worte fassen konnte. Zahlreiche, teils 100-jährige Villen des Jugendstils. Reich verzierte Veranden und Balkone. Nach der Wende aufwendig und liebevoll restauriert. Bäderarchitektur. Möwen. Heute hatte Roman keinen Blick dafür. Sein Körper berührte Katharinas. So unverfänglich. So aufregend. Er konnte die See riechen. Den Wind in seinen Haaren spüren.

»Wir sind da!« Katharina war stehen geblieben. Zeigte auf ein Lokal.

»Aha. Seeblick – ist schon geöffnet?«

»Seit sieben bereits.«

Katharina ging hinein. Roman folgte. Rustikal eingerichtetes Café. Wenige Tische. Voll besetzt. Stimmengewirr. Kaffeegeruch. Ein Mann, groß, stämmig, weißes Haar, braungebrannt, zwischen sechzig und siebzig umarmte hinter der Theke Katharina. Seine Katharina. Nein. Nein. Nein. Roman blieb vor der Theke stehen. Legte sich Worte zurecht.

»Onkel, darf ich dir Roman vorstellen. Roman, das ist mein Onkel Peter.«

»Willkommen, Roman!« Peter reichte ihm über die Theke die Hand, die Roman ergriff. Peter hatte einen festen Händedruck. Roman erwiderte ihn.

»Angenehm.«

»Bist du ihr neuer Freund?«

»Äh, nein.«

Onkel Peter sah Katharina schmunzelnd an. Ihr schien die Situation nicht peinlich zu sein. Roman schon.

»Na, dann mache ich euch mal ein großes Frühstück. Wie bestellt. Setzt euch an die Theke. Die Tische waren alle schon reserviert, Roman. Leider ist nichts anderes frei.«

»Danke. Ich sitze gern an der Theke.« Roman setzte sich auf einen Barhocker.

»Ich helfe dir, Onkel!« Weg war sie.

Hier saß er nun. Auf Rügen. In Sellin. In der Wilhelmstraße. Im Café des Onkels einer fremden Frau. Allein an der Theke.

Katharina.

»Guten Appetit, ihr beiden. Lass es euch schmecken.«

»Danke! Es sieht alles so lecker aus.« Romans Augen leuchteten.

Rührei, kross gebratener Speck, Nürnberger Würstchen, harter und weicher Käse, Wurstplatte, frische Leberwurst und Mett mit Zwiebeln, Kaffee, frisch gepresster Orangensaft, Sekt. Frische Brötchen, die mal nicht nach Berliner Diskountkette aussahen.

»Lass uns anstoßen.« Katharina hielt ein Glas Sekt in der Hand. Roman griff nach seinem. Hielt kurz inne. Die aufsteigenden Perlen glänzten vor der dunkelblauen Theke.

»Prost!«

»Prost und danke, Katharina.«

»Wofür?«

172

»Einfach nur so.«

Sie stießen an. Leises Klirren. Katharinas Augen fixierten ihn. Roman wurde heiß. Er kam nicht los. Von ihrem Blick.

»Warum schaust du mich so an, Katharina?«

»Ich möchte, dass du diesen Augenblick nicht vergisst.«

»Werde ich nicht.«

»Ich möchte diesen Moment intim machen.«

»Damit ich weniger ablenke, richtig?«

»Ja.«

Roman zerschnitt ein Brötchen. Bestrich die Hälften mit Leberwurst und Mett. Tunkte mit der Gabel ein aufgespießtes Würstchen in die Senfschale. Konnte sich nicht entscheiden, wo er zuerst reinbeißen sollte. Das Würstchen.

»Roman, du bist ein Mann, mit dem ich mir sehr viel vorstellen kann.«

»Wie bitte?« Roman hatte gerade einen Schluck aus dem Sektglas genommen. Verschluckte sich. Sekt lief aus seinen Mundwinkeln. Kohlensäure stieg auf. In seine Nase. Er musste niesen. Mehrfach. Peinlich. Gäste drehten sich zu ihm um. Roman nahm die Serviette. Schnäuzte.

»Wie kannst du so was Verrücktes sagen? Ich bin verheiratet. Ich stehe bald vorm Altar.«

»Ich kann.«

»Wie meinst du das, alles vorstellen?«

»Was ist so schwer daran zu verstehen.«

»Du kennst mich doch gar nicht. Weißt nichts über mich. Das hier ist mein Junggesellenabschied.«

»Und du suchst die Nähe zu einer anderen Frau. Fährst mit ihr nach Rügen. Sogar heimlich. Oder hast du es deinen Freunden erzählt?«

»Ich habe einen Zettel hinterlassen.«

»Roman, hör zu. Ich mache keine großen Umwege mehr. Ich kürze ab. Wenn ich kann. Oder ich keinen anderen Weg sehe. Ich bin über Vierzig. Das Leben ist kurz. Ich habe keine Zeit oder Lust mehr, Dinge zu tun, die ich

173

nicht mag. Die mir nicht gut tun. Mir vorgeschrieben werden.«

»Ja, ja, das verstehe ich nur allzu gut, aber …«

»Roman! Ich hatte einen dieser herausragenden Momente mit dir. Hörst du das? Verstehst du das?«

»Wie? Wow. Nein. Ich verstehe es nicht. Habe am Anfang kein vernünftiges Wort rausgebracht. Hatte peinliche Auftritte. Bin mit den Jungs ständig am Trinken. Labere Blödsinn. Bin verheiratet.«

»Ich weiß nicht, was du mir sagen willst, Roman. Ich will dir sagen, dass sich bei mir ein Schalter umgelegt hat, als ich dich das erste Mal sah. Alles andere ist im Moment nebensächlich für mich. Bis auf deine Frau.«

»Beate.«

»Von mir aus. Ich glaube, dass ich dich mit meinem Herzen und nicht mit meinem Verstand sehe. Ich habe in den letzten Jahren für mich gelernt, mehr meinem Bauch, meinem Gefühl, meinem Herzen und nicht den Gedanken, meinem Verstand zuzuhören, zu vertrauen. Und mit Vernunft hat diese Geschichte hier nun wirklich nichts zu tun. Es wurmt mich enorm, dass du vergeben bist. Ich mag mich nicht dafür. Ärgere mich sogar über mich, dass ich mich in so eine Situation begebe und wahrscheinlich hoffnungslos zwischen zwei Stühle setze.«

»Das gilt dann wohl für uns beide.«

»Nein. Du kannst einfach zurück zu deiner Frau fahren und im Programm fortfahren.«

»So einfach ist das nun auch wieder nicht. Indem ich hier mit dir sitze, habe ich Beate bereits verraten.«

»Das ist deine Sache. Wieder zu mir. Es ist lange her, dass ich einen herausragenden Moment empfunden habe. Wir haben darüber gesprochen. Mein allererstes Gefühl in Bezug auf dich hat sich bestätigt. Ich wollte mit dir hierherfahren, um mich in Ruhe und vor allem allein mit dir unterhalten zu können. Vielleicht in der Hoffnung, dass dich das entzaubert. Dass kein wirkliches Gefühl für dich in mir da ist. Sondern nur eine Sehnsucht. Eine Projektion.«

»Aber wie kannst du nach kurzer Zeit so etwas empfinden?«

»Empfindungen sind da oder nicht. Im Grunde genommen können wir nicht nichts fühlen. Vielmehr geht es darum, ob man die Empfindungen willkommen heißt oder abweist. Verpanzert war ich lange genug vor und nach Thomas.«

»Thomas ist dein Ex?«

»Ja.«

»Ich bin seit Kurzem verheiratet. Und treffe jetzt auf dich. Was soll mir das sagen?«

»Ich weiß es nicht. Das ist dein Leben. Gibt es für das hier einen richtigen oder falschen Zeitpunkt? Glaube mir, ich würde liebend gern mit einem ungebundenen Mann hier sitzen.«

»Verrückt.«

»Nein. Das Leben. Ganz einfach.«

»Wenn ich dir zuhöre, denke ich oft, ich würde zu mir selbst sprechen.«

»Vertrautheit. Benjamin hat mir einiges über dich erzählt, was mich beeindruckt hat. Wie gefühlvoll, empfindsam, achtsam, gedankenvoll, lustig, verrückt, aber auch verloren du sein kannst. Ich hatte also schon eine ganze Menge Informationen über dich. Deine Freunde mögen dich sehr. Ich beginne, das zu verstehen.«

»Benjamin hat …?«

»Ja, ist das so verwunderlich?«

»Wahrscheinlich nicht. Mensch, Katharina, was tun wir nur hier? Ich bin vergeben, verheiratet, habe in Beate meine Frau gefunden. Verdammt!« Roman sah beinahe flehentlich aus.

»Beruhige dich. Es ist noch nichts passiert.«

»Nichts passiert? Das werden meine Freunde anders sehen. Tun sie jetzt schon. Und ich? Ich werde unsere

Stunden nicht einfach ad acta legen können. Ich habe mich nun einmal für Beate entschieden.«

»Mein Ex hat mit mir zusammengewohnt. Ein Fitnessstudio mit mir geleitet. Wir haben unser Geld zusammengeschmissen. Zukunftspläne geschmiedet. Von Liebe gesprochen. Das hat ihn nicht davon abgehalten, alles hinzuschmeißen. Roman, noch mal, sei es, wie es ist. Ich möchte keine Chance, keinen wichtigen Augenblick mehr in meinem Leben verpassen. Ich habe schon zu viele verpasst. Ich möchte sagen, was ich zu sagen habe. Auch wenn es aussichtslos erscheint. Es zu keinem guten Ende mit uns kommt. Selbst in diesem Fall führt es mich irgendwo hin. Man findet immer ein Aber. Aber ist die Treppe nach unten. Führt selten zu etwas Gutem. Hoffentlich sitze ich nicht mit Sechzig da und jammere über mein ausgelassenes Leben. Lieber über mein gelebtes. Ich hätte mir auch eine andere Ausgangssituation mit dir gewünscht.

»Du bist echt mutig, Katharina. Respekt.«

»Mutig oder dumm. Wie auch immer. Danke. Hast du noch nie alles auf eine Karte gesetzt, Roman?«

»Nein.«

Roman verlor sich wieder in Katharinas Augen. Tauchte ein. Schwamm. Ließ sich treiben. Genoss - riss sich los. Er durfte doch nicht. Verbotene Zone.

»Katharina, Scheiße. Das ist alles so heftig. Darf nicht sein. Ich bin total verwirrt. Kann im Moment keinen klaren Gedanken fassen. Muss das erst mal sacken lassen. Irgendwie ist gerade ein Panzer über mich rübergerollt.«

»Bis auf den Panzer einverstanden.«

»Lust auf einen Strandspaziergang? Ich brauche frische Luft.«

»Das war im Plan vorgesehen.«

»Oh.«

»Und jetzt blick nicht so finster drein. Du klebst nicht zermatscht unterm Panzer.«

»Wer weiß.«

»Und jetzt iss weiter. Die Leberwurst ist besonders lecker.«

Sie mag Leberwurst. Als Roman die Rechnung bezahlen wollte, lehnte Onkel Peter mit einem Grinsen ab.

»Mach es gut, Junge.« Roman ärgerte sich ausnahmsweise nicht über den ›Jungen‹. Onkel Peter und Katharina verabschiedeten sich herzlich.

Schaumkronen

Katharina hatte sich eingehakt. Wieder. Ganz selbstverständlich. Einfach so. Ihre Schritte bewegten sich im Einklang. Die Straße entlang. Dem Meer entgegen. Roman konnte ihren Körper spüren. Den Körper einer anderen Frau. Nichts Falsches lag darin. Wie konnte das sein. Wärme. Vertrautheit. Aufgeregtheit. Erregtheit.

»Frierst du?«

»Nein, nein. Es ist ein wohliger Schauer nach dem Frühstück.«, log er. Roman hatte kurz gezittert.

Sie stiegen die steile Holztreppe zum Strand hinunter. Hatten es nicht eilig. Unten angelangt zog Katharina ihre Sandalen aus. Ließ sie im Sand liegen.

»Und wenn die jemand klaut?«

»Dann ist es so.«

Roman überlegte. Zögerte. Zog schließlich Schuhe und Socken aus. Stellte sie neben Katharinas Sandalen. Krempelte die Hose hoch. Katharina beobachtete ihn. Was sie wohl denkt. Roman hatte keine Idee. Er durchschaute sie einfach nicht. Über den feinen, körnigen, weißen Sandstrand gingen beide in Richtung Baabe. Der Sonne entgegen. Dieses Mal hatte Katharina sich nicht bei ihm eingehackt. Roman wünschte es sich. So sehr. Den Hauptstrand ließen sie links liegen. Auf der Landseite thronte der Selliner Forst auf der Steilküste über ihnen. Katharina steuerte die Wasserkante an. Ließ Roman stehen. Watete ein Stück ins Wasser hinein. Der Saum ihres Kleides wurde nass. Das schien Katharina nicht zu stören. Roman folgte ihr.

»Machst du das immer?«, fragte er sie.

»Ich begrüße das Meer.«

»Das mache ich auch!«

»Eine Gemeinsamkeit. Wunderbar.« Katharina spritzte mit dem Fuß Wasser in Romans Richtung. Er in ihre. Beide lachten. Standen nebeneinander. Blickten auf den unendlichen Horizont des Meeres. Still. Roman genoss die Wärme der Sonne. Salzgeschmack. Katharina nahm seine Hand. Endlich. Großartig. Los! Trau dich. Roman streichelte ihre Hand. Zaghaft. Zärtlich. Seine Finger glitten über ihre Haut. So weich. Der Augenblick war vorbei. Katharina ließ seine Hand los. Lief zum Ufer. Roman blieb stehen. Starrte auf das Wasser. Leicht trüb. Sand. Kaum Wellen. Hier und da kleine Fische. Roman horchte in sich hinein. Stimmengewirr. Aufregung. Chaos. Kein klarer Gedanke. Nichts zu machen. Zurück zum Ufer. Katharina hockte mit angezogenen Knien im Sand. Sah ihn an. Roman setzte sich neben sie. Hoffte, dass sie seine Hand nahm. Vergeblich.

»Du hast sehr schöne Füße, Katharina.« Die auslaufenden Wellen umspülten ihre Zehen, Ballen. Das Wasser floss zurück. Versickerte. Katharinas Füße sanken im Sand ein. Stück für Stück.

»Danke.«

»Ich habe sie überall gesucht.«

»Schöne Füße?«

»Nein, nein. Entschuldige. Ein Gedankensprung. Es geht um die Suche nach der Einen.«

»Was soll das denn jetzt?«

»Warte, ich möchte auf etwas hinaus. Vielleicht brauche ich einen Umweg dafür … Ich wollte die Eine erkennen. Sie musste irgendwo da draußen sein. Irgendwo da draußen. Würde ich ihr auf der Straße, im Cafe, im Restaurant, in der U-Bahn oder sonst wo begegnen? Ich hatte immer Angst, dass ich diesen Moment verpassen, er unbemerkt an mir vorbeiziehen könnte. Also habe ich Ausschau gehalten. War wachsam. Ich sah die Frauen an in der Hoffnung, die Eine zu erkennen. Kaum eine erwiderte meinen Blick. Sie sahen zu Boden. Entdeckten ihr Interesse für den Rinnstein. Die Fassadenarchitektur. Den Himmel. Oder guckten sich Schaufensterauslagen für Bauzubehör an. Ben sagte mal, man müsse schon nackt über den Ku'damm laufen und wie Brad Pitt aussehen, um in Berlin überhaupt von einer Frau beachtet zu werden. Deutsche Frauen denken, man wolle mit ihnen schlafen, wenn man sie auch nur anschaut. Spanierinnen sind da anders. Die schauen, lächeln mal zurück. Unverfänglich. Ich verliebte, entliebte mich, doch gefunden habe ich die Eine nicht. Die Beziehungen fühlten sich nie wirklich, wahrhaftig, nie richtig an.«

»Was auch an deiner krampfhaften Suche nach der Einen oder an deiner Erwartungshaltung gelegen haben mag. Deine Frauen hatten doch von vornherein keine Chance. Die Eine. Wer bitte soll das sein? Ansonsten verschreckst du Menschen, wenn du sie anstarrst. Sie wissen nicht, was du von ihnen willst.«

»Mag sein, bis auf Beate.«

»Sie ist die Eine?«

»Ja.«

»Will sie das Etikett überhaupt?«

»Ich denke schon.«

»Hast du sie gefragt?«

»Wir reden öfter über dieses Thema.«

»Ihr, du oder sie?«

»Wohl eher ich.«

»Will sie es nun?«

»Ich denke schon. Es schmeichelt ihr. Hat sie gesagt.«

»Ich kann mir vorstellen, dass deine Frau sich unter Druck gesetzt fühlt. Das führt meistens zu nichts Gutem.«

»Hmh, vielleicht hast du recht.«

»Ich jedenfalls möchte auf keinen Thron gesetzt werden.« Roman sah Katharina in die Augen. Er genoss diese Momente immer mehr. Verbundenheit. Intimität.

»Wie waren denn deine Freundinnen vor deiner Einen, dass du so vehement nach dieser Einen gesucht hast?«

»Die Frauen, die ich traf, haben mich schnell gelangweilt.«

»Und bei deiner Frau ist es nicht so?«

»Nein.«

»Warum fandest du die Frauen langweilig?«

»Nichts schien den Frauen wirklich von Bedeutung zu sein. Sie hatten keine Begeisterung, kein Feuer, kein Brennen, keine Leidenschaft, keine Vision in sich. Das kann doch nicht alles gewesen sein? Geboren werden, scheißen, fressen, ficken, sterben!?«

»Du maßt dir an, all das abzudecken? Suchst also dich in der Einen? Dann hättest du dein Spiegelbild heiraten sollen.«

»Was? Ich weiß, es ist schwer das zu verstehen, aber …«

»Roman, ich habe selbst damit angefangen, aber lass uns das bitte so stehen lassen. Schau mal. Rügen. Der Strand. Die Sonne. Der Moment ist zu schön. Ich möchte keinen anderen in diesen Augenblick hineinlassen. Er gehört uns.«

»Uns?«

»Ja. Uns.«

»Wie soll es jetzt schon ein Uns geben?«

»Wann beginnt, wann endet ein Uns? Okay Roman, was willst du mir denn eigentlich die ganze Zeit wirklich sagen?«

»Beate ist die Eine. Sie trägt das Mal - auf das ich gewartet habe.«

»Du sitzt hier neben mir auf Rügen am Strand und singst ein Hohelied auf Beate?

»Ich -«

»Geschmacklos. Sprichst du eigentlich momentan zu mir oder dir? Wen willst du eigentlich mit dem Gequatsche über die Eine überzeugen?«

»Ich muss das doch ansprechen dürfen.«

»Ich bin dafür der völlig falsche Ansprechpartner! Sprich mit deinen Freunden oder sonst wem über Beate. Sing das Lied woanders. Ich labere dich auch nicht mit meinem Ex voll. Langsam werde ich sauer. Wo ist denn deine angebliche Einfühlsamkeit geblieben? Was soll denn die ganze Scheiße mit dem Mal?«

»Es ist das, was nur die Eine trägt. Was dein ganzes Leben verändern kann.«

»Na klar, und du erkennst das Mal und schwupp wird geheiratet!«

»Ganz so einfach ist das auch nicht.«

»Das ist mir zu esoterisch. Wenn Beate deine große Liebe ist, warum stehst du Händchen haltend in der Ostsee und streichelst die Hand einer anderen Frau, insbesondere wenn du auch noch ein großer Verfechter von Anstand und Moral bist und über andere richtest?«

»Verdammt! Eine gewisse Katharina bringt momentan in meinem Leben alles durcheinander. Ich merke ja auch, dass ich nur Blödsinn rede. Ich will dir was sagen. Finde aber die richtigen Worte nicht. Ganz im Gegenteil. Natürlich ist es scheiße, mit dir über Beate zu sprechen ... Ach, ich weiß auch nicht.« Roman scharrte mit den Füßen im Sand.

»Ausnahmezustand?«

»Ja.«

»Na gut. Dann spielen wir das mal kurz durch. Aber dann ist Schluss damit.«

»Versprochen! Danke.«

»Habe ich so ein Mal?«

Roman sah Katharina lange an. Ihre Augen. So grün. Dieses Leuchten.

»Ich, ich weiß es nicht.«

»Ja oder nein?«

»Ich bin so verwirrt.«

»Wie sieht das Mal denn aus?«

»Es ist unsichtbar für andere.«

»Und was siehst du?«

»Das Mal ist eher imaginär. Man spürt es.«

»Aha. Und wo ist es bei Beate?«

»Auf der Stirn.«

»Also erkennen nur die füreinander Bestimmten sich?«

»Ja.«

»Kannst du es bei mir nun sehen oder nicht?«

»Ja! Aber das kann nicht sein! Darf nicht.«

»Gut! Kann man bei zwei verschiedenen Personen das Mal zur selben Zeit sehen?«

»Eigentlich nicht.«

»Und was bedeutet das jetzt für dich?«

»Keine Ahnung. Das ist es ja, was mich so verwirrt. Ich dachte immer, dass nur eine es tragen kann.«

»Können auch Männer dieses Mal tragen?«

»Ich habe noch keinen getroffen.«

»Kann sich das Mal übertragen?«

»Ich denke nicht.«

»Kann es sein, dass du dir dieses Zeichen einbildest? Bei ihr, bei mir, bei uns beiden? Es einfach dort hinpackst, wo du es gerade hinhaben möchtest?«

»Ich habe es doch vorher nie gesehen. Dann kam Beate.«

»Beate. Beate. Ich kann diesen Namen langsam nicht mehr hören, Roman.«

»Ich kann gerade nicht klar denken. Überhaupt nicht.«

»Okay, hol es nach. Warte aber nicht zu lange damit!«

»Und was machen wir jetzt?«

»Den Moment genießen. Ansonsten brauchst du Klarheit, Roman. Die kann kein anderer für dich schaffen.« Katharina sah ihn ernst an.

»Ich habe nicht den blassesten Schimmer. Du bist erst seit ein paar Stunden in meinem Leben. Und schon ist alles durcheinander. In der letzten Zeit hatten sich scheinbar alle Teile in meinem Leben zusammengefügt. Sie griffen ineinander. Verzahnten sich. Funktionierten. Es ging endlich bergauf. Was wird sein, wenn ein Zahnrad ausgewechselt wird? Verdammt, ich bin ein Kontrollfreak, Katharina! So was wie mit dir, habe ich nicht einkalkuliert!«

»Hierfür gibt es keinen Taschenrechner.«

»Ich hatte mich doch nur auf einen ruhigen Junggesellenabschied eingelassen.«

»War Beate Kalkül?«

»Nein. Ich denke, hoffe nicht.« Roman ließ Sand durch seine Finger gleiten.

»Okay, das reicht für den Moment. Ich möchte nicht, dass dieser Augenblick komplett zerstört wird. Lass uns ein Stück laufen.« Roman stand zuerst auf. Bot Katharina die Hand. Zog sie hoch. Katharina nahm beim Gehen seine Hand. Als wäre es das Normalste der Welt. Wie schön. Wunderbar. Wundervoll.

»Aber, was bin ich denn nur für dich? Ich will es einfach verstehen.«, fragte Roman.

»Alles, was ich dir zu sagen hatte, habe ich gesagt. Jetzt ist es gut. Übrigens mit Herman Hesse und Demian konnte ich nie viel anfangen.«

»Was? Du hast es gelesen? Du weißt, woher ich das mit dem Mal habe?«

»Ja.«

»Du bist unglaublich! Wie …«

»Wieder das Klischee der Fitnessstudiotante?«

»Ich …«

»Lass uns den Strand genießen.«

»Schau dir die schönen Wellenkämme und Schaumkronen an!«, Roman zeigte aufs Wasser. Der Wind hatte zugenommen.

»Was du manchmal für Wörter benutzt!«

»Findest du die komisch?«

»Ja. Aber. Ungewohnt trifft es vielleicht besser.«

»Okay. Einen habe ich noch. Wie wäre es damit? Schau dorthin, wo der Horizont das Meer verschluckt, das Wasser am Rand der Scheibe hinunterfällt!«

»Kitschig.«

»Autsch!«

»So, Herr Philosoph, was ist damit. Wofür lebst du?«

»Es gibt Räume in uns, die nicht dazu bestimmt sind, allein in ihnen zu leben. Ich wünsche, sie mit einer Partnerin zu bewohnen. Aber letztlich – alles in allem, lebe ich für die Liebe.«

»Die Liebe.«

»Ja. Sie ist der Sinn des Lebens. Einen anderen habe ich bisher nicht gefunden.«

»Bist du einsam?«

»Öfter.«

»Auch mit Beate?«

»Meine Einsamkeit hat mit ihr abgenommen.«

»Das beantwortet meine Frage nicht.«

»Vor manchen Antworten habe ich Angst. Was gesagt ist, ist gesagt. Und kann nicht ohne weiteres zurückgenommen werden. Ausgesprochen wird es zur Realität.«

»Übersetzt: Du hörst dich deine Wahrheit sagen und müsstest ihr folgen, wenn du kein Feigling sein willst.«

»Ja.«

»Was ist das Beste, was du je getan hast?

»Kein Arschloch zu werden?«

»Du bist keins?«

»Na, wenn du so fragst, müssen das andere beantworten.«

»Das Mieseste, was du gemacht hast?«

»Lügen ... betrügen.«

»Wenigstens ehrlich.«

Nach einer Weile setzten sie sich an einer einsamen Stelle erneut in den Sand. Sie schwiegen. Müdigkeit übermannte Roman. Er schlief in Katharinas Schoß ein. Geborgen.

Abfahrt

Nachmittag. Der Bulli hielt. Frauen und Männer standen auf. Sie schienen guter Laune. Neugierig. Einige blickten abwartend drein. Ärger war in ihren Gesichtern nicht auszumachen.

Roman stieg aus. Lächelte. Bloß keine ernste Miene. Alles im Griff. So musste es aussehen. Seine Freunde würden ihn ins Kreuzverhör nehmen. Auseinandernehmen. Mit Sicherheit. Irgendwann. Aber nicht jetzt. Das Stimmengewirr in ihm reichte, beschäftigte ihn, füllte ihn aus. Lähmte. Die Rückfahrt von Rügen. Wenig Worte. Viel Vertrautheit. Berührung. Zärtlichkeit.

Eine weitere Rückfahrt stand bevor. Zu Beate. Verbunden mit einem Abschied. Von Katharina. Es musste ein Abschied sein. Für immer. Alles andere: unvorstellbar.

Das Gepäck der Männer lag auf der Terrasse der Frauen. In dem Stapel konnte Roman seinen Seesack ausmachen. Seine Freunde tranken Bier. Die Frauen Sekt. Bis auf Gertrud.

»Dann ist es ja doch noch ein richtiger Junggesellenabschied geworden! Volles Programm. Treffer und versenkt!«, Benjamin grinste über beide Ohren.

»Schurke, Schurke!«, riefen Till, Samuel und Thoren. Bernd zeigte keine Reaktion. Benjamin reichte Roman ein Bier. Seine Freunde stießen mit ihm an. Außer Bernd. Der hob seine Flasche ein wenig. Sah Roman an. Die Stimmen in Roman wurden lauter. Noch lauter. Roman wusste nicht, was er sagen sollte. Also sagte er nichts.

»Mensch, Roman, entspann dich! Was hier passiert ist, bleibt auch hier!« Samuel schlug ihm auf die Schulter. Till tat es ihm gleich. Thoren grinste. Kein Wunder. Ein großer Joint qualmte zwischen seinen Fingern.

»So, ihr Hübschen, verabschiedet euch mal brav voneinander. Roman, wir hätten die Hütten eigentlich bis 12 Uhr räumen müssen. Habe dem Platzwart ein kleines

Trinkgeld gegeben, auch den Putzfrauen. Alles in Ordnung. Aber nun geht es los!«, sagte Benjamin.

Autos wurden beladen. Die Männer halfen den Frauen, ihre Sachen in den Bulli zu laden.

Drücken. Verabschieden. Floskeln. Roman sah Katharina an. Sehnsucht. Nähe. Er zitterte. Innerlich. Wieder. Katharinas Gesicht war nicht zu deuten. Auch eine Aussage. Roman drückte Katharina an sich. Küsste sie. Links und rechts auf die Wange. Er wollte nicht loslassen. Katharina hingegen schon.

»Komm gut heim.« Mehr sagte sie nicht, trat beiseite. Heim. Das saß. Wie meinte sie das? In Bezug auf Beate? Natürlich. Was sonst. Und da war sie. Die Abfahrt. Einfach so. Aus und vorbei. Schon fuhren die Freunde. Weg von der See. Von Katharina. Nach Hause. Zu Hause.

»Vom wem ist der Song?«, fragte Roman.

»De/Vision!«

»Kenne ich nicht.«

»Ab jetzt für den Rest deines Lebens!« Benjamin grinste. Stellte lauter.

»Du Hund!«

Im Refrain dudelte »Try to forget, what you can't forget.« Benjamin drückte auf Wiederholung. Der Kehrreim hatte sich bereits in Roman hineingefressen. Benjamin hatte Till auf der Landstraße abgehängt. Fuhr nun auf der Autobahn über 200 km/h. Die Landschaft flog vorbei. Kilometer über Kilometer. Weg von Katharina. Die Stimmen in Roman wurden ruhiger. Benjamin beschleunigte. Thoren schlief. Roman genoss die Geschwindigkeit. Den Rausch. Flüchtige Bilder. Frei. Wie ein Vogel.

»Try to forget, what you can't forget.«, scholl es aus den Lautsprechern. Roman musste kurz lächeln.

»Geht es weiter?«

»Wie weiter?« Benjamin und Roman mussten sich fast anbrüllen. Der Boxermotor röhrte. Die Bässe dröhnten.

»Na, mit Katharina und dir?«

»Bist du verrückt? Nee, nee, Alter. Ich bin vergeben.«

»Weiß ich. Erzähl mal was Neues!«

»Wir haben keine Adressen oder Telefonnummern getauscht. Ich kenne nicht mal ihren Nachnamen! Das war es. Aus und vorbei. Besser so.«

»Ihr seid einfach auseinander gegangen?«

»Ja.«

»Wirklich?«

»Nein.« Roman schluckte.

»Aha.«

»Katharina will in einem Jahr zur selben Zeit am selben Ort sein.«

»Wie in dieser amerikanischen Hollywoodschnulze?«

»Ja.«

»Mensch, das ist doch alles Blödsinn. So eine Scheiße gibt es doch nur im Film!«

»Oft dient das Leben als Vorlage für Filme. Nicht alles ist erfunden.«

»Ah, Herr Schlaumeier. Danke für den Kurzvortrag. So'n Quatsch. Ist es wegen Beate?«

»Was soll mit Beate sein?«

»Willst du Katharina ihretwegen nicht wiedersehen?«

»Natürlich. Ich bin verheiratet.«

»Auch nicht in einem Jahr?«

»Lass die Scheiße. Verarsch mich nicht auch noch. Und lass das blöde Grinsen.«

»Und wenn es Beate nicht gäbe?«

»Wenn, wenn, wenn. Beate gibt es aber.«

»Mann, was war das dann mit Katharina?«

»Ach, Wochenendromanze. Torschlusspanik. Selbstbestätigung. Was weiß ich.«

»Alter, quatscht du Müll!«

»Was soll denn sonst sein?«

»Ich habe dich noch nie so gesehen. Habt ihr wenigstens gefickt?«

»Was? Nein, natürlich nicht.«

»Aha, nein, natürlich nicht. Der Herr, unser Roman ist anders. Jeder. Nur er nicht ... Ach, übrigens, ich weiß, wo sie arbeitet. Nur so für den Notfall.«

Romans Lippe schmeckte blutig. Der Tacho zeigte Zweihundertvierzig.

Kurz hinter Waren zog Benjamin von der linken Spur auf die Standspur rüber. Ohne Rücksicht. Ohne Blinken. Erntete Hupattacken. Roman war es egal.

»Ich habe Till gesagt, dass wir hinter der Abfahrt Waren auf ihn warten.«

»Okay.« Roman öffnete die Tür. Ließ ein Bein raushängen.

»Wo, wo sind wir?«, Thoren war erwacht. Streckte sich.

»Waren. Wir machen gleich Pause.« Benjamin stieg aus. Autos rauschten vorbei. Viel zu nah.

Lichthupe. Till. Benjamin stieg ein. Startete den Motor. Roman schloss die Tür. Vollgas. Autobahn. Nächste Parkplatzausfahrt. Raus. Anhalten. Tür auf. Roman und Thoren stiegen aus. Benjamin spielte erneut *Try to forget*. Regelte die Lautsprecher auf Maximum. Stieg danach aus. Erklärte Samuel, Till und Bernd, was es mit dem Lied auf sich hatte. Allgemeines Grinsen. Außer Bernd. Kein Mienenspiel. Hier war Roman also. Irgendein Parkplatz. Nördlich von Berlin. Abschluss seines Junggesellenabschieds. Zurück zu Beate. Weg von Katharina. Seine Freunde schienen guter Dinge. Keine Vorwürfe. Keine Fragen. Keine Anspielungen. Sein Leben hatte sich in den letzten achtundvierzig Stunden verändert. Roman wusste das. Katharina würde so nah und doch so fern sein. Wie sollte er gleich mit Beate umgehen? Normal. Natürlich. Was sonst. Was sollte er sagen? Nichts. Was auch. Würde sie etwas spüren? Er müsste ...

Samuel öffnete eine Büchse Rollmöpse. Warf sie über den schmalen Rasenstreifen mitten auf die Autobahn. Platsch.

Rollmopsteile flogen umher. Platsch. Platsch. Erneut. Seine Freunde lachten. Auch Bernd. Roman nicht.

»Leichen pflastern seinen Weg!«, zitierte Samuel. Roman kannte den Film mit Klaus Kinski. *Try to forget* lief schon wieder. Aber dieses Mal nur in Romans Kopf.

Rückkehr

Roman steckte den Schlüssel ins Schloss. Kam nicht zum Aufschließen. Die Tür öffnete sich. Beate. Im schwarzen Negligée. Durchsichtig. Roman schluckte.

»Und wie war es, Schatz?« Beate küsste, umarmte ihn. Weiche Lippen.

»Wow, ist das neu?« Roman trat einen Schritt zurück. Musterte Beate. Ihm war heiß.

»Nur für dich.« Beate zog das Negligée am Saum leicht nach oben.

»Upps!« Roman versuchte zu lächeln. Verdammt!

»Wie war dein Wochenende?« Beate ließ den Saum wieder los.

»Ach, das Übliche, Sternchen.« Roman stellte seinen Seesack in den Flur. Drückte Beate an sich. Küsste sie innig. Spürte die Wärme ihres Körpers. Nahm den Seesack. Ging Richtung Schlafzimmer. Auspacken. Zeit gewinnen. Von wegen.

»Komm erst mal her, erzähl!« Beate nahm Romans Hand. Führte ihn zur Wohnzimmercouch. Setzte sich. Blickte erwartungsvoll. Sah hinreißend aus.

»Da gibt es nicht viel zu erzählen. Das Übliche halt. Keine besonderen Vorkommnisse.« Roman stellte den Seesack neben die Couch und setzte sich zu Beate. Für einen Moment starrte er auf Beates Brüste, deren Konturen sich unter dem hauchdünnen Stoff abzeichneten. Eine Begrüßung, wie Roman sie sich nur wünschen konnte. Aber nicht heute.

»Du ziehst mit deinen Saufkumpels über ein komplettes Wochenende los. Feierst Junggesellenabschied. Und ich weiß nicht mal, wo.«, Beates Stimme wurde lauter und lauter, »Das Übliche sei passiert! Was soll denn das sein, das Übliche? Komm mir bloß nicht so!«

»Aber Sternchen, was soll ich erzählen? Du kennst doch unsere Wochenenden im Großen und Ganzen. Die haben dich doch nie wirklich interessiert. Ekelhaft hast du unsere Fahrten genannt.«

»Versuch erst gar nicht, abzulenken und mir den Ball zurückzuspielen. Das war hoffentlich kein hirnloses Besäufnis wie sonst.«

»Junggesellenabschiede sind immer hirnlose Besäufnisse. Bei euch Frauen ist es doch auch nicht anders.«

»Also habt ihr doch wieder nur gesoffen.«

»Nein. Wir sind an die Ostsee nahe Rostock gefahren.«

»An die Ostsee? Oh, das habe ich deinen Kumpels gar nicht zugetraut.«

»Siehst du.«

»Und wo habt ihr übernachtet?«

»In einer Finnhütte auf einem Campingplatz. Ich hatte zum Glück das ganze Erdgeschoss für mich. Die anderen haben die Schlafzimmer unterm Dach bezogen. Wir haben gegrillt. Gequatscht. Auch ernst. Natürlich auch was getrunken. Strandspaziergänge gemacht. Den Sonnenuntergang genossen.«

»Hast du es ihnen erzählt?«

»Ja.«

»Und?«

»Ich habe ordentlich was zu hören bekommen. Mich mehrfach entschuldigt. Etliche Runden ausgegeben. Es hatte nichts genutzt. Sie waren richtig sauer. Zum Glück haben wir uns dann aber doch noch richtig ausgesprochen. Ich hoffe, die Wogen haben sich einigermaßen geglättet.«

»Entschuldigt? Wofür?«

»Sie sehen mein Verhalten als Vertrauensbruch an.«

»Aha, also sind deine Freunde doch nicht so locker und entspannt, wie du behauptest hattest, wenn du mal eben ohne sie heiratest. Ich hatte es dir gleich gesagt.«

»Na ja, der Punkt war vielmehr gewesen, dass ich es ihnen nicht vor dem Wochenende gesagt und sie im Glauben gelassen hatte, ich wäre noch ledig. Und so war es für sie im Grunde kein Junggesellenabschied mehr gewesen.«

»Nachvollziehbar. Aber darüber hinaus wären sie bestimmt auch gern dabei gewesen. Wie unsere Eltern. Alle fühlten sich ausgeschlossen. Papa tut zwar so, als hätte er es akzeptiert, aber ich glaube, dass er sich noch nicht wirklich eingekriegt hat. Ich hatte es meinen Mädels wenigstens gleich erzählt. Na ja. Das war alles über euer Wochenende?«

»Ja.« Roman sah zu Boden. Er konnte nicht anders. Auch wenn es unklug war.

»Roman! Schau mich an. Da ist doch noch irgendwas.« Roman musste sie ansehen. Sonst wäre er überführt. Er sammelte sich. Schaute Beate an. Überlegte fieberhaft. Noch auf der Rückfahrt hatte er versucht, sich auf das Gespräch vorzubereiten, sich Antworten zurechtzulegen. Vergeblich. Alles war in Unordnung gewesen. Stimmengewirr.

»Nein, nein, ich bin nur müde. Habe kaum geschlafen. Dann noch der Alkohol …«

»Ich spüre es doch! Verarsch mich nicht.«

Beates Blick durchbohrte Roman. Er fühlte sich ausgezogen. Nackt. Beate im Negligée. Rote Fingernägel. Rote Fußnägel. Ihr Körper. So hübsch. Seine Ehefrau. Katharina. Verdammt! Sag nichts! Sag nichts! Oder? Vielleicht doch. Nein! Er konnte nicht. Wollte nicht. Durfte nicht. Alles würde einstürzen. Sein Leben. Wäre kaputt. Schmerz, Leere, Einsamkeit die Folge.

»Also?«

»Also was?«

»Die Herren Rhetoriker und Versteckspieler machen jetzt mal Pause.«

Konnte er es ihr doch sagen? Es wäre so befreiend. Vielleicht würde sie ihn verstehen? Vielleicht. Es ist doch nichts passiert. Eigentlich. Er könnte die Geschichte abwandeln. Nein. Sie würde ihm nicht glauben. So kurz vorm Altar. Nein. Er konnte es ihr nicht sagen. Er würde es auch nicht verstehen. Zweifel, Eifersucht würden folgen. Das kam nicht infrage. Er musste das mit sich selbst ausmachen. Wie so oft. Durfte seine Schuld nicht weitergeben. Gehört sich auch nicht. Was sollte er sagen?

»Also?«, fragte Beate erneut. Sie ließ nicht locker. Irgendetwas musste her. Roman schwitzte. Stark. Beate würde es merken. Noch misstrauischer machen. Er wäre geliefert ... Da war es! Endlich. Was für ein Glück. Roman freute sich. Nur durfte er es nicht zeigen.

»Also gut, ich - ich habe gekifft.«

»Gekifft? Du hast gekifft!«

»Ja, aber nur einen Joint. Nur einen. Tut mir leid. Ich weiß. Ich hatte es dir versprochen. Einmaliger Rückfall. Wirklich!«

Beate sah ihn eindringlich an. Roman hatte gestanden. Nur eben nicht die Wahrheit. Aber auch eine Wahrheit. Immerhin. Wie viel Wahrheit verträgt der Mensch? Roman wartete auf den Urteilsspruch. Wenn auch aufgrund einer falschen Anklage. Eines falschen Geständnisses.

»Fängst du wieder damit an?« Beates Stimme klang scharf. Zornig. Ihre Augenbrauen waren hochgezogen. Einer ihrer Zeigefinger deutete auf Roman. Wie ein Schwert. So rot. Der Nagellack.

»Nein, nein, versprochen!«

»Dann ist es ja gut. Sollte ich noch was wissen?«

»Nein, nein, Sternchen, da ist sonst nichts!« Roman atmete durch. Freispruch! Und er konnte Reue zeigen. Wofür auch immer.

»Okay, aber so einfach kommst du mir nicht davon.«

Roman erstarrte. Doch kein Freispruch?

»Erzähl mir jetzt, was ihr unternommen habt.«

»Warum?«

»Du hast schon recht. Sonst interessiert es mich nicht. Regt mich eher auf. Aber dieses Wochenende hat ja auch mit mir zu tun. Es war dein Junggesellenabschied.«

Roman entspannte.

»Ist ja gut, ist ja gut. Also, wir haben uns am Freitag bei Samuel getroffen ... «

Roman erzählte vom Campingplatz, von der Finnhütte, der Ostsee, vom Studentenclub, dem Altstadtfest, von seiner Beichte gegenüber seinen Freunden, von einigen Anekdoten. Beate sollte schließlich nicht misstrauisch werden. Ein Wochenende ohne Anekdoten? Unvorstellbar. Die hatte es immer gegeben. Das wusste sie. Auf die Krisengespräche mit seinen Freunden ging er nicht ein. Liebend gern hätte er mit Beate über die Probleme seiner Freunde gesprochen. Keine Chance. Emotionale Themen schaffte er jetzt nicht. Er würde sich vielleicht verheddern. Unter ihnen zusammenbrechen. Alles gestehen. Die Finnhütte nebenan ließ er komplett aus. Zu gefährlich. Roman schämte sich und war zugleich erleichtert. Davongekommen. Glück gehabt.

8. Juni - Montag

Ortsteil Tegel. Altbau. Fünf Stockwerke. Baustelle. Kernsanierung. Mittagspause. Roman hatte sich in die Arbeit gestürzt. Die Ablenkung gesucht. Aber nicht viel zustande gebracht. Katharina. Sie war da. In Gedanken. In Bildern. Ob er wollte oder nicht. Sie war da. Es durfte kein Wiedersehen geben. Natürlich nicht. Unzufrieden sah er sich den Teil des neuen Stucks an. Schlechte Arbeit. Seine Gedanken schweiften zum Vorabend.

Roman und Beate hatten miteinander geschlafen. Nach ihrer Unterhaltung. Leidenschaftlich. Auf dem Sofa. Das Negligée hatte Roman in Wallung gebracht. Dann war es passiert. Roman hatte dabei an Katharina gedacht. Und sich geschämt. Aber erst hinterher. In Löffelchenstellung waren sie auf dem Sofa eingeschlafen. Hatten sich erst mitten in der Nacht ins Bett gelegt.
»Ich sollte dich öfter mal wegschicken!«, hatte Beate am Morgen gut gelaunt verkündet, »Kiffen natürlich ausgenommen.«, gewitzelt.
»Wieso?«
»Du warst gestern Abend einfach klasse. So fordernd. Leidenschaftlich. Fast etwas ausgehungert. Ich bitte um Wiederholung. Baldige. Wehe nicht!«
Roman hatte gemacht, dass er zur Arbeit kam.

Da waren sie wieder. Die Stimmen. Das Plappern. Alle durcheinander. Schuldig. Schuldig. Es kommt nicht mehr darauf an. Du hast sie schon betrogen. Nein. Es ist noch nichts passiert. Wo fängt betrügen an? Was sie nicht weiß, macht sie nicht heiß. Richtig, aber wenn sie es weiß, dann macht es sie heiß. Wie würde es dir ergehen? Du würdest vor Eifersucht platzen. Stimmt. Stimmt. Egal. Egal? Nein, Katharina ist nicht egal. Doch! Wer ist sie schon? Vieles. Vieles. Nein. Kann sie noch nicht sein. Es ist vorbei. Nein, es hat erst angefangen. Was tun? Was tun? Schuldig. Schuldig.

»Hi, Alter, wie geht's?«
»Roman, bist du das?
»Ja.«
»Sag mal, spinnst du? Rufst mitten in der Nacht an!?«
»Es ist helllichter Tag und im Übrigen Mittag.«
»Scheiße, Mann, seit wann rufst du mich um diese unchristliche Zeit an?«
»Ich wollte … Ach, eigentlich nichts, nur so, ein bisschen quatschen, übers Wochenende, mache gerade Mittagspause. Kriege heute eh nichts auf die Reihe.«
»Ich rufe dich gleich zurück.«
Klick!

»Ich bin es, Ben.«
»Na, ein bisschen wacher?«
»Ja, deinetwegen. Leider. Seit wann hast du so eine große Sehnsucht nach mir, dass du mich um diese verfickte Uhrzeit anrufst? Das machst du doch sonst nie.«
»Ich, äh, ich …«
»Was willst du wirklich, Mann?«
»Nee, nee, nur ein bisschen quatschen. Einfach nur so. Das Wochenende war intensiv. Hallt nach in mir.«
»Scheiße, Mann, labere keinen Blödsinn.«
»Ich …«
»Konstanzer Straße 15. Gute Nacht.«
Klick!

Roman musste sich hinsetzen. Seine Hände zitterten. Die Stimmen. Schuldig. Schuldig. Vorbei. Vorbei. Ja. Ja. Nein. Nein. Roman blickte durch die neu eingesetzten Fenster zum Himmel. Das Wetter war nicht so schön wie am Wochenende. Katharina arbeitete nicht in Melbourne, nicht in Madrid, nicht in München. Sie war in diesem

Augenblick vielleicht 15 Kilometer Luftlinie entfernt. Konstanzer Str. 15.

»Guten Tag, was kann ich für Sie tun?« Eine junge Frau im Trainingsanzug trat hinter dem Tresen hervor. Lächelte ihn an.

»Äh, guten Tag, ich möchte zu Katharina.«

»Aha, in welcher Angelegenheit? Die junge Frau musterte den Bauarbeiter mit einer Rose in der Hand. Abschätzig? Sie ließ es sich jedenfalls nicht anmerken.

»Äh, privat.«

»Wen darf ich melden?«

»Roman, bitte.«

»Bitte warten sie hier.« Die Frau verschwand. Roman sah sich im Vorraum des Studios um. Modernes Mobiliar. Sanfte Farben. Viel Beige. Pflanzen. Die Frau kam mit Katharina zurück. Plaudernd. Katharina musterte Roman. Lächelte.

»Hallo, Roman, Kleider machen Leute. Spaß beiseite. Lass uns rausgehen. Aber nur kurz, ich habe zu tun.« Die junge Frau verdrehte die Augen.

» Hallo, Katharina.«

»Montagnachmittag. Du bist schnell. Ist die Rose für mich?«

»Ja, ja, entschuldige. Hier bitte!«

»Danke!«

»Bist du nicht überrascht?«

»Nicht wirklich.«

»Und dass ich dich gefunden habe?«

»Ich habe Ben nicht ohne Grund die Anschrift des Studios gesagt.«

»Oh.«

»Mensch, Roman, manchmal stehst du wirklich auf der Leitung.«

»Das merke ich gerade sehr deutlich.«

»Ich habe gleich einen Kunden. Sag, was du zu sagen hast.«

Roman wurde eifersüchtig.

»Ich wollte dich einfach nur sehen.«

»Das macht es nur schwerer.«

»Tut mir leid.«

»Okay, Mr. Casanova in Bauarbeiterklamotten. Es berührt mich, dich zu sehen, auch, dass du mich sehen willst, aber nicht einfach nur so. Du musst erst einmal eine Antwort für dich finden.«

»Ja, ja. Ich weiß.«

»Ich muss rein.«

»Wie wollen wir denn jetzt auseinandergehen, Katharina?«

»Sag du es mir.«

»Ich weiß es nicht, verdammte Scheiße!«

»Warum bist du dann hier aufgetaucht?«

»Antworten. Natürlich. Ich suche nach Antworten. Bin total verwirrt. Fragen über Fragen. Herz, Kopf, Seele. Alles plappert durcheinander. Alles dreht sich. Ich verliere den Halt. Suche. Stochere in der Schwärze herum. Finde nichts. Außer Schwärze. Vielleicht ist die Antwort schon da. Nur sehe ich sie nicht.«

»Sehr, sehr metaphorisch. Wie auch immer. Die Antwort musst du selbst finden, Roman. In dir. Ich kann dir da nicht helfen. Will es auch nicht. Und hoffe, dass da nicht nur Schwärze ist. Du bist der verheiratete Mann. Du bist gebunden. Du kreuzt hier auf. Ich spreche nur für mich. Ich würde gern herausfinden, was mit dir möglich ist. Das habe ich dir gestern schon gesagt. Vielleicht kann ich auch eine kleine Weile warten. Aber nicht lange. Du trittst bald vor den Altar. Wiederholst dein Ja-Wort gegenüber einer anderen Frau. Das ist für mich im Augenblick kaum vorstellbar. Tut weh. Jetzt schon. Vielleicht geht nach deiner Hochzeit bei mir nichts mehr, schließt sich mein Zeitfenster mit dir. Ich bin keine Frau für die zweite Reihe, Roman.«

Roman zuckte zusammen. Ann-Kathrins Worte. Damals hatte er sich für Charlotte entschieden. Aus Feigheit. Und es später bereut. Aber das mit dem Später bringt eh nichts. Verdammt!

»Katharina, ich bin verzweifelt.«

»Du hast allen Grund dazu. Stehst mit einer roten Rose vor einer Frau und vor einer Hochzeit mit einer anderen, in der du bislang deine Traumfrau gesehen hast. Du steckst wirklich mitten in der Scheiße.«

»Ich weiß nicht, was wir tun sollen.« Roman wollte Katharinas Wange streicheln. Katharina zuckte kurz zurück. Ließ es dann zu.

»Es gibt in diesem Punkt noch kein Wir. Finde deine Wahrheit. Für dich, deine Frau, mich. Schnell. Sonst wird es noch verletzender. Für uns alle.« Katharina sah traurig aus. Das erste Mal.

»Ich muss jetzt wieder rein.« Katharinas Gesichtszüge wurden hart. Alles Weiche war verschwunden. Verabschiedung. Das war es. Schon wieder. Unschlüssig blieb Roman noch einige Minuten vor dem Flachdachgebäude stehen. Alles war nur noch schlimmer geworden. Er fuhr zur Baustelle zurück. Der Bauleiter schimpfte mit ihm. Über seine lange Mittagspause.

Neid

»Mach nicht so ein Gesicht!«, flüsterte Beate.

»Mache ich doch gar nicht.«, murmelte er zurück.

»Roman, ich kenne dich gut genug. Lass es!«

»Ich mache kein Gesicht. Was soll das überhaupt heißen, ein Gesicht machen? Was für ein blödes Sprichwort.«

»Roman, lenk nicht ab. Lass es einfach. Sabines Eltern schauen schon rüber.«, zischte Beate, während sie weiter nach vorn schaute. Zum Altar.

Sonntagmorgen. Schönhauser Allee. Katholische Kirche. Kleine Saalkirche. Einschiffig. Familienangehörige saßen auf der rechten Seite, Freunde und Bekannte links. Beate hatte sich auf die Taufe von Mikka, dem Sohn von Sabine und Klaus, gefreut. Sabine hatte für Beate und Roman Plätze in der ersten Reihe reserviert. Roman hätte lieber hinten gesessen. Bei den wenigen Gemeindemitgliedern, Gläubigen und anderen, die in der Kirche Zuflucht gefunden hatten. Auf dem Präsentierteller fühlte er sich unwohl. Zumindest heute. Kirche. Altar. Gottesdienst. Beate. Bald. Bald. Katharina. Der Zeremonie folgte Roman nur am Rande. Aus den Augenwinkeln beobachtete er die Menschen um ihn herum. Drehte den Kopf kaum merklich. Erste Reihe. Nur nicht auffallen. Beate strahlte. Sein Blick kehrte immer wieder zu einer ihm unbekannten Person zurück.

»Was ist denn mit dem los?«, murmelte Roman lauter als beabsichtigt. Mist. Jetzt würde er Ärger bekommen. Und er kam.

»Was ist denn jetzt schon wieder los?« Beate versuchte, die Stimme gesenkt zu halten. Die Lippen möglichst nicht zu bewegen. Dabei blätterte sie in ihrem Gesangsbuch. Sie klang zornig.

»Der Typ in der ersten Reihe rechts. Macht voll auf Pfarrer.«

»Das ist Jan. Klaus' Bruder.«

»Aha.«

»Was stimmt denn mit Jan nicht?« Bedrohlicher Unterton.

»Singt. Betet. Inbrünstig. Lauter. Als alle anderen. Voll übereifrig. Steht auf. Kniet -«

»Roman, lass ihn einfach. Was geht es dich an? Sei einfach still. Es geht mal nicht um dich!«

Roman riss sich zusammen. Insbesondere beim anschließenden Mittagsessen in einem eleganten Restaurant in Kirchennähe. Er lächelte. Plauderte hier und dort. Belanglos. Versicherte allen seine besten Wünsche. Besonders ärgerlich war, dass Roman in eine Unterhaltung mit Jan verwickelt wurde. Und feststellte, dass er ihn mochte.

»Roman kannst du mir erklären, was zur Hölle heute mit dir los war? Sabine ist meine beste Freundin ...« Zu allem Überfluss hatte Beate ihn zu Hause zur Rede gestellt. Und wie.

»Es tut mir leid, Sternchen. Ich habe heute noch lange über Jan nachgedacht.«

»Und?«

»Ich war eifersüchtig.«

»Eifersüchtig? Warum bist du auf Jan eifersüchtig? Du kennst ihn doch gar nicht. Kann der Herr das bitte mal für uns Normalsterbliche übersetzen?«

»Ganz einfach. Ich bin neidisch auf Jan, weil er etwas in seinem Leben mit tiefer Leidenschaft und großer Überzeugung tut. Es ist ihm egal, was andere über ihn denken. So sieht es zumindest für mich aus. Ich fand ihn scheiße, weil ich meine Sehnsucht auf ihn projiziert habe. Ich würde gern auch etwas mit absoluter Leidenschaft tun. Und nicht darauf achten, was andere denken.«

»Aber du liebst mich doch mit absoluter Leidenschaft oder etwa nicht?«

»Natürlich. Das weißt du doch.«

»Also tust du doch etwas mit großer Überzeugung.«

»Natürlich, aber -«

»Roman, wir stehen bald vorm Altar!«

Roman zuckte zusammen. Altar. Beate. Katharina.

»Ja, doch, natürlich, Sternchen. Aber Jan tut das in der Kirche für sich und seinen Glauben an Gott. Das tut er nicht für andere. Nur für sich selbst. Er nimmt dabei sogar in Kauf, von anderen verspottet zu werden. So wie von mir.«

»Du liebst mich doch hoffentlich nicht für die Galerie!?« Beate hatte den Zeigefinger erhoben.

»Nein. Nein.«

»Ich habe immer noch nicht kapiert, was du sagen willst.«

»Ich, ich fühle mich manchmal so leer. Irgendwie nutzlos.«

»Was? Warum das denn auf einmal? Ausgerechnet jetzt.«

»Das begleitet mich schon länger.«

»Leere? Was meinst du mit Leere?«

»Wer bin ich? Wer oder was will ich sein? Wo will ich hin? Wie komme ich dahin? Was treibt mich dorthin? Was ist meine ganz spezielle Leidenschaft? Wofür will ich brennen? … Warum trage ich so viel Traurigkeit in mir? Du nennst sie meine dunkle Seite. Für mich aber ist sie hell. Ich kenne sie. Sie ist mir vertraut. Ein natürlicher Teil von mir.«

»Vielleicht bist du einfach zu selbstmitleidig.«

»Danke. Das habe ich schon gehört.«

»Was fehlt dir denn?«

»Na ja, Sternchen, schau mal, ich lebe keine Leidenschaft. Allein für mich. Leidenschaft muss man leben, brennen, lodern lassen. Sonst verkümmert sie und man wird unglücklich.«

»Aber du sagst immer, dein Beruf, unsere Beziehung, unsere Liebe füllen dich aus. Bald kommt vielleicht noch ein Kind dazu. Wir gründen eine richtige Familie. Du hast Freunde!«

»Es geht vielmehr um eine höchstpersönliche Leidenschaft, die wahrscheinlich in jedem schlummert. Vielleicht projiziere ich, aber die meisten leben doch Scheinidentitäten. Sind zu träge, eine eigene Identität zu entwickeln. Ihre ungeteilte Aufmerksamkeit gilt ihrem Spiegelbild, das sie sich erschaffen haben und an dem sie sich satt sehen. Die Menschen verfallen in Lethargie. Verharren in ihren kaputten Beziehungen, den finanzierten Häusern, langweiligen Berufen. Verbringen Zeit mit Menschen, die wie sie leben, nichts infrage stellen. Sie entfremden sich von ihrem eigenen Ich. Ihren Träumen und Idealen, mit denen sie als Jugendliche einst losgezogen sind. Ich glaube, sie trauen sich nicht auszubrechen. Vom fahrenden Zug abzuspringen. Eine neue Identität zu suchen. Wirklich zu leben. Ihre Scheinidentitäten und künstlichen Spiegelbilder hindern sie daran. Ähnlich wie bei Dorian Gray. Sie besitzen ein Porträt, das statt ihrer altert. Und in das sich die Spuren ihrer Sünden und Vergehen auch gegen sie selbst einzeichnen. Das Porträt halten sie gut versteckt in dunklen Kellerräumen. Und blicken lieber ihr makelloses Spiegelbild im Erdgeschoss an. Nur die Mutigen oder vielleicht Verzweifelten brechen aus. Folgen dem Ruf ihrer Seele. Manchmal erst nach einschneidenden Ereignissen wie Unfall, Krankheit oder Tod.«

»Schöner Vortrag. Und was heißt das jetzt für dich? Und mich? Was willst du mir denn nun konkret sagen?«

»Ich weiß es nicht. Ich kann nicht mein ganzes Leben lang in einer Welt leben, die nur aus Schwarz und Weiß besteht. Es gibt so viele Farben. Ich stelle mir die Frage, ob ich auch etwas mit Leidenschaft leben kann. So wie Jan. Egal was andere über mich denken und sagen.«

»Das ist mir zu kryptisch. Bremse ich dich? Kette ich dich an?«

»Nein, nein, Sternchen. Gewisse Dinge kann man nur selbst tun. Das hat nichts mit dir zu tun«

»Bereichere ich dich?«

»Natürlich, sonst hätte ich dich nicht geheiratet und würde nicht auch noch ein Kind von dir wollen. Wir stärken uns gegenseitig.«

»Du zweifelst doch nicht etwa an uns?«

»Ach, Sternchen. Darum geht es jetzt nicht.«

»Hast du Bammel vor unserem Kirchentermin? Ist dir das während der Taufe klar geworden?«

»Nein, nein.« Roman schluckte.

»Bist du dir da sicher?«

»Natürlich!« Roman wurde heiß.

»Liebst du mich?«

»Ja.«

»Kann ich irgendetwas für dich tun?«

»Nein. In erster Linie geht es zunächst ja nur um mich allein. Leere. Nutzlosigkeit. Leidenschaft. Die muss ich irgendwie in eine Balance bringen.«

»Aber trennen kann man das alles doch auch nicht von mir! Schließlich leben wir zusammen.«

»Nein, nicht völlig.«

»Ich mache mir Sorgen. Reiche ich dir etwa nicht?«

»Doch. Doch.«

»Gibt es eine andere?«

»Was? Nein. Wie kommst du denn da drauf?« Roman schwitzte.

»Ich weiß auch nicht. Aber irgendwie bist du momentan komisch.«

Beate und Roman saßen sich im Wohnzimmer noch eine Weile gegenüber. Roman fing an zu weinen. Er schluchzte. Zitterte. Beate nahm ihn in den Arm. Küsste die Tränen. »Soll ich dir einen Tee kochen?« Roman reagierte nicht.

Klappe, Szene 21, 8. Wiederholung

»Roman, so geht es einfach nicht weiter.« Roman sah zu Boden.

»Verdammt, diese Affäre geht mir gewaltig gegen den Strich! Mir geht es dreckig. Tag für Tag mehr. Ich dachte, ich wäre stärker. Aber ich bin es nicht. In ein paar Tagen heiratest du nochmal. Was für ein hässliches Bild. Ihr beiden vor dem Altar. So verlogen. Ich könnte kotzen. Ich wollte dir mehr Zeit geben. Ich kann es nicht. Ich will es nicht.« Katharina hatte sein Gesicht in ihre Hände genommen. Sah ihm in die Augen. Sie saßen im Preußenpark nahe des Fehrbelliner Platzes. Wie so oft. In den letzten Tagen. Es war ihr Treffpunkt geworden. Ihre Oase. Eine Parkbank.

»Du musst eine Entscheidung treffen. Sonst tue ich es. Ganz ehrlich. Deine Frau ist mir sowas von egal. Es geht jetzt um mich. Selbstlosigkeit? Dir nur das Beste wünschen? Dich loslassen? Das ist wahre Liebe? Ich scheiße drauf. Ich brauche eine Entscheidung. Einen Fahrplan. Ich weiß immerhin, wohin ich will.«

»Wohin denn?«

»Das ist doch nicht dein Ernst!«

»Vielleicht will ich es einfach nur hören. Noch mal hören. Immer und immer wieder, weil ich es nicht oft genug hören kann. Bis ich es kapiere.«

»Also gut, Roman. Wenn es dich bestärkt.« Katharina sah leicht gereizt aus. »Ich habe an der Ostseeküste einen Mann getroffen, mit dem ich mir alles vorstellen kann. Mit dem ich durchs Leben gehen will, die Welt erobern, für immer zusammenbleiben möchte, auch wenn ich nicht weiß, wie lange das Immer sein wird. Und sich das alles naiv anhört.«

Roman kämpfte mit seinen Tränen.

»Ich habe mich heftig in diesen Mann verliebt. Aber ich kann nicht mehr in Parks oder Cafés sitzen und heimlich tun. Meine Gefühle zu dir beginnen zu kippen. Ich leide. Muss mich ab jetzt schützen.«

»Einfach so? Was ist mit deinen Gefühlen mir gegenüber geschehen?« Roman sah bestürzt aus.

»Mensch, Roman, was habe ich dir gerade gesagt? Du hörst mir nicht zu. Pickst dir nur die vermeintlich schlechte Botschaft raus. Kapierst nichts. Du kannst nicht beide Frauen haben!«

Roman schwieg. War verletzt. Beleidigt. Zu Unrecht. Wusste das. Sah absichtlich den vorbei flanierenden Spaziergängern zu. Schob dann seine Verletzung beiseite.

»Katharina, ich habe Angst. Ich bin ohnehin schon immer ruhe- und rastlos gewesen. Stehe im Moment noch mehr unter Strom. Will zehn Dinge gleichzeitig erledigen. Erledige mich dabei aber nur selbst. Alles dreht sich. Ich kann nachts nicht mehr schlafen. Beate fragt ständig, was mit mir los ist, ob ich jetzt vor der kirchlichen Trauung die Hosen voll habe, ich sie nicht mehr liebe, es eine andere gibt und und und.«

»Für deine Probleme mit Beate bin ich nicht der richtige Ansprechpartner.«

»Entschuldige. Du hast ja recht. Tut mir leid. Ich habe sonst niemanden zum Reden.«

»Was ist mit Ben?«

»Ich glaube, er weiß das mit uns, spricht mich aber nicht darauf an. Er macht es richtig. Es ist meine Aufgabe. Ich muss auf ihn zugehen, wenn ich reden will.«

»Und?«

»Weiß nicht.«

»Warum?«

»Ich kann es dir nicht genau sagen. Ich muss da wohl alleine durch.«

»Ohne Beratung? Ohne Stütze?«

»Wahrscheinlich.«

»Ist dir das mit uns unangenehm? Vor anderen? Bin ich dir peinlich?«

»Nein, auf keinen Fall.«

»Sondern?«
»Okay, wahrscheinlich muss es einfach mal raus. Mensch, Katharina, ich hab versagt. Elendig. Ich habe kürzlich eine Frau geheiratet und sehne mich nach einer anderen, denke ständig an sie, schenke ihr Blumen. Wie scheiße bin ich denn!? Ich schäme mich.«
»Die Opferrolle wird dir nicht weiterhelfen.«
»Harte Worte.«
»Du denkst, dass du Beate gegenüber nicht mehr aussteigen kannst. Dass du Wort halten musst, oder?«
»Vielleicht auch das. Ich habe ein Eheversprechen abgegeben. Ich darf das doch nicht einfach hinschmeißen. Ich habe Beate so oft gesagt, dass sie die Eine ist.«
»Ja, ja, die Malträgerin.«
»Ja. Na ja. Bisher.«
»Und deswegen fühlst du dich ihr verpflichtet.«
»Ach, ich weiß auch nicht. Da sind tausend Gründe in meinem Kopf.«
»Und welche in deinem Herzen?«
»Alles ist so verwirrend.«
»Ausreden über Ausreden. Also bin ich weiterhin dein kleines Geheimnis?«
»Katharina, ich bin so hin und weg von dir. Du bist umwerfend, witzig, spannend, anziehend. Ich fühle mich so unendlich wohl in deiner Nähe. Angekommen. Ich könnte …«
»Verliebtsein kommt in deinen Worten nicht vor.«
Roman biss sich auf die Unterlippe. Katharina drehte sich auf der Parkbank von ihm weg. Ließ seine Hand los. Beide saßen reglos nebeneinander. Erstarrt. Eingefroren.
»Vielleicht bin ich auch einfach nur zu feige, vom fahrenden Zug abzuspringen.«
Roman blickte zu Katharina rüber. Die Bank neben ihm war leer.

Familie

»Ich bin es.«
»Hallo, Bernd, was läuft?«
»Mittwoch ist Spielabend. Um acht.«
»Wie immer. Ich weiß.«
»Ich möchte, dass du schon um sieben kommst.«
»Warum?«
»Ich habe dir was zu sagen.«
»Hast du Probleme, kann ich dir helfen?«
»Es geht um dich.«
»Was?«
»Du hast mich schon richtig verstanden.«
»Aber …«
»Nicht am Telefon. Um sieben. Okay?«
»Okay.«
»Mach es gut.«
»Du auch.«

Roman stellte das Telefon zurück in die Ladestation. Er starrte auf den Tisch. War durcheinander. Bernd hatte ihn selten um eine persönliche Unterredung – dann auch noch über Roman selbst – gebeten. Natürlich hatten sie im Laufe der Jahre unzählige Gespräche geführt. Sich auch zu zweit ohne die anderen getroffen. Aber das hier hatte eine neue Qualität. Oder bildete er sich das nur ein? Bernd hatte sehr ernst geklungen. Das tat er natürlich öfter. Aber irgendetwas war anders.
Roman war in den folgenden Tagen unruhig. Noch unruhiger als ohnehin schon. Das bevorstehende Gespräch belastete ihn. Er vertraute der Freundschaft zu Bernd. Darauf, dass letztlich alles in Ordnung sei. Aber er spürte eine Unruhe, die sich immer wieder ganz nach vorn in sein Bewusstsein schob. Warum war die Angelegenheit Bernd so wichtig und hatte doch noch Zeit bis Mittwoch? Roman ging alle Szenarien durch, die ihm in den Sinn kamen, wollte sich vorbereiten. Vergeblich. Hatte er nicht

schon genug um die Ohren? Endlich war es Mittwoch. Roman fuhr schon um halb sieben hin. Die Treppe schien endlos. Klingeln.

»Du bist früh. Komm rein. Danke, dass du da bist.«
»Klar doch. Was läuft?«
»Setz dich.«
»Danke.«
»Möchtest du was trinken.«
»Bier bitte.«
»Geht klar.«
Bernd kam mit zwei Bieren aus der Küche zurück. Setzte sich Roman gegenüber. Sah ihn an. Bernds Gesicht war ausdruckslos. Nicht zu deuten. Was nur …?
»Erst einmal Prost!«
»Prost.«
»Roman, ich komme gleich zum Punkt. Du bist seit einer Ewigkeit mein Freund und wir haben einiges miteinander durch.«
»Das stimmt.«
»Bitte lass mich ausreden. Ich habe versucht, mich nicht in dein Leben einzumischen, insbesondere was deine Frauen anbelangt. Das ist allein dein Ding. Ich habe nicht zu bewerten, mit welcher Frau du zusammen bist und was du mit ihr anstellst. Aber es kann einen Punkt geben, an dem ein Freund beraten muss. Den sehe ich als gekommen an. Nicht jeder hat einen so leichten Zugang zu Frauen wie du. Für dich war es noch nie schwer, Frauen kennenzulernen. Du hast sogar das große Glück, dass Frauen dich angesprochen haben und du gar nichts tun musstest. Manchmal war ich neidisch. Aber das ist jetzt nicht mein Thema. Frauen kommen und gehen. Mit Beate und dir schien es von Anfang an anders zu laufen als sonst. Ich hatte dich noch nie so erlebt. Besessen. Du hast in meinen Augen das erste Mal um eine Frau kämpfen, sie erobern müssen. Und dich dann für sie entschieden. Das muss seine Gründe haben. Gute Gründe. Wir haben

nicht so viele Chancen auf Zufriedenheit im Leben. Von Glück will ich erst gar nicht sprechen. Du schienst mit Beate zufrieden. Mach das nicht kaputt.«

»Wie kommst du darauf, dass …?«

»Ich bin nicht blind. Keiner deiner Freunde. Aber ich will nur für mich sprechen. Ich mache mir Sorgen um dich. Lass die Finger von Katharina.«

»Ich suche gerade nach einer Antwort. Meiner Wahrheit, Bernd!«

»Mag sein, Roman. Das tun wir alle. Immer wieder. Das ist auch wichtig und richtig. Beate und du, ihr passt gut zusammen, ihr harmoniert, soweit ich das beurteilen kann. Nun taucht Katharina auf. Binnen kurzer Zeit stellst du Beate, dich, euch, alles infrage. Bist bereit, alles den Bach runter gehen zu lassen. Noch mal: Lass die Finger von Katharina!«

»Warum?«

»Familie, Roman.«

»Familie?«

»Familie. Du hast dich für eine Familie entschieden. Mit Beate. Du hast von einem Urknall gesprochen. Von einem neuen Universum. Und der Entstehung eines weiteren dahinter. Ich weiß nicht genau, was du damit sagen wolltest. Verhütet ihr noch?«

»Nein.«

»Roman, ich hatte nie eine Familie. Ich bin in einer aufgewachsen. Aber es war nie eine Familie. Nach außen vielleicht. Aber ansonsten war es die Hölle auf Erden. Familie ist das Wichtigste. Vielleicht weil ich eine beschissene hatte, kann ich sie so wertschätzen, mich für dich freuen.«

»Was war denn so beschissen?«

»Lenk nicht ab. Lass das einfach so stehen. Es geht jetzt um dich. Ich habe meine Gründe, so mit dir zu reden. Vertrau mir einfach, Roman. Die einzige Wahrheit im Leben ist der Tod. Wenn wir geboren werden, beginnt er. Und er ist das einzige Unumstößliche, bis wir nach oben oder unten abfahren. Je nachdem. Alle warten auf ein besseres Leben. Warten so lange, bis es mit ihnen zu Ende geht. Aber nichts Wesentliches hat sich bis dahin in ihrem Leben verändert. Ich sehe das jeden Tag in meinem Beruf. Etwas Wesentliches zwischen Geburt und Tod ist aber die Familie. Sie ist ein hohes Gut. Was ist, wenn wir alt sind? Mit der peinlichen Zeit zwischen Ruhestand und Tod, wenn du kaum noch Schlaf brauchst, nichts mehr mit dem Tag, der Zeit anzufangen weißt, niemand dich mehr braucht, deine Freunde bereits abgekratzt sind, dir jemand den Arsch abwischen muss? Ist das Katharina für dich? Wird sie dir den Arsch abwischen? Sitzt sie in vierzig Jahren neben dir auf der Parkbank und hält Händchen?« Roman zuckte bei ›Parkbank‹ zusammen. »Glaubst du das? Denkst du, Katharina ist die Antwort auf deine Fragen? Dein Leben? Ist sie die Wahrheit, nach der du suchst? Der Sinn des Lebens ist die Liebe. Der einzige Sinn. Beate war es in den letzten Jahren. Für dich. Ist nun Katharina der Sinn deines Lebens? Nach einem Wochenende?«

»Worauf willst du hinaus?«

»Ich bin dein Freund. Möchte dich wach rütteln. Familie ist das Wichtigste. Dafür hattest du dich mit Beate entschieden. Sie ist eine tolle Frau. Willst du sie jetzt austauschen? Einfach so? Für eine Frau, die du überhaupt nicht kennst?«

»Bernd, wie soll ich es erklären?«

»Versuche es einfach.«

»Ich fühle mich so einsam. Besonders mit Beate. Ich fühle mich zweisam einsam. Verdammte Scheiße! Mit Katharina ist das anders.«

»Du kennst Katharina nicht. Und zu Beate. Denke daran: In guten und in schlechten Zeiten.«

»Wie lang muss man einen Menschen kennen? Geht es nicht eher um das Erkennen?«

»Das weiß ich nicht. Was kannst du schon in ein paar Tagen erkennen? Alles erscheint neu, frisch, verführerisch. Schmeichelt dir. Bis zum Erwachen. Roman, mir ist wichtig, dir meine Sicht der Dinge als Freund gesagt zu haben. Tu, was immer du für richtig hältst. Ich werde dein Freund bleiben, dich begleiten, für dich da sein, auch wenn alles den Bach runter geht.«

»Dank dir.«

»Okay, lassen wir es dabei.«

Potsdamer Platz

Tränen. Weinte er denn nur noch? Memme. Es gibt Menschen mit richtigen Problemen! Seine? Reiner Luxus. Oder? Er blickte aus dem Wohnzimmerfenster. Wie es sonst so oft Benjamin tat. Menschen. Klein wie Ameisen. Hin- und Herwuseln. Geschäftiges Treiben. Autos. Spielzeugland. Er sah und sah doch nicht. Benjamin stand neben ihm.

»Sie hat Schluss gemacht!«, wiederholte Roman. Seine Stimme krächzte.

»Das tut weh, Roman. Schmerzt. Und Schmerz ist mein zweiter Vorname. Ich kenne ihn. Also willkommen zu Hause, Schmerz! Mach es dir hier bequem. Aber nicht zu lange. Dann schmeißen wir dich wieder raus.« Benjamin legte Roman eine Hand auf die Schulter.

»Sie hat einfach Schluss gemacht. Schluss gemacht. Mein Gott, wie sich das in unserem Alter anhört. Sie will absolutes Kontaktverbot.«

»Komm, setz dich.« Benjamin zog Roman an der Schulter hinter sich her. Beide setzten sich auf die Couch. Roman auf die Kante. Seine Hände strichen die Oberschenkel entlang. Immer wieder. Dabei wippte sein Oberkörper vor und zurück.

»Willst du dazu was hören, Freund? Oder soll ich einfach nur zuhören?«

»Ich höre ja schon zu flennen auf! Ich komme mir bereits wie eine totale Memme vor.« Roman wischte sich die Tränen ab. Erneut.

»Das war nicht meine Frage.«

»Nein, nein, natürlich will ich reden. Auch was hören. Es tut gut. Ich muss einen Weg finden. Wusste die letzte Zeit nicht, wohin mit meinen Gedanken, Gefühlen. Mit wem ich reden soll. Kann. Bernd hat mir neulich die Leviten gelesen. Für Beate gesprochen. Hat er gut gemacht. Aber er versteht mich nicht. Oder ich ihn nicht. Ich habe mich neulich an unser Gespräch am Strand erinnert. Das hat mir Mut gemacht, heute zu dir zu kommen. Ich weiß nicht, wohin mit mir, was ich tun soll. Es tut so weh. Einfach nur weh.«

»Ich bin da.«, flüsterte Benjamin.

»Nachdem sie es beendet hatte, ist sie von der Parkbank aufgestanden. Weggegangen. Einfach so. Hat sich nicht mal mehr umgedreht. Aus und vorbei. Das war es. Diese Leere. Verdammt! Und jetzt dieser Schmerz. Unfassbar. Und das alles nach so kurzer Zeit. Ich kann es kaum glauben.«

»Roman, ich denke nicht, dass Katharina es sich einfach gemacht hat. Schau mal, du bist verheiratet. Und das erst seit Kurzem. Das muss furchtbar für Katharina sein. Ich wundere mich, dass sie sich überhaupt auf dich eingelassen hat. Es ist mutig. Stark. Verrückt. Aber eben auch selbstzerstörerisch von ihr. Das habe ich ihr nicht zugetraut. Ich dachte, sie wäre aufgeräumter. Hat sie tatsächlich geglaubt, dass du alles hinwirfst, so kurz vor der Kirche? Na ja, das ist ihre Sache. Jedenfalls muss es für Katharina im Moment auch sehr schwer sein.«

»Du hast ja recht. Aber eigentlich will ich das gar nicht hören.«

»Was willst du denn hören?«

»Nichts Positives über sie. Aber das ist natürlich Quatsch. Das weiß ich ja. Es schmerzt einfach nur so sehr. Obwohl ich weiß, dass sie richtig gehandelt hat.«

»Okay, wenn es dir hilft: Wahrscheinlich fickt sie schon mit einem anderen.«

»Sag so was nicht.«

»Roman, fang an, sie zu vergessen.«

»Das kann ich nicht.«

»Warum?«

»Weil, weil ich sie … ich Gefühle für sie habe.«

»Bist du verknallt?«

»Das trifft es nicht. Wird ihr nicht gerecht. Auch nicht meinen Gefühlen.«

»Na ja, Liebe kann es doch wohl noch nicht sein.«

»Nein, nein!«

»Was ist es dann?«

»Ich kann das nicht in Worte kleiden. Es ist anders als sonst. Alles.«

»War es mit Beate doch auch.«

»Hmh.«

»Habt ihr mittlerweile gefickt?«

»Nein!«

»Warum hast du sie nicht einfach gefickt? Als Junggesellenabschiedsgeschenk. Und vergessen.«

»Das ist nicht so einfach. Es ging nicht ums Ficken.«

»Was ist schon einfach? Du hast sie mystifiziert, weil du sie nicht gefickt hast.«

»Das wäre unpassend gewesen. Das wollte ich nicht.«

»Vielleicht hätte sie das vom Thron gestoßen. Von deinem. Im wahrsten Sinne des Wortes. Und du hättest eine weitere Antwort erhalten. So oder so.«

»Dann hätte ich Beate betrogen. Und zwar richtig.«

»Hast du so auch schon.«

»Wahrscheinlich. Katharina wollte auch nicht.«

»Hat sie das gesagt?«

»Nein.«

»Hast du sie gefragt?«

»Nein.«

»Dann weißt du es auch nicht. Feigheit?«

»Vielleicht. Sie hätte bestimmt Nein gesagt. Aber dieser Verrat wäre für mich zu groß gewesen, wenn ich mit Beate zusammen bleiben sollte. Sex mit einer anderen. Das geht nicht. Das ist ein so schwerwiegender Verrat.«

»Verrat hin oder her. Vergiss Katharina. Du hattest dich für Beate entschieden.«

»Aber da kannte ich Katharina noch nicht.«

»Du wirst weiterhin andere Frauen kennenlernen. Wenn du dich für eine Frau wie Beate so richtig entscheidest, heißt das auch, zu anderen Nein zu sagen. Das ist eure Übereinkunft. Ihr seid verheiratet. Denk daran.«

»Ja doch. Ich weiß, aber …«

»Aber, aber. Verlass Beate auf der Stelle. Fahr zu deinen und ihren Eltern. Erklär ihnen alles. Sag die Hochzeit und euren Gästen ab. Und versuch es mit Katharina! Ganz einfach.«

»So einfach ist das nicht!«

»Natürlich nicht. Was gibt es für Alternativen!? Beate oder Katharina. Ganz oder gar nicht. Halbe Sachen laufen hier nicht ... Dann verlierst du beide.«

»Ich spring aus deinem Penthouse.«

»Idiot! Bring dich um, wenn du das tatsächlich willst. Aber nicht hier. Selbstmord? Flucht? Mann, du bist in der glücklich unglücklichen Lage, zwischen zwei Menschen, die dir was bedeuten und denen du was bedeutest, wählen zu können. Zugegeben, die Qual der Wahl. Aber purer Luxus! Du hast dich nicht entscheiden können. Jetzt hat Katharina dir die Entscheidung abgenommen. Sei froh. Dankbar. Beschwer dich nicht. Selbstmord? So eine Scheiße. Lad mir das bloß nicht auf. Die Last will ich nicht tragen.«

»Tut mir leid.«

»Ich hoffe. Katharina ist jetzt weg. Das tut weh. Wird weiter wehtun. Vielleicht kurz. Vielleicht lang. Das weißt du nicht. Niemand. Akzeptiere den Stand der Dinge. Atme jetzt erst mal durch. Hak sie ab. Überleg mal: die ganze Hochzeit absagen? Wegen einer Frau, die du kaum kennst? Was willst du Beate sagen? Zumuten? Du hast nicht einmal mit Katharina geschlafen. Weißt nicht, ob ihr im Bett harmoniert. Wie sie riecht. Wie sie schmeckt. Wie sie morgens aussieht. Hast du dir schon einmal vorgestellt, wie es wäre, wenn Beate tatsächlich weg wäre? Für immer? Nach allem? Nach all der Zeit? Einfach so.«

»Ja, darüber habe ich nachgedacht. Vorstellen kann ich es mir nicht.«

»Na, also.«

»Ich habe mich zwischen zwei Frauen verloren.«

»Lass eine Frau los.«

»Wenn du zwei Millionen hättest, würdest du freiwillig auf eine verzichten?«

»Toller Vergleich, Roman. Du riskierst gerade beide Millionen. Und stehst vor der Pleite. Noch mal, traust du dir zu, Beate unter die Augen zu treten, reinen Tisch zu machen, die Hochzeit abzusagen?«

»Das schaffe ich nicht.«

»Siehst du. Wie läuft es denn mit Beate zurzeit?«

»Scheiße. Sie wittert natürlich was. Weiß nur nicht, aus welcher Richtung der Wind weht. Bisher konnte ich mich noch mit Allgemeinplätzen rausreden. Hochzeit. Vorbereitung. Tausend Fragen. So vieles zu klären. Stress. Na ja, ich fühle mich auf jeden Fall total mies, ihr das alles anzutun. Meine ganze Verlogenheit. Die hat sie nicht verdient. Wirklich nicht. Verdammte Scheiße.«

»Wer hat schon was verdient?«

»Danke, Ben. Ich kann grad nicht mehr. So ein Scheiß. Aber es muss ja weitergehen. Irgendwie geht es ja auch immer weiter. Nur dieses Mal weiß ich echt nicht wie …«

»Du hast eben mal nicht die Kontrolle.«

»Lass uns bitte das Thema wechseln.«

»Okay.«

»Wie geht es denn den anderen?«

»Bist du nicht auf dem Laufenden?«

»Nein, bin zu sehr mit mir beschäftigt.«

»Sam ist in einer Findungsphase. Hängt durch. Die Jobfrage ist noch ungeklärt. Till ist wieder mit Sarah zusammen. Freut sich darauf, Papa zu werden. Bei Bernd läuft irgendwas an. Da ist was im Busch. Mit einer Frau. Aber er kommt noch nicht richtig raus damit. Lassen wir ihm die Zeit. Thor hat das Wochenende gut getan. Sagt er. Er ist wieder besser drauf. Aber kümmere dich jetzt um dich. Wir alle haben Verständnis. Sind für dich da. Vielleicht wird das nicht immer so deutlich im Moment.«

»Es ist gut, Freunde wie euch zu haben.« Roman stand auf. Ging zum Fenster. Spielzeugland.

19. Juni

»Du Licht, durch das wir sehen, du Weg, auf dem wir gehen: Herr, erbarme dich!«
»Herr, erbarme dich!«
»Du Wahrheit, auf die wir bauen, du Leben, dem wir vertrauen: Christus, erbarme dich!«
»Christus, erbarme dich!«
»Du Wort, das uns gegeben, du Liebe, von der wir leben: Herr, erbarme dich!«
»Herr, erbarme dich!«

»Gott, unser Schöpfer und Vater, du hast die Ehe geheiligt und durch sie den Bund zwischen Christus und seiner Kirche dargestellt. Erhöre unser Gebet für dieses Brautpaar. Gib, dass sie die Gnade des Ehesakraments, die sie im Glauben empfangen, in ihrem gemeinsamen Leben entfalten. Darum bitten wir durch Christus, unseren Herrn.«
»Amen.«

»Liebes Brautpaar! Sie sind in dieser entscheidenden Stunde Ihres Lebens nicht allein. Sie sind umgeben von Menschen, die Ihnen nahe stehen. Sie dürfen die Gewissheit haben, dass Sie mit dieser Gemeinde und mit allen Christen in der Gemeinschaft der Kirche verbunden sind. Zugleich sollen Sie wissen: Gott ist bei Ihnen. Er ist der Gott Ihres Lebens und Ihrer Liebe. Er heiligt Ihre Liebe und vereint sie zu einem untrennbaren Lebensbund. Ich bitte Sie zuvor, öffentlich zu bekunden, dass Sie zu dieser christlichen Ehe entschlossen sind.«

»Roman, ich frage Sie: Sind sie hierhergekommen, um nach reiflicher Überlegung und aus freiem Entschluss mit Ihrer Braut Beate den Bund der Ehe zu schließen?
»Ja.«

»Wollen Sie Ihre Frau lieben und achten und Ihr die Treue halten alle Tage Ihres Lebens?

»Ja.« Roman dachte an Katharina.

»Beate, ich frage Sie: Sind Sie hierhergekommen, um nach reiflicher Überlegung und aus freiem Entschluss mit Ihrem Bräutigam Roman den Bund der Ehe zu schließen?

»Ja!«

»Wollen Sie Ihren Mann lieben und achten und ihm die Treue halten alle Tage seines Lebens?«

»Ja!«

»Sind Sie beide bereit, die Kinder anzunehmen, die Gott Ihnen schenken will, und sie im Geist Christi und seiner Kirche zu erziehen?

»Ja!«

»Ja.« Roman betrachtete das Licht, das bunt durch die Kirchenfenster über den Altar fiel. Das Blau erinnerte ihn an die Ostsee.

»Sind Sie beide bereit, als christliche Eheleute Mitverantwortung in der Kirche und in der Welt zu übernehmen?

»Ja!«

»Ja.«

»Sie sind also beide zur christlichen Ehe bereit. Bevor Sie den Bund der Ehe schließen, werden die Ringe gesegnet, die Sie einander anstecken werden.«

»So schließen Sie jetzt vor Gott und vor der Kirche den Bund der Ehe, indem Sie das Vermählungswort sprechen. Dann stecken Sie einander den Ring der Treue an.«

Roman wandte sich auf Zeichen des Priesters Beate zu und nahm den Ring in die rechte Hand.

»Beate, vor Gottes Angesicht nehme ich dich an als meine Frau.« Romans Stimme stockte, »Ich verspreche dir die Treue in guten und bösen Tagen, in Gesundheit und Krankheit, bis der Tod uns scheidet. Ich will dich lieben, achten und ehren alle Tage meines Lebens. Trage diesen

Ring als Zeichen unserer Liebe und Treue.« Roman steckte Beate den Ring an. Beate strahlte.

Der Priester wandte sich an Roman und Beate.
»Reichen Sie nun einander die rechte Hand. Gott, der Herr, hat Sie als Mann und Frau verbunden. Er ist treu. Er wird zu Ihnen stehen und das Gute, das er begonnen hat, vollenden.«
Der Priester legte die Stola um ihre ineinander gelegten Hände, legte seine rechte Hand darauf.
»Im Namen Gottes und seiner Kirche bestätige ich den Ehebund, den Sie geschlossen haben.«
Der Priester wandte sich an die Trauzeugen und an die übrigen Versammelten.
»Sie aber, Sabine und Benjamin, und alle, die zugegen sind, nehme ich zu Zeugen dieses heiligen Bundes. Was Gott verbunden hat, das darf der Mensch nicht trennen.«

Beate fluchte. Platzregen. Wasser wie aus Kübeln. Voll auf die Windschutzscheibe. Scheibenwischer auf Maximum. Die Wagen krochen. Es ging kaum voran. Sie war auf dem Weg zu Sabine. Brauchte Rat. Dringend. Roman. Verflucht. Um Himmels Willen. Das konnte nicht stimmen. Durfte nicht. Ihre Miene war finster. Verdüsterte sich weiter.

»Schuldig! Eindeutig! Kein Zweifel.« Sabine sah überzeugt aus. Beate runzelte die Stirn. Erstaunen. Unglaube.
»Du meinst, er lügt?«
»Und wie. Tut mir leid. Er geht fremd. Hat eine andere. Und die halten bestimmt nicht nur Händchen. Klartext: Dein Mann vögelt eine andere Frau. Glasklar.«
»Das kann nicht sein! Unmöglich. Das wäre so geschmacklos. Eklig. Igitt. Allein die Vorstellung. Roman macht so was nicht. Er ist anders. Geht nicht fremd. Betrügt mich nicht. Insbesondere nicht jetzt … nicht jetzt schon.« Erstaunen. Gefolgt von Erschrecken. Nein. Das kann nicht sein.
»Ach, Süße, du wärst doch nicht die erste, der so was passiert. Es ist zwar nicht ganz in Ordnung, dass du sein Handy gefilzt hast, aber das Ergebnis rechtfertigt das Mittel allemal. So ein Schwein! Entschuldige bitte den Ausdruck. Ich sage es nicht gern, aber der betrügt dich. Fickt eine andere. Wach auf!«
»Sag so was nicht.«
»Sonst kommt es bei dir nicht an.«
»Und wenn es so ist, wie er sagt?«
»Die Sache mit Ben? Erstunken und Erlogen. Na klar, dein Mann leiht sein Handy einem Freund, damit der seiner Flamme irgendeinen Liebesscheiß zu flöten kann? Die große Vermissdichnummer? Dreimal? Ben hatte sein Handy zu Hause vergessen und kennt die Nummer der Frau auswendig? Die Frau bekommt drei Nachrichten

von einer ihr unbekannten Nummer? Im Text keine Erklärung für die neue Nummer? Bens Name taucht nirgendwo auf? Das ist doch totaler Schwachsinn. Dreck. Wer soll Roman das denn bitte schön abnehmen? Das ist doch weltfremd.«

»Aber es könnte doch …«

»Noch mal, ich sage es nicht gern. Es spricht alles gegen Romans Geschwafel. Das sind reine Schutzbehauptungen. Erfunden!«

»Aber Roman kam sofort damit rüber, als ich ihn auf die SMS ansprach! Er wirkte gar nicht ertappt. War ganz ruhig. Hat sich nicht mal aufgeregt. Hmh. Ja, irgendwie komisch. Wenn ich jetzt so darüber nachdenke. Ich dachte, der flippt total aus, wenn ich ihn auf die Nachrichten anspreche. Dass ich sein Handy gefilzt habe. Aber ganz im Gegenteil.«

»Siehste, Süße, schuldig! Er wusste, dass er schuldig ist, und hat sich nicht getraut, auch noch den Wütenden, Entrüsteten zu spielen. Die Kerle haben aber alle einen Plan B für diese Fälle im Kopf. Bereiten sich gedanklich vor. Geben sich gegenseitig Alibis. Insbesondere wenn die Geschichte schon länger läuft. Ich habe das doch schon selbst alles erlebt.«

»Aber wie kannst du dann deinem …«

»Vertrauen? Tue ich nicht. Aber das ist eine andere Geschichte.«

»Roman? Meinst du wirklich?«

»Ja.«

»Kein Zweifel?«

»Nun ja. Denk dran, was du mir über ihn erzählt hast.«

»Was meinst du?«

»War er vor der Hochzeit nicht irgendwie abwesend gewesen? Anders? Gestresst?«

»Ist er sonst auch.«

»Aber du hast es mir gegenüber betont. Mehrfach. Das hat doch was zu bedeuten!«

»Stimmt.«

»War er nicht irgendwie merkwürdig gewesen?«

»Scheiße.«

»Musste er nicht öfter länger arbeiten? Sich im Anschluss mit seinen Freunden treffen?«

»Schon. Aber er hatte es auf die Hochzeit geschoben. Auf die Auftragslage. Und dass er seine Freunde bräuchte. In dem ganzen Stress. Ich fühlte mich manchmal ganz schön allein gelassen mit der ganzen Vorbereitung.«

»Und nach der Hochzeit?«

»Hmh, nach der Hochzeit war er wieder pünktlicher von der Arbeit gekommen. Hatte sich nicht mehr ständig mit seinen Freunden getroffen ... Du meinst er war mit – bei ihr?«

»Kommt dir das nicht alles komisch vor? Das sind doch keine Zufälle. Das passt doch wie die Faust aufs Auge! Die Frage ist, ob er sie immer noch vögelt. Jetzt hat er ja offensichtlich wieder mehr Zeit für dich.«

»Verflucht! Ich hasse ihn. Dieses ...«

»Ach, Süße. Waren die Nachrichten denn unter einem Namen abgespeichert?«

»K, einfach nur K.«

»Warum sollte Roman die Nummer und die Nachrichten überhaupt speichern, wenn es um Bens Flamme ging?«

»Das habe ich ihn nicht gefragt. Vergessen. Ich war so aufgeregt. Fühlte mich schlecht, dass ich sein Vertrauen gebrochen hatte. Er war so ruhig. Ich habe ihm geglaubt. Glauben wollen. Danach war ich total erleichtert. Wir haben dann ... Igitt!«

»Stell ihn noch mal zur Rede!«

»Geht nicht. Die Sache gilt als erledigt. Wir haben uns ausgesprochen. Wie stehe ich denn da, wenn ich nicht zu meinem Wort stehe?«

»Hallo, steht er denn zu seinem Wort? Insbesondere zu seinem Ja-Wort, wenn er eine andere vögelt oder zumindest gevögelt hat? In einer Beziehung dürfen sich Dinge ändern. Auch Meinungen. Entscheidungen. Du musst ihn zur Rede stellen. Die Sache ist zu wichtig!«

»Nach der Aussprache sind wir auch noch in die Kiste gestiegen! Ich kotze gleich bei dem Gedanken. Einfach wi-der-lich!«

»Ganz genau. Lass uns mal weiter überlegen. Karin, Konstanze, Karola, Kerstin, Katja, Kathrin, Katharina, hmh, Karen … Sagt dir irgendein Frauenname mit K etwas?« Sabine schüttete Wein nach.

»Nein, verdammt, ich habe auch schon rumgegrübelt.«

»Was ist mit dem Sendedatum und der Uhrzeit?«

»Da war er mit seinen Freunden auf einem Spielabend. Soweit plausibel.«

»Sagt er! Weißt du es?«

»Nein.«

»Vor oder nach dem 19.?«

»Nach der Hochzeit.«

»Und dann redest du erst jetzt mit mir?«

»Ich …«

»Ist schon gut. Schon schwierig genug für dich. Das heißt, die Sache ist wahrscheinlich noch nicht vorbei. Hat er auch Nachrichten von K erhalten?«

»War nichts im Speicher. Der Eingangsspeicher war komplett leer.«

»Löscht Roman seine Nachrichten gewöhnlich?«

»Das weiß ich nicht. Über so was haben wir nicht gesprochen. Wozu auch? Wir wollten uns vertrauen. Es hatte mich gewundert, dass nur diese drei Nachrichten im Sendespeicher waren. Sonst keine. Im gesamten Speicher.«

»Aha. Der sentimentale Trottel hat sie einfach aufgehoben. Anfängerfehler. Okay, das bringt uns nicht weiter - aber iss doch bitte noch was. Ich habe extra viel Ruccolapesto und Parmesan ans Risotto gemacht. Ganz so, wie du es magst.«

»Ach, tut mir leid, mir ist nicht nach essen. Ich könnte grad kotzen. Mir ist speiübel. Dieses Schwein! Das gibt es doch nicht. Ich kann es immer noch nicht glauben.«

»Du willst nicht; weil nicht sein kann, was nicht sein darf.«

»Scheiße.«

»Ach, meine Süße. Stell ihn zur Rede! Der bricht zusammen. Wirst schon sehen. Das tun sie alle, wenn man nicht locker lässt. Die sind gar nicht so hart, wie sie tun.«

»Verdammt, ich habe den Kerl erst vor Kurzem geheiratet! Ich liebe ihn.« Beate kamen die Tränen. Sie ließ sie laufen. Ungeniert. Einfach laufen. Schmerz. So viel Schmerz. So unglaublich viel Schmerz. Gepaart mit Unglaube. Fassungslosigkeit. Hilflosigkeit. Ohnmacht.

Schwein

Arbeitsende. Endlich. Es war ein langer Tag gewesen. Schleppend. Leer. Roman fuhr nach Hause. Nach Hause? Dichter Verkehr. Endlich war er da. Fand keinen Parkplatz. Musste zweimal um den Block kreisen. Da war einer. Und doch nicht. Zur Hälfte im eingeschränkten Halteverbot. Schätzte er. Noch mal um den Block. Nein. Dann eben ein Ticket. Roman parkte ein. Fuhr so dicht wie möglich an das hinter ihm parkende Auto. Nahm seine Arbeitstasche. Stieg aus. Begutachtete die Parksituation. Vielleicht auch kein Ticket. Egal. Man wird sehen.

Roman schloss auf. Hinter der Tür stand Beate. Aber nicht im Negligée. Auch nicht mit rotem Lack auf den Finger- und Fußnägeln. Dagegen mit hoch rotem Kopf.
»Du dummes Schwein!«
»Was?«
»Roman, du bist so ein dummes Schwein. Nicht nur beschissene Liebesgesäusel-SMS. Nein, auch noch Blumen!«
»Was denn für Blumen?«
»Leugne es nur, Freundchen. Hier steht alles schwarz auf weiß. Du Idiot lässt dir auch noch eine Rechnung nach Hause schicken.« Beate wedelte mit einem Papier hin und her.
»Du öffnest meine Post?«
»Halt bloß die Fresse!«
Roman war überführt. Eindeutig. Er wusste es. Er konnte nicht mehr. Er wollte nicht mehr. Leugnen. Lügen. Verraten.

Roman saß auf der Couch. Erstarrt. Schweißgebadet. Er konnte Beate nicht ansehen. Seine Augen brannten. Die Kehle war trocken. Wie lange saßen sie schon da? Totales Stimmengewirr in seinem Kopf. Schuldig. Schuldig. Idiot. Idiot. Du hast es nicht anders verdient. Du hast es vermasselt. Total versaut. Es ist raus. Endlich ist es raus. Gott sei dank. Schuldig. Schuldig!

»Du bist so ein Mistkerl. Und dich Drecksschwein habe ich auch noch geheiratet.«

»Aber …«

»Nichts aber, du dummes Schwein!« Beate war schon halb aufgestanden. Hatte die Hand erhoben. Kam auf Roman zu.

»Bitte, bitte, setzt dich wieder!« Roman machte beschwichtigende Gesten. Beate setzte sich. Zornesfalten auf der Stirn.

»Dass du mir das antust. Deiner Frau. Meinen, deinen Eltern. Allen. Auch dir. Heiratest und fickst eine andere.«

»Ich habe nicht mit ihr geschlafen.«

»Du Arschloch! Ich glaube dir kein Wort. Scheißliebensnachrichten. Scheißblumen. Hältst du mich für völlig bescheuert?«

»Nein.«

»Sei jetzt wenigstens ehrlich. Streite es nicht ab. Was bist du nur für ein Mensch? Beate, Beate, du bist die Eine, auf die ich gewartet habe. Du bist mein Leben. Meine Zukunft. Du trägst das Mal. Das Zeichen. Alles Gelaber. Schwachsinn. Was bist du nur für ein Mensch. Du dummes Arschloch! … Ich habe sie übrigens vorhin angerufen, deine K!«

»Was?«

»Ich hatte mir die Nummer natürlich notiert, du Idiot!«

»Und … und was hat sie gesagt?«

»Ich soll das mit dir ausmachen. Dann hat sie aufgelegt. Deine Katharina!«

»Das war es?«

»Sag mal, willst du jetzt auch noch Informationen über deine kleine verschissene Konkubine sammeln?« Beate wurde wieder lauter. Stand auf.

Roman schaute betreten zu Boden. Knetete seine Hände im Schoß. Schweiß.

»Ah, ich verstehe. Sie hat den Kontakt zu dir abgebrochen und du Arschloch, du liebestrunkener Trottel schickst ihr SMS und Rosen hinterher, lässt dir dämlicherweise auch noch eine Rechnung zustellen und alles auffliegen. Beschissener Dilletant!«

»Es ist doch meine Post. Die hast du nicht zu öffnen. Das ist noch ein Vertrauensbruch.« Roman wusste, dass er ungerecht war.

»Vertrauensbruch? Wage es ja nicht! Gott steh mir bei, dass ich dir nicht gleich ein paar scheuere. Hast du sie noch alle? Ich habe nicht für einen anderen die Beine breit gemacht! Das gibt es doch nicht. Vertrauensbruch. Das ist mir scheißegal. Ja, ich habe dein Handy kontrolliert. Ja, ich habe deine Post geöffnet. Und weißt du was? Ich bin froh darüber. Ich Idiot hätte dir die Sache mit den SMS auch noch fast abgenommen. So erspare ich mir eine beschissene, auf Lügen aufgebaute Ehe, auch wenn ich dafür durch die Hölle gehen muss. Wolltest du die Blumen etwa von der Steuer absetzen, als Werbungskosten? Wie scheiße bist du denn? Widerlich. Roman, wer bist du eigentlich? Ich kenne dich nicht mehr. Vielleicht habe ich dich auch nie gekannt.«

»Ich weiß es selbst nicht.«

»Ich ziehe noch heute Abend aus. Ich will die Scheidung.«

»Aber, aber da war doch gar nichts mit Katharina.«

»Nichts? Eine SMS mit ›Glaub nicht, dass ich nicht jede Sekunde an dich denke, jeden Wimpernschlag meines Lebens. Auch in Momenten, in denen ich das nicht sollte.‹ Blablabla. Meinst du die Momente, in denen wir Sex hatten? Das ist nichts? Nichts? Wi-der-lich! Blumen für 45 Euro. Nichts? Halt bloß die Fresse. Ich will gar nicht wissen, wann und wo ihr gefickt habt. Die Bilder brauche ich nicht. Es spielt auch keine Rolle mehr. Du hast mir dein Ja-Wort gegeben. Zweimal! Vor meinen Eltern. Deinen. Unseren Freunden. Der Gemeinde. Vor Gott ... Du bist gottlos, du dummes, dummes Schwein!«

Nach Nachher

Sonntag

Roman erwachte. Aber nicht vollständig. Wieder einmal. Konnte Schlaf und Wachsein nicht auseinanderhalten. Dämmerte weiter vor sich hin. Wechselte die Stellung. Wälzte sich hin und her. Wieder und wieder. Steh auf. Steh doch endlich auf. Ich habe keine Kraft. Keine Lust. Keinen Antrieb. Versuch zu schlafen. Dann verschwinden die Gedanken. Er setzte die Schlafbrille auf. Es wurde dunkel. Sie kamen sofort. Die Gedanken. Wie ein Meteoritenschwarm flogen sie auf ihn zu. Roman hatte kein Schild. Keinen Schutz. Er war mitten drin. Alarm. Alarm.

Roman streifte die Schlafbrille vom Gesicht. Die Uhr zeigte 13.12 Uhr. Lustlos stand er auf. Warf sich seinen Morgenmantel über. Jeder Schritt war schwer. Schmerzte. Auf eine nicht körperliche Art. Roman öffnete die Lamellen. Steckte zwei Finger dazwischen. Verbreiterte den Spalt. Lugte hinaus. Schmuddelwetter. Aber das war in Ordnung. Was hätte er mit schönem Wetter anfangen sollen? Wohin? Mit wem? Warum? Sonntage sind grausam. Einsam. Der Sonntag ist ein Familientag. Auch für die, die keine haben. Sonntags meldete sich niemand.

Roman schlurfte durch das Wohnzimmer. Richtung Flur. Wich einem Möbelstück aus, das gar nicht mehr da war. Der Anrufbeantworter blinkte. Hoffnung keimte in ihm auf. Aber. Zweimal Mutter. Nichtigkeiten. Einmal Bernd. Er sagte den Spielabend am Mittwoch ab. Ida hatte Geburtstag. Bernds neue Freundin. Bernd war verliebt. Es war ihm so zu gönnen, aber Roman konnte es nicht. Kein Anruf von Beate. Natürlich. Beate hatte Romans Anrufe und SMS ignoriert. Handgeschriebene Briefe an die Adresse ihrer Eltern nicht beantwortet. Beates Eltern hatten Roman weitere Anrufe untersagt. In scharfem Ton. Roman wusste nicht, wo Beate untergekommen war. Er wollte eine Aussprache. Hatte darum gefleht. Doch wozu noch. Es war vorbei. Roman wusste es. Mittlerweile. Und konnte es doch nicht akzeptieren.

Kein Anruf von Katharina. Wie auch. Sie hatte diese Nummer nicht. Ihre Handynummer hatte er angerufen, mehrfach: »Kein Anschluss unter dieser Nummer.« Im Studio ließ sie sich verleugnen. Kein Lebenszeichen. Kein Kontakt. Aus.

Der Geschmack in seinem Mund war schal. Er ging ins Badezimmer zum Zähneputzen. Die Fliesen waren kalt. Wo waren seine Hausschuhe? Ach ja, im Wohnzimmer neben der Matratze. Er ging zurück ins Wohnzimmer. Schlüpfte in die Hausschuhe. Ging zurück ins Bad. Schloss die Tür. Eine Gewohnheit aus Beziehungstagen. Da hing er immer noch. An der Tür. Beates Bademantel. Romans Geschenk. Sie hatte ihn dagelassen. Zähneputzen. Toilettengang. Was jetzt?

Roman kam aus dem Bad. Starrte auf die Schlafzimmertür. Holte den Schlüssel aus der Küchenschublade. Schloss auf. Betrachtete Bettgestell und Lattenrost ohne Matratze. Zuckte zusammen. Der Anblick war unerträglich. Nackt. Wie ein Skelett. Er setzte sich auf den Rand des Gestells. Überlegte, ob er das Bett endlich auseinanderbauen und im Keller verstauen sollte. Nicht heute. Er hatte keine Kraft. Roman öffnete den Kleiderschrank. Beates Fächer waren leer. Kahlschlag. Neben dem Schrank hatte ihr Schminktisch gestanden. Auch dort: Leere. Nur dicke Staubflusen lagen an der Bodenleiste. Roman hatte den Schminktisch nach Beates Auszug verschenkt. Wie auch andere Möbel. Beate hatte bis auf ihre Bekleidung und wenige, persönliche Sachen alles zurückgelassen. Sie hatte nichts aus der Ehe mitnehmen wollen. In ihre Zukunft. Eine Zukunft ohne ihn. Selbst schuld, Roman!

Roman klappte in der Küche den Wandschrank auf. Nahm den Kaffeebeutel und eine Tasse heraus. Sein Blick suchte und fand Beates Lieblingstasse. Sie stand immer noch da. Wie sollte es auch anders sein, wenn er sie nicht endlich entsorgte. Auch ein Geschenk von ihm an sie. In den Müll? Heute? Jetzt? Nein.

Die Kaffeemaschine blubberte und zischte. Kaffeegeruch breitete sich aus. Roman setzte sich auf Beates Platz. Betrachtete die Küche, den Flurausschnitt. Aus ihrer Perspektive. So wie sie es damals hätte sehen müssen. Oft hatten sie am Küchentisch gelacht. Auch geweint. Roman setzte sich auf seinen Platz. Sah zu Beates Platz, sah sie, ihr strahlend weißes Lachen. Konnte es beinahe hören. Beate hatte den Kopf in den Nacken geworfen. Das hatte er süß gefunden. Kleinigkeiten. So groß. Einmal hatten sie im Wohnzimmer getanzt, waren in der Küche gelandet, hatten sich auf dem Boden geliebt. Roman sah Beate nackt unter seinem verschwitzten Körper. Atemberaubend. Jetzt unerträglich. Er wandte den Blick vom Boden ab. Sah aus dem Fenster. Das Blubbern und Zischen hörte auf. Endlich. Er schenkte sich ein. Musste hier raus. Verdammter Küchenboden.

Roman sah im Vorbeigehen ins Bad. Beate in der Wanne liegen. Von Schaum umringt. Ihre Brustwarzen. Verdammte Bilder. Schuldig. Schuldig. Selbst Schuld.

Roman setzte sich in seinen Wohnzimmersessel. Sollte er Musik anmachen? Nein. Mit jedem Ton kämen Erinnerungen. Er trank seinen Kaffee. Starrte ins Grau des Schmudellwetters hinaus. Verdammte Sonntage.

Leere

Kopf, Arme und Beine fühlten sich schwer an. Jede Bewegung war eine Qual. Jeder Gedankengang war bleiern. Die letzte Kraft verließ Romans Körper. Wie Luft durch ein kaputtes Ventil. Langsam. Aber unaufhaltsam. Tag für Tag. Er konnte es nicht verhindern. Oder wollte es nicht. Nunmehr war es leer in ihm. Ödland. Trostlosigkeit. Dem Schmerz war die Leere gefolgt. Alle Energien waren verbraucht. Seine Batterien waren im roten Bereich. Es wurde ruhig. Ganz ruhig. In ihm. Aus.

Die Welt um ihn herum war enttäuscht. Hatte Roman das spüren lassen. Katharina. Beate. Ihre Eltern. Seine Eltern. Verwandte. Bekannte. Unverständnis. Kopfschütteln. Vorwürfe über Vorwürfe. Bis hin zu Beschimpfungen. Nur seine Freunde waren nicht enttäuscht. Zumindest zeigten sie es ihm nicht.

Roman war gelähmt. Verschanzte sich in seiner Wohnung. Ging selten ans Telefon. Öffnete die Post nicht mehr. Ließ sich notdürftig durch den Pizzalieferservice versorgen. Pizzapappen über Pizzapappen. Leere Colaflaschen. Wie bei Samuel. Das Schlafzimmer blieb verschlossen, die Matratze im Wohnzimmer. Überall Unordnung. Roman musste sich aufraffen. Aufstehen. Weiter machen. Etwas tun. Aber wie? Was? Warum? Lange saß er da. Schließlich verließ er die Wohnung. Alles oder nichts. Bestimmt nichts. Oder doch? Hoffnung? Hoffnung! Er hatte sich entschieden.

Wie weit kann eine Treppe nach unten führen? Endlos? Endlos! Verzweifelt rüttelte Roman an der Tür des Fitnessstudios. Wieder und wieder. Wollte es nicht glauben. Verschlossen. Er spähte durch die Scheiben. Leere. Keine Menschenseele. Im Fenster daneben. Ein Schild.

Demnächst Wiedereröffnung mit neuem Betreiber
Information und Voranmeldungen unter 0150 – 673819191
Super Einsteigerangebote ab 29 Euro
Ihre Mc Fitness Company
Roman setzte sich auf die Treppenstufen vorm Eingang.

Zurück zu Hause öffnete er eine Flasche Rotwein, machte
Musik an und legte sich aufs Sofa. Sein Körper fühlte sich
bleiern an. Roman zog die Wolldecke bis unters Kinn.
Starrte die Decke an. Bald öffnete er eine zweite Flasche.
It doesn't matter, if we all die von The Cure lief.

Globale Gewissensfrage

Kreuzberg. Übergang zu Mitte. Wilhelmstraße. Er suchte eine Hausnummer. Er passierte das Gelände voller Trabis und das Schild *Trabisafari durch Berlin*. Roman verzog die Mundwinkel. Verachtung. Für alles. Insbesondere für sich selbst. Was mache ich nur hier? Eine japanische Reisegruppe versperrte den Gehweg. Aufregung. Gewusel. Der Dolmetscher reckte einen Regenschirm in die Höhe. Kein Durchkommen. Straßenseitenwechsel. Ein paar Meter noch. Angekommen. Hässlicher Plattenbau. Benjamin und Samuel standen vorm Hauseingang. Warteten. Auf ihn. Die Sonne schien. Wie unpassend.

»Mensch, Alter, schön, dass du es geschafft hast! Hätte ich nicht gedacht. Die Wette habe ich verloren.« Samuel umarmte Roman.

»Komm lass dich drücken.« Benjamin drückte Roman. Kurz. »Los geht es! Aber vorher ...« Benjamin sah Samuel an. Auffordernd.

»Du nimmst mir die Kohle doch nicht wirklich ab?« Samuel kräuselte die Stirn.

»Dann sollten Hartz-IV-Empfänger eben nicht wetten!« Benjamin hielt die Hand auf.

Samuel drückte einen 20-Euro-Schein hinein. Benjamin quittierte mit einem Grinsen.

»So, was ist denn nun so wichtig, dass ich unbedingt hierherkommen sollte?«, fragte Roman.

»Wie lange bist du aus deiner Höhle nicht mehr rausgekrochen?« Benjamin klang ernst.

»Weiß nicht. Ein paar Tage?«

»Erzähl keinen Scheiß. Soweit wir das mitbekommen haben: über vier Wochen!«

»Echt?«

»Was ist mit deiner Arbeit?«, fragte Samuel, legte dabei seine Hand auf Romans Schulter.

»Bin krankgeschrieben. Schon länger. Hatte in letzter Zeit ohnehin schlechte Arbeit abgeliefert. Mein Chef wird mich bestimmt feuern. Und wenn schon. Egal. Ich finde schon was Neues. Kommt auch nicht mehr drauf an.«

»Scheiße, Mann, du lässt dich echt gehen.« Samuel schüttelte den Kopf.

»Musst du grad sagen!«

»Danke, Arschloch! Das war nicht nett! Trittst jetzt auch schon nach Freunden aus, was!?« Samuel wollte sich wegdrehen. Roman hielt ihn fest.

»Tschuldigung. Ich stehe echt neben mir. Also warum sind wir jetzt hier?«

»Du brauchst Entspannung. Musst mal auf andere Gedanken kommen. Einen wegstecken?«, antwortete Benjamin in nüchternem Ton.

»Wegstecken? Du meinst …«

»Ficken, Mann! Alle reden drüber, kaum einer macht es. Aber wir jetzt!«

»Ich soll ficken? Du meinst doch wohl keine Prostituierte? Ich soll am helllichten Tage in einen Puff gehen?«

»Es ist kein richtiger Puff, Thai-Massage, aber nicht traditionell, sondern eine Stunde mit allen Extras.«

»Extras?«

»Ja, wie es dem Herrn beliebt, von Handentspannung bis Wegstecken. Volles Programm.«

»Aber ich gehe nicht ins Bordell. Thai-Massage hin oder her. Das habe ich noch nie gemacht. Ich habe was gegen die Ausbeutung der Frauen, Zuhälterei, das Rotlichtmilieu, den ganzen Scheiß!«

»Mag sein, Roman, die Leier kennen wir. Jetzt kannst du deinen Worten einen Feldversuch vorschalten und neu bewerten. Von mir aus verurteile alle Männer, aber erst danach. Jetzt kommst du mit. Ohne Widerrede. Ohne moralisieren. Das ist nicht verhandelbar!«

»Warum macht ihr das?«

»Du verkriechst dich. Ziehst dich aus der Welt zurück. Von deinen Freunden. Lässt dich gehen. Du musst begreifen, dass das Leben weitergeht. Beate und Katharina sind Vergangenheit. Verlieben ist im Moment ja wohl kaum drin. Also muss ein Profi ran. Genieße einfach. Und denk nicht nach. Die Mädels sind echt gut, insbesondere nicht abgefuckt. Im Übrigen seid ihr von mir eingeladen. Auch zum vollen Programm.«, sagte Benjamin.

Samuels Miene hellte sich auf.

»Ich, ich kann das nicht.« Roman ging zwei Schritte rückwärts.

»Kannst du oder willst du nicht? Denkst du, dass du das Ansehen von Beate oder Katharina damit beschmutzt oder etwa deins? Beide Weiber sind weg. Mensch, in Deutschland gehen täglich eine Million Männer zu Nutten. Bist du was Besonderes, ein Heiliger? Für uns bist du keiner! Du bist unser Freund. Wir machen uns Sorgen. Da ich zahle, trägst du auch nur mittelbar zur globalen Ausbeutung von Frauen bei. Vielleicht hilft das deinem Gewissen. Verdamme mich ruhig, aber du kommst jetzt mit. Ohne weiteres Theater!«

»Ist es denn da sauber? Haben die Kondome?«

»Da drin ist alles bestens. Glaubst du, ich würde da sonst hingehen? Vertrau mir einfach.«

»Und was sage ich … was habe ich zu tun?«

»Ich regle das Nötige. Du machst, was die Thai dir sagt. Das ist alles. Ganz einfach.«

»Oh, Mann, wenn alles mal so einfach wäre.«

»Ist ja gut, Roman, komm jetzt.« Samuel stand bereits vor der Eingangstür. Benjamin klingelte. Eine hübsche Thailänderin in traditionellem Gewand öffnete die Tür. Ließ die drei Männer rein. Sie und auch die anderen Frauen schienen Benjamin zu kennen. Roman war mulmig. Aufgeregt. Berlin. An einem Nachmittag mitten in der Woche auf unbekanntem Terrain. Thaimassage. Frauenkörper. Haut. Sex. Roman war auch erregt.

Über eine Stunde später saßen die drei Männer in einem Café schräg gegenüber. Samuel berichtete begeistert von der Ganzkörpermassage, dem ausgiebigen Anschlussprogramm.

»Und?« Benjamin sah Roman fragend an.

»Was denn?«

»Roman!«

»Ich weiß nicht, wie ich es sagen soll.«

»Einfach raus damit.« Beide Freunde sahen ihn erwartungsvoll an.

»Ich, ich, ich war zwar anfangs erregt, aber zum Schluss habe ich keinen hochgekriegt. Die Thai hat gemacht und getan, mich gefragt, ob ich sie nicht hübsch finde, sie was falsch macht, ich schwul bin. Aber das war es nicht. Ich konnte einfach nicht. Voll peinlich.«

»Scheiße, Alter. Mach dir über die Frau keine Gedanken, um die geht es jetzt nicht. Die hat das jeden Tag und trotzdem den Preis für Extras von mir erhalten. Hat es dir denn irgendwas gebracht?«

»Sie war sehr nett zu mir. Hat sich um mich gekümmert. Als sie so kurz meine Hand hielt, fühlte ich Nähe, Zärtlichkeit. Verrückt. Das war schön, wenn auch gekauft.«

Zurück in seiner Wohnung starrte Roman lange auf die rot blinkende 0 seines Anrufbeantworters. Trotzdem drückte er die Taste.

»Sie haben keine neuen Nachrichten.«

Retrospektive

Er war noch ein Kind gewesen. Hatte in seinem Kinderbett gelegen. Eigentlich nichts anderes gemacht. Außerhalb der Schule. Die Tür war geöffnet worden. Beinahe geräuschlos. Der Vater war eingetreten.

»Junge, Mutter und ich haben geredet.«

»Was?«

»Du musst langsam mal in die Gänge kommen, rausgehen, was unternehmen. Das ewige Rumliegen tut dir nicht gut.«

»Was soll ich denn machen?«

»Verkriechen hat noch niemandem geholfen. Mach was. Triff dich mit Freunden.«

»Ich habe keine.«

»Du hast keine Freunde?

»Nein.«

»Niemanden?«

»Nein.«

»Warum das denn?«

»Die mögen mich nicht und ich sie auch nicht.«

»Wen meinst du?«

»Die Jungs aus der Schule.«

»Und was ist mit Sven?«

»Der ist vor einem Jahr weggezogen.«

»Und die aus deiner neuen Klasse?«

»Kenne ich nicht.«

»Warum gehst du nicht mal auf sie zu, lädst sie zu uns nach Hause ein?«

»Weiß nicht.«

»Wieso magst du eigentlich niemanden?«

»Die mögen mich nicht.«

»Woher willst du das wissen?«

»Hmh.«

»Junge, mit dir stimmt was nicht.«

»Ich ...«

»Du hast deinen Kamillentee nicht getrunken!?«

»Schmeckt nicht. «

»Seit wann denn?«

»Schon immer.«

»Auf einmal? Du hast ihn doch sonst immer getrunken.«

»Hmh.«

»Was soll nur aus dir werden?«

»Weiß nicht.«

»Mit zwölf Jahren sollte man das wissen, zumindest eine Ahnung haben. Ich war voller Ideen.«

»Was wolltest du denn werden, Papa?«

»Arzt.«

»Aber du bist kein Arzt.«

»Leider. Aber das ist eine andere Geschichte, Junge. Vielleicht wirst du ja einer. Denk mal darüber nach. Die Frage ist nun, was du tun willst, um dich nicht so gehen zu lassen. Hier einfach so rumzuhängen, das gehört sich nicht.«

»Ich weiß nicht.«

»Ich weiß nicht. Ich weiß nicht. Kannst du auch mal was anderes sagen?«

»Aber wenn ich es doch nicht weiß.«

»Tu, was ich dir sage, und alles wird gut. Vertrau deinem Vater. Also als Erstes gehst du mal auf die Jungen in deiner neuen Klasse zu, als zweites … dann … schließlich solltest du auch … und auf keinen Fall darfst du vergessen …«

»Na gut.«

»Schon besser. Ich sehe, wir verstehen uns. Mutter wird gleich noch einmal nach dir sehen. Sie hat Hühnersuppe gekocht. Die wird dir guttun.«

»Ich bin nicht krank.«

»Egal, eine Hühnersuppe hat noch niemandem geschadet und ab morgen packst du dein Leben endlich an. Denk an meine Worte.«

»Ist gut, Vater.«

»Das wird schon.«

Die Erinnerungen verließen Roman, als sich das Gesicht seiner Mutter über ihn beugte, wie so oft damals, nur war es eben alt geworden. Er lag in seinem Kinderzimmer. Nunmehr Gästezimmer. Er war zu einem Gast in seinem Elternhaus geworden. Nichts erinnerte mehr an sein Kinderzimmer. Die Backsteinwände und Fugen der Wände waren wie früher. Hatten nur einen neuen Anstrich bekommen.

»Hier hast du eine Tasse Hühnersuppe. Die hast du doch immer so geliebt. Wenn du mehr willst, sag Bescheid. Ich habe extra eine große Portion gekocht. Vater wird gleich mit dir sprechen. Er kann das besser als ich. Du weißt schon.«

»Wie du meinst.«

«Was?«

»Ist gut, Mutter.«

Sein Vater kam herein. Wie auf Stichwort. Er hatte sich verändert. Die Dynamik, Bestimmtheit, Selbstsicherheit, Autorität vergangener Tage war geschwunden. War sein Vater, der Mann, der alles konnte, alles erreicht hatte, tatsächlich alt geworden? Einfach so? Unbemerkt? Nein, es war Roman neulich schon beim Gespräch in seiner Wohnung aufgefallen. Er hatte sich nur nicht damit beschäftigt.

»Roman …«

»Vater, geht es dir gut?«

»Was?«

»Du wirkst verändert.«

»Bestens, alles in Ordnung! Mach dir bloß keine Gedanken um mich.« Die herrische Stimme war geblieben. »Du machst uns Sorgen!«

»Wenn du meinst.«

»Junge …«

Roman wandte sich ab. Das warme Gefühl für seinen Vater war verflogen. Seine Eltern hatten ihn vor zwei Tagen aufgesucht. Weil Roman nicht ans Telefon gegangen war. Hatten mit ihrem Schlüssel aufgeschlossen. Ihn gedrängt, mit ihnen zu kommen. Hatten sich um ihn kümmern wollen. Das Wort ›heruntergekommen‹ war gefallen. Roman hatte keine Kraft gehabt, Nein zu sagen. Ein paar Sachen zusammengeklaubt. Notdürftig. Jetzt lag er in seinem alten Kinderzimmer. Bewegungsunfähig. Wie damals. Sein Vater redete auf ihn ein. Roman hörte nicht zu.

Nach drei Tagen floh er, ohne sich zu verabschieden, in seine Wohnung, betrat sie und erschrak. Über sich selbst. Er wusste nun, dass er endlich was tun musste: lüftete, schloss die Schlafzimmertür auf, baute das Bett, den Kleiderschrank auseinander, brachte die Teile in den Keller, ging hoch in die Wohnung, zurück in den Keller, zersägte das Bett, schmiss es in den Hausmüllcontainer, schleifte die Matratze vom Wohnzimmer ins Schlafzimmer, legte sie auf den nackten Lattenrost, putzte, räumte auf, wusch, warf Beates Bademantel und Lieblingstasse in den Müll, brachte mehrere große, blaue Mülltüten raus, erledigte seine Post, rief seinen Chef an.

Volkert & Söhne

»Hallo, Ben, ich bin es.«

»Hi, Roman, wie geht es, Alter?«

»Hmh.«

»Oh nein, was ist los?«

»Äh, hast du zufällig was von Katharina gehört?«

»Warum sollte ich.«

»Hätte ja sein können.«

»Sie war deine Affäre.«

»Ich muss sie unbedingt sprechen.«

»Und was habe ich damit zu tun?«

»Hast du irgendeine Ahnung, wie ich Katharina erreichen kann?«

»Warum fragst du mich?«

»Na, sie hatte dir doch damals gesagt, wo sie arbeitet.«

»Ja, und ich habe es dir gesagt.«

»Hat sie dir noch mehr über sich erzählt?«

»Alter, das nervt mich langsam. Was ist denn los?«

»Ihre Handynummer ist nicht mehr vergeben. Das Studio ist leer geräumt. Wahrscheinlich pleite. Dort eröffnet ein neues Studio.«

»Geh zu ihrer Wohnung.«

»Die kenne ich nicht.«

»Die kennst du nicht? Nach all der … Ist ja auch egal.«

»Ich muss unbedingt mit ihr reden.«

»Sagtest du. Hatte sie dir nicht unmissverständlich gesagt, dass sie dich nicht wiedersehen möchte!?«

»Ja, ja, ich weiß, aber ich muss mit ihr sprechen.«

»Was ist denn passiert?«

»Nicht jetzt. Hast du irgendeine Ahnung, wie ich sie finden kann?«

»Nein.«

»Hmh.«

»Kennst du eine Freundin von Katharina oder sonst jemanden aus ihrem Umfeld?«

»Nein.«

»Wohin geht sie denn, wo hält sie sich gern auf?«

»Keine Ahnung.«

»Worüber habt ihr bloß die ganze Zeit gesprochen.«

»Nicht darüber.«

»Auskunft? Google?«

»Alles schon probiert … nichts!«

»Man, man, man. Was habt ihr denn nur die ganze Zeit gemacht, wenn ihr nicht mal gefickt habt. Na, egal. Kennst du wenigstens ihren Nachnamen?«

»Ja.«

»Okay, okay, lass mich mal suchen. Warte, warte, ja, hier habe ich die Karte.«

»Karte?«

»Bist du schreibbereit?«

»Was?«

»Ob du schreibbereit bist.«

»Einen Moment bitte … jetzt!«

»Also ich gebe dir die Kontaktdaten von Volkert & Söhne aus der Schlüterstraße durch. Sie lauten …«

»Wer? Was soll …?«

»Das ist eine sehr gute, vertrauenswürdige Privatdetektei. Nicht teuer. Bezieh dich auf mich. Sie finden Katharina für dich.«

»Mannomann.«

Roman winkte einige Tage später ein Taxi auf der Straße ran. Er hätte auch die U-Bahn nehmen können. Aber nicht heute. Sonst unterhielt er sich gern mit Taxifahrern. Aber nicht heute. Roman gab das Fahrtziel an. Starrte aus dem Fenster. Berlin rauschte vorbei. Er hatte keine Augen für die Stadt. Auch nicht für den Hauptbahnhof.

Historischer Müll

»Es hat geklingelt. Mach mal bitte auf, Gertrud. Ich bin noch mit dem Kochen beschäftigt.«

»Okay. Wer kann das sein?«

»Keine Ahnung. Ich erwarte niemanden.«

Gertrud nahm behutsam ihr Baby von der Brust, legte es auf eine zusammengelegte Decke und stand vorsichtig von der Couch auf. Sie wollte ihre Tochter nicht wecken. Und ging zur Tür.

»Das gibt es doch nicht. Du glaubst nicht, wer hier ist, Süße!«, rief Gertrud aufgeregt von der Eingangstür. Ihre Stimme überschlug sich fast.

»Wer denn?« Katharina wendete die Schnitzel, die in der Pfanne brutzelten.

»Das Arschloch! Unglaublich! Es ist tatsächlich das Arschloch! Ich fasse es nicht. Dass der das wagt.«

Roman schaute zu Boden. So hieß er jetzt also: das Arschloch.

Katharina ließ die Gabel aus der Hand fallen. Lugte aus der Küche um die Ecke. Da stand er wirklich, herausgeputzt mit Mantel, weißem Hemd, schwarzer Jeans, feinen Schuhen und einem riesigen Blumenstrauß in der Hand. Blutrote Rosen. Langstielig. Sie ging zur Eingangstür. Langsam. Ganz langsam.

»Gertrud, mach du bitte mal in der Küche weiter. Die Schnitzel brennen gleich an.«

»Okay, okay, aber ich will alles wissen, alles!« Gertrud ging kopfschüttelnd in die Küche.

»Roman. Was willst du hier? Wie hast du mich gefunden?«

»Hallo, Katharina. Darf ich reinkommen?«

»Auf keinen Fall. Völlig ausgeschlossen. Bleib bloß vor der Tür stehen.«

Katharina schloss die Tür. Roman stand im halbdunklen Hausflur. Mit dem schweren Blumenstrauß in der Hand. Ließ den Arm sinken. Starrte auf das Braun des Türblatts.

246

Drückte den Lichtschalter. Die Zeit quälte ihn. Jede Sekunde. Die Tür öffnete sich. Katharina. Jacke. Schuhe.

»Lass uns am Hafen spazieren gehen. Bist du mit dem Auto da?«

»Nein.«

»Gut, dann fahre ich.«

»Und die Blumen?«

»Die nimmst du erst mal wieder mit.«

»Und dann?«

»Überlege ich mir, ob ich sie annehme.«

»Was können die Blumen dafür?«

»Nichts, du sehr wohl.«

»Gertrud ist zu Besuch?«

»Wie du gesehen hast.«

»Wie geht es dem Kind?«

»Dem Baby geht es gut. Roman, lass uns jetzt los.«

»Okay, okay.«

»Es ist wunderschön hier, Katharina.« Roman sah auf das Wasser hinaus. Wellen. Wieder Wasser. Aber nicht die Ostsee. Sie liefen nebeneinander. Ohne Berührung.

»Wie hast du mich gefunden?« Katharina schaute ihn nicht an. Die ganze Zeit nicht.

»Detektei.«

»Wie bitte?«

»Privatdetektei.»

»Nein!« Katharina blieb stehen. Roman auch. Jetzt sah sie ihn an.

»Doch …«

»Du hast einen Privatdetektiv auf mich angesetzt?« Ihre Augen funkelten. Vor Zorn.

»Ja.«

»Bist du irre?« Katharina ging weiter. Roman schloss zu ihr auf.

»Wahrscheinlich.«

»Ich weiß nicht, ob mich das ehrt oder ob ich das total scheiße finde.«

»Ich hoffe, es ehrt dich.«

»Was willst du?«

»Einen Neuanfang.«

»Neuanfang? Einen Neuanfang? Es gibt keine Neuanfänge. Das ist ein unsinniges Wort. Man kann nicht neu anfangen, nur weitermachen, etwas fortsetzen.«

»Nenn es, wie du es willst, Katharina. Dann will ich eben weitermachen. Oder einmal im Leben etwas zu Ende bringen. Ich bin zu allem bereit. Bereit zu kämpfen. Alles infrage zu stellen. Antworten zu finden. Auch neue.«

»Warum auf einmal?«

»Ich liebe dich.«

»Du liebst mich?«

»Ja.«

»Und Beate?«

»Vergangenheit.«

»Abgehakt? Einfach so?«

»Nein. Es war alles andere als einfach, ist es immer noch nicht.«

»Und jetzt bin ich an der Reihe?«

»Es gibt keine Reihe. Nur eine Person. Dich. Ich liebe dich. Und nicht Beate.

»Schwer zu glauben. Woher kommt die Einsicht?«

»Ich habe Fehler gemacht. Einiges habe ich nicht besser gewusst, nicht besser machen können, anderes sehr wohl. Ich sehe die Dinge jetzt klarer. Ich habe in mich reingehört, gelauscht. Ich musste einiges loslassen, um frei zu werden. Frei zu sein, um zu leben. Mein Leben. Ich will nun endgültig meinem Herzen folgen.«

»Das hast du vorher auch schon behauptet. Und dein Herz ist Beate gefolgt.«

»Ja. Aber jetzt spricht mein Herz zu mir, wirklich, und ich höre endlich nicht nur hin, sondern auch zu. Das habe ich vorher nicht getan. Ich habe auf meinen Kopf und meine Angst gehört. Bin ihnen gefolgt und habe mich selbst verloren.«

»Du …«

»Bitte lass mich ausreden. Es ist wichtig. In den letzten Monaten bin ich tausend Tode gestorben. Ich bin verurteilt worden. Habe mich selbst verurteilt. Doch ich habe überlebt, weil ich liebe. Auch weil ich dich liebe. Das habe ich für mich herausgefunden. Ich will meine Liebe zu dir leben dürfen. Dafür bin ich bereit, alles zu riskieren. Ich möchte mit dir alt werden, Hand in Hand auf der Parkbank sitzen …« Katharina standen Tränen in den Augen. »Katharina, ich habe mir zigtausendmal überlegt, was ich dir sagen soll. Und wie. Hatte mir Worte zurechtgelegt. Sie sind alle weg. Ich will dir einfach nur sagen, was ich für dich empfinde, was die letzten Tage, Wochen und Monate mit mir gemacht haben. Als ich vor deinem leeren Studio stand, bin ich endgültig zusammengebrochen. Und in meiner Verzweiflung so weit gegangen, einen Privatdetektiv anzuheuern. Auch auf die Gefahr hin, dass du mich deswegen zum Teufel jagst. Du hattest keinen Kontakt gewollt, was ich jetzt durchbreche. Ich kann nicht anders. Du hast einmal zu mir gesagt, dass du dir an deinem Lebensabend kein Versäumnis vorwerfen willst. Ich will das auch nicht. Ich stehe nun hier und möchte dir endlich einfach nur sagen: Ich liebe dich!«

»Vielleicht kommt es zu spät.« Katharina schnäuzte sich. Mittlerweile saßen beide auf einer Bank nahe der Elbchaussee. Containerschiffe groß wie Hochhäuser zogen vorbei.

»Vielleicht, vielleicht auch nicht.« Roman versuchte, so weich wie möglich zu klingen. »Vielleicht haben wir nur einmal im Leben die Kraft, einen Menschen voll und ganz zu lieben.«

»Du hast Beate voller Überzeugung geliebt und nun bin ich dran?«

»Ich habe viel darüber nachgedacht. Auch darüber, ob ich Frauen für meine Träume, Sehnsüchte und Schwächen benutze, weil ich zu feige bin, mein eigenes Leben zu leben. Mir ist klar geworden, dass ich meinen eigenen

Weg gehen muss. Dass ich nicht gerettet werde, sondern mich selbst retten muss. Ich habe viele Jahre aus Feigheit auf die Frau, die Eine, das Zeichen, das Mal gewartet. Mich dahinter versteckt. Andere für mein Leben verantwortlich gemacht. Bei Beate dachte ich, sie trüge das Zeichen. Vielleicht habe ich es auch nur sehen wollen, weil ich so einsam, so hungrig war. So lange gewartet hatte. Ich wollte sie lieben – sicher habe ich das auch irgendwie getan –, aber irgendetwas stimmte die ganze Zeit nicht. Aber mit mir. Es ging gar nicht darum, die Frau mit dem Mal zu finden. Ich hatte mein eigenes Mal auf Beate projiziert. Es auf ihrer Stirn sehen wollen und gehofft, dass jetzt alles gut für mich werden würde. Ich hatte meine Lauerstellung aber nie wirklich aufgegeben. Ein Hintertürchen offen gelassen. Schließlich habe ich dich getroffen und nichts war mehr wie bisher. Und ich habe es nicht geschafft, vom fahrenden Zug abzuspringen. Beate. Die Hochzeit. Ich war zu feige. Ich habe Beate unendlich verletzt. Was ich weiß, ist, dass ich mein Leben ändern und dass ich dich an meiner Seite haben möchte. Ich will auf kein Zeichen mehr warten. Alle Zeichen sind längst da. Letztendlich habe ich nur auf mich selbst gewartet.«

»Was willst du denn ändern?«

»Eigentlich hatte ich ja Kunst studieren wollen. Dafür ist es jetzt wahrscheinlich zu spät, aber ich möchte den Künstler in mir, endlich meine Leidenschaft leben … Ich habe auch schon ein paar Ideen, einige Voraussetzungen geschaffen.«

»Zum Beispiel?«

»Ich hab gekündigt.«

»Deinen Job als Stuckateur?«

»Ja.«

»Und nun?«

»Dazu später sehr gern mehr, wenn du magst … Jetzt geht es mir erst einmal um uns.«

»Respekt. Wirklich keine Suche nach dem Kainsmal mehr?«

»Nein.«

»Warum bist du dir so sicher?«

»Als Kind hatte ich Hesse regelrecht verschlungen. Seine Interpretation von Kain und Abel hat mich nicht mehr los gelassen. Mir schlaflose Nächte gebracht. Das Kainsmal war für mich das Zeichen für besondere Menschen, nach denen ich Ausschau hielt, um Freund und Freundin zu finden. Ich war besessen davon. Nun ist alles zusammengebrochen. Ich habe mich geirrt. Hesses Kainsmal ist nur die Einladung zu einem Perspektivwechsel. Menschen sollen ihren Blickwinkel verändern. Zu anderen Schlüssen kommen. Ihre Wahrheiten und Realitäten überprüfen. Neues finden können. Letztlich bin ich meinem eigenen Kainsmal hinterhergerannt. Ich konnte das Zeichen bei gar keinem anderen finden. Es konnte nie auf der Stirn anderer Menschen stehen. Es stand, steht auf meiner. Schon die ganze Zeit. Ich muss es endlich nur richtig deuten. Auf mich beziehen. Den Mut haben, mein Leben zu leben. Ich sehne mich nach dem Kreativen, dem Künstler, der Leidenschaft in mir. Dem Brennen in mir zu folgen und … eine Frau zu finden, die das und vor allem Leidenschaft teilen kann. Ich sehne mich nach einer Gefährtin. Einer Muse. Nach dir!«

»Woher willst du das alles wissen?«

»Ich weiß es nicht. Ich fühle es.«

»Roman, in kurzer Zeit haben wir einen großen Berg an historischem Müll angesammelt. Scheißbilder, Verletzungen, Wunden. Ich weiß nicht, ob ich darüber hinwegsehen kann.«

»Wir denken alle täglich bis zu 80 Prozent Müll. Altes Zeug. 90 Prozent unserer Ängste treten nie ein. Lass es uns doch mit den übrigen 20 und 10 Prozent versuchen. Was sagt denn dein Herz?«

»Ich weiß es nicht …«

»Katharina, ich bin dir sehr dankbar, dass du dich heute überhaupt auf ein Gespräch mit mir eingelassen hast. Vielleicht ist das ein Anfang. Immerhin.«

»Ich hatte ja nicht viel Zeit zum Nachdenken. Du hast mich total überrumpelt, aber anders wäre es wohl auch nicht gegangen. Ich hätte es nicht zugelassen.«

»Bist du böse auf mich?«

»Das weiß ich noch nicht. Ich wollte, dass die Sache mit dir endgültig vorbei ist.«

»Deshalb bist du nach Hamburg gezogen?«

»Beruflich hatte sich eine Tür nach Hamburg geöffnet. Und ich konnte den Laden in Berlin zu akzeptablen Konditionen loswerden. Und ja, auch deinetwegen.«

»Katharina, ich will alles versuchen, wirklich alles!« Roman kämpfte nicht länger gegen seine Tränen an.

Katharina sah Roman lange in die Augen. Stand auf. Gab ihm einen Kuss auf die Stirn. Nahm den Blumenstrauß. Und ging.

Epilog

Der Mann fing an, den Pinsel in die Farben zu tauchen, zu mixen, zu malen, zu wischen. Sein Bild sah er nicht. Noch nicht. Seine Hand wurde zunehmend ruhig, mutig, selbstbewusst. Folgte ihrer schon immer vorhandenen Fertigkeit.

Ungläubig steht er vor der Leinwand. Sieht hin. Ohne Furcht und Hader. Zum ersten Mal. Er betrachtet das Gemälde. Die schreienden Farben und Formen singen. Er lauscht. Hört hin. Wie noch nie. Zeitlos ist dieser Moment. Kein Geruch, Geschmack, anderweitiges Geräusch dringt in ihn ... nur die Klänge. Er versinkt, treibt. Es ist sein Lebenslied. Dieser Moment ist für ihn bestimmt. Nur für ihn. Er sieht das Gemälde. Er ist es. Es ist er. Er ist. Das erste Mal. Ungeschminkt.

Roman weiß, was er nun zu tun hat ...

Auch an einer anderen Stelle von Hesses *Demian* war der
Atem des Jungen damals ins Stocken geraten.

»Der Vogel kämpft sich aus dem Ei. Das Ei ist die Welt.
Wer geboren werden will, muss eine Welt zerstören.«

Meiner Schwester

Ein Buch ist ein Kind, das in die Welt geboren wird, um anderen zu begegnen.